U0103237

徐復觀家書精選

曹永洋編

臺灣學生書局印行

味苦：昨天今天都沒有收到你的信，不知你這次過
河的情形如何，一切是否耐住，要完了學位，回來當
副教授，和爸媽在一起，又有什麼不可以的呢？中
國人在未來應當過簡單的生活，簡單的生活，可以
用天倫的生活補足的。記得民國三十四年春天，
我們從新市場搬回黃桶埡，你當時兩歲多
一點，有一天的晚飯後，你媽抱著你，和我靠
著相對，彼此無言。你突然向你媽臉上望了望，向
我臉上望了望，「你們這個樣子，到底是要那一個？」
我和你媽同時笑了起來「是要是要你呀寶！」
此時一切都忘記了，全家都沉浸在無邊的快
樂中。此之謂天倫之樂。
你明天的生日，有什麼排場沒有？吃蛋糕不要
張吃，每一星期中，總要吃兩三餐比較舒
服的晚餐──牛排呀！雞排呀！中西隨心
所欲呀！上次在台北給一般人吃宴餐，所有
的菜，都擺在外面，客人可以自由的拿，自
由的吃。當時我想，假使小毛突然在這裡，包
管老高興得大叫了。
我十多天來都害著輕微的感冒，前幾天，
突然一發，看書就頭昏，晚上也睡不好，昨天今天
好了一些，大概不致於老，我了昏頭吧。總統
六月二十八日八十歲的生日，因為已有一段知足過
六歲，所以昨天作了一首詩 安 父徵信

徐復觀先生書札原蹟之一

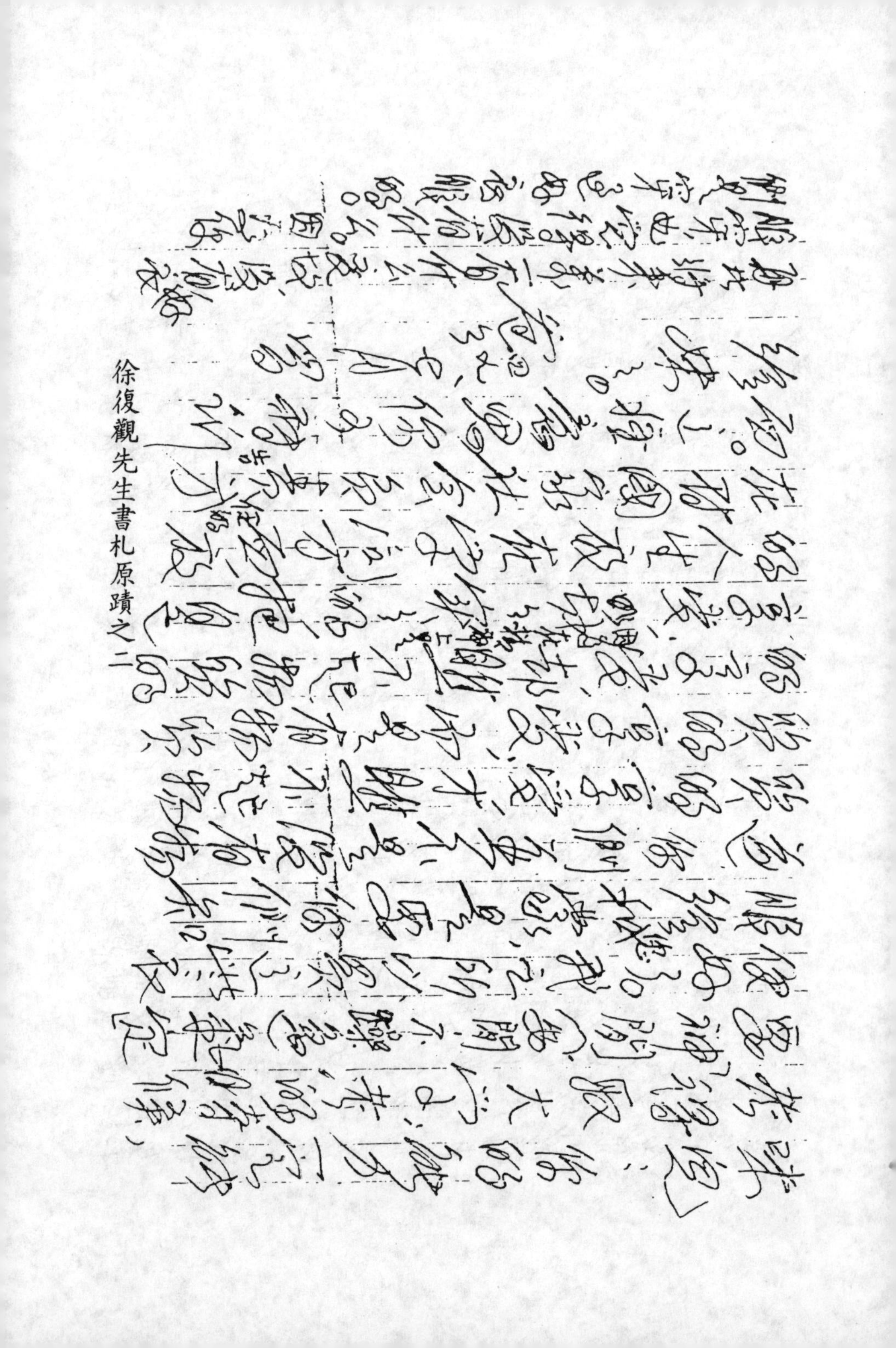

徐復觀先生書札原蹟之二

Chuen-Chan Hsu
emistry Dept.
U. Stillwater
homa, U.S.A

國際航空 PAR AVION

如郵簡內裝有

ll be sent by ordinary mail

黃生：十一月十四日的信，今天收到了。你批評金的那篇文章，寫得不流暢，完全說對了。有兩種原因：一是腕力已開始減退；一是那篇文章的內容，都只能很凝縮很保留的說，無向深處說的西，都有好幾句未能說出。雖書道文章，須[illegible]接著我走能夠完全的地方發揮。這種文章都只能達帶出理性的不平。所以定遠不能真正代表我的晚生的學術的真相。正因為我有這種經驗，所以我才會隱說這一點。你要求盡述[illegible]下。

徐復觀先生書札原蹟之三

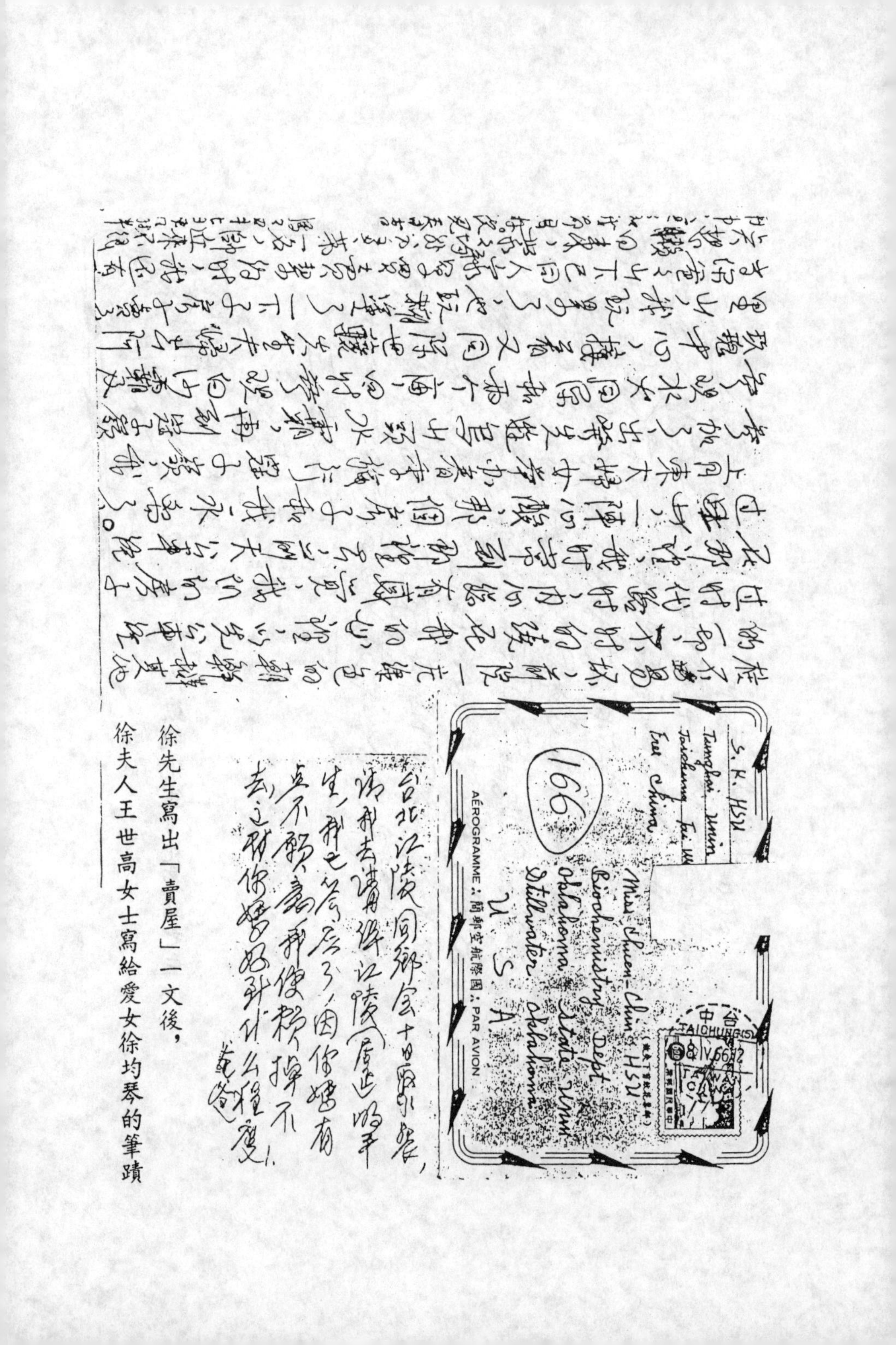

徐先生寫出「責屋」一文後，
徐夫人王世高女士寫給愛女徐均琴的筆蹟

在記憶的迴廊裏／編序

曹永洋

「徐復觀家書精選」收錄徐先生寫給愛女徐均琴二〇五封書簡，時間從一九六〇至一九七〇年。第一封信寄出日期是一九六〇年七月四日——當時徐均琴尚未進入大學就讀。二〇五封收筆時日期是一九七〇年二月十日，彼時徐均琴已獲得生化博士學位，並嫁給一位臺大化學系畢業在美國取得化學博士學位的陳宏光先生。

這十五萬五千字的書札由徐均琴利用教書的假期一封一封謄抄，分成四、五批陸續寄到我的手裏。內子玉澄和我有幸成爲這本書簡的第一個讀者，讀慣徐先生學術論著、時論或散文隨筆的讀者，一定能從這些流露父愛、親情、關心朋友、學生、感時憂國的文字裏更親切地接觸到徐先生那一顆熾熱、敏銳、智慧、是非分明的心靈，再次進入時光隧道，置身於那個由神話統治的荒謬時代裡。這個自稱半路出家（其實國學根柢深厚），以餘生三十年的歲月寫出許多傳世之作的思想家，早就洞察了時代的騙局。由於他「任天而動」的性格，加上奇妙的機緣，徐先生曾一度進入政治權力的核心，在國家遭逢地動天變的政權更迭後，他也携眷退居臺灣。徐先生經此大徹大悟之後，自此退出政治圈，遁入學術圈裡開始展開他以教書活口，以著述挽救文化命脈的傳奇生涯。由於他無畏權勢、絕不妥協的性格，遂使他身不由己的捲入一次又一次的論戰中，這分散了不少他的精力和時間。五〇—七〇年代在美援、西方強勢的陰影下，想要重建中國文化的基石與信心，在那個年代無疑地早被看作抱殘守缺的頑固份子，最寬容的估價也只是向風車挑戰的夢幻騎士唐吉訶德罷了。

徐復觀先生（一九〇二—八二）寫這些書簡的時候是五十八歲—六十八歲。當時他執教於東海大學，但是一九六九年他寫了「無慚尺布裹頭歸」一文，離開他教了十四年書的大度山。翌年赴香港新亞書院研究所，這十二年是他人生最後一段旅程。八十歲的俗世生涯中，前五十年他活在動盪苦難的時代，歷經驚濤駭浪，看盡政治舞臺上一些叱咤風雲的人物，在臺灣三十年間（最後十二年在香江度過），他埋首著述，他的文字成爲這個時代中國人最有力的聲音之一，也是苦難時代良知的象徵，直至八十歲四月一日病逝臺大醫院爲止，徐先生沒有一天放下他的筆。

徐先生辭世後十週年，一九九二年六月二十五日—二十七日東海大學文學院主辦（行政院教育部、文建會、太平洋文化基金會協辦），舉行了爲期兩天半的《徐復觀學術思想／國際研討會》徐先生老友、新儒學大師牟宗三教授以「徐復觀先生的學術思想」爲題揭開序幕，然後展開廿五場論文發表討論會。徐先生昔日門生蕭欣義、杜維明、洪銘水由國外專程趕回，國內有近百位學者參與盛會。分別就徐先生在思想史、文學、哲學、歷史、社會、藝術、考證等不同學術領域留下的業績展開回顧、探討和全盤深入的省察，氣氛十分熱烈動人。學生書局捐贈徐先生的著作在會場陳列，徐先生辭世捐贈東海大學的圖書和徐先生治學的親筆札記、珍貴藏書亦開放展示，徐夫人王世高女士由內湖翠柏新村專程出席研討會，徐先生子女武軍、均琴、帥軍也特地回來參加盛會（梓琴因事在美國無法趕回）。牟教授的追憶、敍述與徐先生交往經過，使與會人士進入記憶的迴廊裡，彷彿眼前又浮現徐先生那個性鮮明、生命力強烈的身影……。

筆者一九五六年進入東海大學，在經濟系胡混了兩年（因爲「會計學」當掉，差點兒被踢出校門），初聽徐先生「史記」「文心雕龍」已是大學三年級，大四那年徐先生又去日本，因此受教於徐先生門下只有短短一年。離開校門，在中學教書之後，我開始了以書信向徐先生請教的漫長歷程，在將近二十年的時光裡，我每隔一、二年就會接到徐先生的贈書，徐先生的學問、人格、毅力幾乎影響、左右了我後半生的方向。

徐先生在臺大醫院與病魔搏鬥的最後五十二個晨昏，陳淑女、樂炳南、李鴻、廖伯源和筆者是能就近陪侍他的少數弟子——因爲徐先生的傑出弟子散布全球各地，他們丟不開身邊的工作，但是我知道當時心中懸念這位思想家病況的，豈只是徐先生的家人、朋友、學生而已！我常常看到徘徊在病房門口的年輕學生，識與不識來自不同工作崗位的人默默地來探望，向他老人家表示內心眞誠的敬意……。

徐先生著作的整理，蕭欣義、陳淑女二位學長做了開拓性的鋪路工作。徐先生辭世後，因爲蕭欣義教授遠在加拿大維多利亞大學教書，所以接下來的工作便由住在臺北的陳淑女和筆者接棒。

這本家書精選是徐先生留下書簡的一部分，爲了讓讀者能夠更親切了解裏面提到的一些人、事的經緯，於是由我在一些地方作了「箋註」。除了這篇序文，也收錄了徐先生長女徐均琴博士的三篇文字「大地的兒子」、「人的文化・愛的文化」、「十年後」以及她開始抄錄這二〇五封書簡時寫給我和內子的短箋。書後附錄補入徐先生兩篇膾炙人口的至情至性之作/「我的母親」「賣屋」是因爲徐先生在這本家書裡特別提到的，謹此提供給讀者參照細讀，當有助於體會徐先生彼時的心境。

十年前，徐先生辭世後，徐夫人王世高女士十分細心地搜集了徐先生未行刊布的文稿以及有待整理的一些資料，一一交給我全權處理。從那些剪貼、保存的文稿中，更深切感受到什麼是「鶼鰈情深」！徐夫人這些年來寂寞而堅強地住在內湖翠柏新村，原諒我用「寂寞」這個字眼，其實遠從各地不時回來的徐先生昔日門生，只要回到臺北，無論行脚多麼倉促，總要抽時間去探望她老人家的。我用「寂寞」這個字眼嚴格說是不恰切的。在所有必經的人生路程——一步一步指向生、老、病、死的途程中，我始終無法忘懷的是：徐先生愛國家、愛家人、愛朋友、愛學生的率眞性格，他和時間展開較勁的韌力和意志力，他不斷地在書房裡一個字一個字寫下著作的身影……在四十七年和徐夫人厮守的歲月裡，他們育有四個兒女（二男二女），都先後完成了極好的教育（武軍、均琴、梓琴均獲博士學位，帥軍修得兩個碩士學位），而徐夫人長期照顧徐先生的生活，提供他全心寫作衝刺的空間。徐先生每一篇刊布的稿子都由徐夫人細心貼到一張白紙上，四周約莫留下十公分的空白，以便將來刊印成書再作增刪的工作。徐先生能在學術領域裡留下這般傲人的成績，徐夫人居功厥偉，在一封未收錄的家書裡徐先生坦承：王世高女士是徐家精神的後盾，也是他們凝聚的重要支柱。

徐先生在世時，把著作視爲生命的延續，他知道精神生命會贏過俗世的生命，刊行其著作乃是對徐先生最好的紀念，也是向他表示敬意的最佳手勢。徐均琴謄錄這些家書的心血是不會白費的。封面題字請好友書法家李金昌兄賜筆，併此申致謝忱。學生書局長期刊行徐先生的著作，傳布中國文化薪火，令人感念、欽佩，謹此代表徐先生家屬向歷任主持人致萬分的謝意。徐先生留下的著作能完整地呈現在讀者面前，學生書局是使徐先生著述得以傳延的苗圃。在這樣一個艱的時代，播揚文化的種籽，不是一件容易的工作。如今徐先生雖已辭世十年，覽讀其文，心中不斷浮起「人生朝露，藝國千秋」的感慨，他最後三十年苦心的耕耘，收穫豐碩，可稱無憾！

一九九二年七月十五日於北投・石牌

大地的兒子

——悼念我的父親徐復觀先生

徐均琴

「大伯大概大我四、五歲。我上學，他挑柴挑米送到學校時，他大概是十四、五歲；每次壓得他肩頸都是紅色帶紫，汗透了破布衫。這情形，我怎樣也不能忘記。」

「小時候，你祖母放聲哭喊的兩句話，早上好像又聽見了：『給我點亮兒吧！給我條路吧！』」

——父親病篤辭世前在病床上的話

父親出身自貧苦的農村。兒時舉家在鄉土上辛勤求生的經歷，在父親生命中留下了刻骨銘心的記憶。讓父親瞭解到，「我們的人民，及人民所活動的河山歲月，才是祖國的實體；而不限於某些權勢。」

此一認定，植下了父親一生在現實社會的政界、學界中，踽踽獨行的根。

父親是中華大地的兒女。雙脚一生踏實在大地的泥濘中。在「本枝百世，瓜瓞綿綿」的情懷下放眼四望；與現世依附在大地之上的人民共呼吸，跟歷代孕育自大地之中的子民通脈絡。古往今來，世世代代，一切在此山河大地的懷抱中生活的兒女，在權勢下常被煎熬成沒有面目的羣衆，在父親生命中都是有血有淚，有魂有魄，不容誣衊，不容踐踏的生民。

父親在病床上，忽然提及「天下為公」的思想，他自己過去沒有談到。立足於「天下為公」精神之上的民主體制原是父親心中、筆下，延續民族命脈的唯一路途。隨侍在父親身畔的最後幾天，父親在昏迷中總是連聲呼喚着祖母，神情淒然。是否瀕臨生命的終點，父親回顧平生，覺得對祖母的哭喊交了白卷呢？

然則，我們民族眞正得以生存的力量，來自大衆社會中胼手胝足，終歲勤苦的兒女。而我們民族在暗夜中的一點光，該就是父親一生所代表的一聲聲，「以百姓之心為心」所呼喚出的歷史上的眞是眞非吧！

——寫於一九八二年四月五日父親大殮火化之日

（本文作者係徐復觀教授的長女）

人的文化・愛的文化

——懷念我的父親徐復觀先生

徐均琴

「我的生命總是和我那破落的村子連在一起。」

跟父親在一起的最後幾天，父親睡得很不安穩。時時喚祖母。時時急促的嘆着「好慘啊！好慘啊！」

問父親有什麼要交待囑咐的話。父親抿着嘴，很難過的搖搖頭。眼角噙着淚水。

每想到父親，浮現在眼前的總是父親去世前，在至愛的兒女身邊所感到的寂寞和絕望。

「……到了不能從他的土生土長中吸取一滴生命的泉水，則他將忘記一切，將是對一切無情；將從任何地方都得不到真正的生命……」

兒時許多記憶是跟火車連在一起的。

搭不對號的火車。車剛停父親就趕在前面用手肘護住我，隨大伙一哄而上爲我搶坐位。讓我很難堪。父親站在我身邊用手扶住行李架，陪笑說「不幫兒搶個位子，兒一路站到臺北怎麼受得了呢？」

坐平快火車。我告訴接車的父親「鄉下人連點起碼的樣子都沒有。一點都不自愛。大聲咳嗽。大聲講話。一定要把脚擱在椅子上。」父親輕輕的笑了笑「兒已經有階級意識了。」

家裡有很好的西洋原版唱片。黃梅調風行起來了。父親常漫步繞着客廳，把唱機開得大大的聽黃梅調。令我十分侷促不安。

出國前，坐在計程車裡。父親問說「兒知不知道富貴還鄉的下一句是什麼？」「是窮則返本。兒出國，要是磨不過就回來。沒有什麼丢臉的。」我有些不耐，但沒有做聲。

拿到學位後，與父親在種種大前提上已經失去了共通的語言。父親在這沐浴於科學民主之中，詞鋒尖銳，對全人類的關懷溢於言表的女兒面前，只反覆說些「兒要愛護身體」「兒經常煩躁不安，這對兒的身體是會有影響的。」「要敬業樂群，把精神安頓下來。」這類尋常話。

父親最後一次到新澤西，有些才俊之士約着要跟父親「談問題」。父親坐在院子裡等。勸不進來。我調侃着說「這般人思想上完全沒有歷史文化的包袱。可謂是世界公民。天下之大爲什麼非要愛中國不可呢？不如勸他們用愛中國的態度去愛大俄羅斯民族、大和民族，對你老先生的老文化倒還多幾分好處。」父親氣極了。過了半天才說「我在現實上完全沒有權勢。人家特地來看我，用心總是好的。」「你這樣刻薄幸虧沒有學文史，否則會短命。」

臨行前，父親的囑咐是「兒對小孩的教育不必太認眞。」「兒還是信教吧，兒生活上太寂寞了。」回程中路過臺灣。父親託朋友爲我寫了「與物爲春」四個字。

父親一生認爲教育過程中含有必然的理想性。父親一生「反對以人牲祭神，更反對以人牲祭觀念。」

多年後，我才咀嚼出父親在「兒對小孩的教育不必太認眞」這句話中滲出的絕望。以及父親在「兒還是信教吧，兒生活上太寂寞了」這句話中溢出的愛。

「你幾次要我寫自傳，我感到應寫的是自己的父母，和環繞在我小時周圍的一批人。」

父親這樣愛我。我們終究是屬於兩個不同的世界。

在「阿長與山海經」裡，魯迅誠摯的懷念着兒時生活中的鄉下女工阿長。「仁厚黑暗的地母呵，願在你懷裡永安她的魂靈。」但在現實上，阿長對魯迅而言畢竟是「我終于不知道她的姓名，她的經歷。僅知道……大約是……」

我想認同的，是魯迅的世界。父親根源所自的，是阿長的世界。

在這兩個世界中對生活體認的差異，決定了父親與我對中國文化本質在認識上的分歧。

「你也不真正瞭解，我們民族真正得以生存的力量，乃是來自大衆社會中胼手胝足終歲勤苦的兒女。」

父親傳承的文化，是尋常百姓，具體生命中的文化。是人的文化。

因爲是人的文化，所以是歷辛酸的文化。因爲是人的文化，所以是含隱痛的文化。因爲是人的文化，所以是愛的文化。「吾非斯人之徒與而誰與」的發心是愛。「先天下之憂而憂」的發心是愛。「聖人無常心，以百姓之心爲心」的發心，也仍然是愛。站在愛的立場，父親曾熱切的對核心世界中的精英之士寄以厚望。希望他們所揮舞的形形色色旗幟，在呼風喚雨之餘，能讓基層世界中的族類沾點甘露。

但是，幾十年來，除了政治上的欺凌壓榨，文化上的摧殘撻伐之外，阿長豳風七月的世界，從統治者手中得到了什麼？從知識份子筆下得到了什麼？

然則，三年饑荒，十載文革，民族的命脈是黨綱撐住的麼？是知識份子護住的麼？阿長世界中的微賤之民傴僂匍伏在血河淚海中，維繫民族生機於一線，落得的是知識份子居高臨下的聲聲斥責「醜陋」「停滯」「愚昧無知」「固步自封」「落後貧窮」……。何曾念及升斗小民頑強中的隱痛，貧困後的辛酸。在精神上視黎民人格尊嚴如糞土的人，眞能在方法上爲民主舖路麼？

阿長由卑而微，因貧而賤的世界，在現實上完全沒有權勢。若沒有愛，縱使父親罄南山之竹，又有幾人眞願意跟父親站在一起，從精神上認同八億黃台之瓜？

每想到父親，浮現在眼前的總是父親去世前，在至愛的兒女身邊所感到的寂寞，和絕望。

一九八七年七月

十年後——紀念我的父親徐復觀先生

徐均琴

豈意微陽動寒谷，頓教寸木托岑樓

父親離開裏小脚的祖母，由大伯挑柴挑米送到縣城上高等小學時，大約是十二歲。十年了。午夜夢迴，我依然感覺得到父親去世前的緘默中所滲出的壓力。這樣荒寒殘破的村子，這樣停滯沒落的社會，這樣貧苦閉塞的村民。難說千百年來，由億萬生民在歲月之流中所積累浸潤的精神文明，在歷刼之後，眞能透過父親兒時的生活，向父親閃現火花，照明父親一生孤寂的路程？

×××

若說父親是傳統知識份子，我該是屬於新知識份子吧！

我這新知識份子是要在高雅的生活情調中，揮舞著「科學」「民主」的鮮明旗幟，從概念上爲民族覓生機的。

×××

科學精神是「知之爲知之，不知爲不知」的精神。對理論在應用上的限制，界定得非常明確。在提到（Isaac Newton）的萬有引力定律時，一定擺明在應用到三體在交互重力場中運行時，在演算上所遭遇的重重難關。

科學理論絕不輕易從一個體系中，避開實驗數據，以「想當然」的方式應用到另一體系。波爾（Niels Bohr）解釋原子光譜的理論，在應用到僅含一個運行電子的氫原子時，十分貼切。在應用到含兩個運行電子的氦原子時，却一籌莫展。

科學方法的立足點是以具體的預測，訴諸於客觀的驗證。費曼（Richard Feymann）提到量子電力學時（Q.E.D.），再三強調其中的狄喇克數據（Dirac's Number）理論上的預測值是1.00115965246，由客觀驗證所得到的實驗值是1.00115965221。

在涉及錯綜複雜，以「人」爲中心所展開的各種層次不同的問題時，又有誰的「理論」「學派」「主義」眞能藉「科學」以自重呢？

×××

小時公民課本中有蔣總統所列舉的農村十大罪惡。「一，輕忽時間，二，不重數字……」。這是在現實政治上，把爲民族墊底的生民分析成咎由自取的一群。我氣憤憤的拿給父親看。父親當時默不作聲。事後寫了「誰賦豳風七月篇」一文。

在政治理想上，我這新知識份子與父親是意氣相通的。

×××

在我經常詠頌品味的「阿Q正傳」裡，魯迅把千百年專制政治在社會上積壓的黑暗，一筆寫在「沒有家」「也沒有固定的職業」「只爲人家做短工」的阿Q身上。這是在人格尊嚴上，把爲民族墊底的生民分析成咎由自取的一群。

在文化意識上……，在文化意識上？我這新知識份子的生命中是沒有落實的文化意識的。

×××

希臘古聖先賢生存的社會中，有四分之三的成員是奴隸身份。在「不算人」的奴隸的肩背上，搭蓋著少數「公民」在高雅的生活情調中仰首高瞻的溫床。

中國古聖先賢，一開始就用「愚而神」三個字肯定了一切勞苦生民人格上的尊嚴。用「吉兇與民同患」六個字鞭策著知識份子從現實上爲一切生民提供「五畝之田，植之以桑」的生存條件。這就是傳統文化壓在知識份子良知上的包袱。

父親去世後，與自己根源所自的族類，從情緒上的疏離到精神上的隔絕。我終於掙脫了歷史的重擔。

然則，夜闌人靜。在身無所屬、夢無所寄、魂無所依之餘，想到父親一生的感憤，去世前的絕望，竟是很有些羨慕的。

唉！父親！父親！

書寄永洋•玉澄

永洋
玉澄：

向您們全家拜個年。父親的信，因爲是用藍色的鋼筆寫在藍色的郵簡上，影印的效果很差。所以還是決定聽志成以前對我的建議：手抄一遍。這星期我們放假，抄了近兩萬字與此賀卡同時寄出（航空）。希望您們過目後能給我點指示，我現在是覺得盡量少加註免得畫蛇添足，但是附一點「同年大事記」之類的資料，表達一下當年的時代氣氛。要是您們覺得可以的話，我盡量「有恆」的每天抄兩封，希望能藉這機會恢復一點起碼的中文水準。父親去世時我曾發願要爲父親寫三篇文章，因爲今後怕很難再出現像父親這樣的「農村」知識份子，像父親這樣堅持要把人當人的知識份子。若這些信件眞能付印，我希望自己能有能力寫成第三篇文章——希望記得父親的人都能惦念父親出身的「豳風七月」（徐先生描敍家鄉和農村十分深刻動人的一篇文字「誰賦豳風七月」收入「學術與政治之間」）的世界。

「八芝蘭隨筆」（「八芝蘭隨筆」是曹賜固先生的集子，校注者曹永洋的父親。）眞是「精品」。封面、編排、文筆跟曹伯父的性情是一致的。曹伯父與先父是屬於知道自己從何而來的一輩。在美國望來望去，很難得望見幾個知道自己從何而來的「移民」，都是飄浮着。曹伯父的身體不知穩定下來沒有。我沒有把洪銘水的那本寄給他，打算找機會去看看他們，再隨身帶給他們。

宏光年底回臺一趟（我婆婆身體不太好）。他這次不驚動朋友。十八年沒回臺灣了，回去專心陪陪媽媽。

方便時希望能寄本玉澄譯的「歐亨利短篇傑作選」給我們，玉澄八月後的行止決定沒有。我現在一心盼着孩子上大學，我的責任就盡到了。

今天報上記載，當年美國在Wounded Knee 屠殺大批印第安人，今天是慘案百週年紀念。

徐均琴 九〇・十二月・卅

〔徐復觀書札謄錄者徐均琴博士寫給校注者曹永洋、鍾玉澄夫婦的書簡。〕

徐復觀家書精選

目錄

附錄

民國四十九年（一九六〇）

1945 年 12 月 16 日攝於重慶南溫泉（前排右起長子武軍，長女均琴。）

咪兒：

你的能力一定能考得取大學；〔這封信是徐先生在愛女徐均琴考上大學前從日本寫給她的。是年（一九六〇）徐先生去日本，並為香港「華僑日報」寫下膾炙人口的東京旅行通訊十一篇。現收入《徐復觀文錄選粹》（學生書局）。〕考的時候，要「神閒（安閒，不躁急）氣定」便好了。我之所以買這些衣服給您和蒙，是要你們知道，你們並不是沒有物質的享受，才瞧不起物質的享受；而是有物質的享受，却瞧不起物質的享受；因爲在精神上是切切實實的，把自己的人生放在學問方面，放在對國家社會負責任的方面。這種意思你可轉告訴給妹妹。

再者將來萬一有什麼變故，沒有好衣服穿，也覺得沒有什麼。因爲你們是穿過好衣服的。

爸爸　七月四日

〔徐復觀經臺中農學院（今中興大學）林一民院長之邀請，曾在該校講授「國際組織和國際現狀」。後教大一國文，民國四十四年私立東海大學創校，曾約農先生任第一任校長（民國四四—四五年），徐先生受聘為該校中文系系主任，力邀牟宗三、魯實先、梁容若……等教授專任。臺大董同龢、鄭騫、戴君仁等名教授到東海兼任。四十九年長女由臺中女中考進臺中農學院化學系。徐先生育有二子二女，信中長女均琴有暱稱咪兒、小毛、苟子；大毛則指長子武軍，蒙指次女梓琴，帥係指么兒帥軍。本書所收錄徐先生書簡均寫於他在東海大學執教期間也。〕

民國五十年（一九六一）

徐先生四個子女，由右到左依次為武軍、均琴、梓琴、帥軍（約攝於一九六〇年）

小毛：

我看了你的信後，使我非常的悲觀。你寫信的動機、目的，是在爭取你玩的權利，及對於你玩的同情。因爲你目前根本不了解生存競爭，乃是一種很嚴肅嚴酷的事實；因而無形中，不以奮鬥來形成你的人生觀；而是覺得享受才是人生的意義。在此一心理狀態之下，做功課變成了一種裝點門面的應付的工作，甚至覺得用功是無效的（實際只是覺得無意義的），當然不能安心用功下去。你不了解我們目前夠水準的生活，是經過我奮鬥得來的。並且還須要奮鬥來繼續。而弟弟假定一切順利的話，也要到我七十歲時才能大學畢業。並且我們奮鬥的前提條件，可能一夜之間便徹底喪失了。你也不眞正了解：我們民族眞正得以生存的力量，乃是來自大衆社會中胼手胝足終歲勤苦的兒女。而許多智識份子的意識，生活形態，都是寄生蟲，剝削性的性質。所以歷史上，每一次大變動時，智識份子便受到一次清算。我每逢看到你認眞做完功課後的休息（聽收音機等）神情，我也同樣的快樂。看到你落不下心來，東挨西混的情形，便感到非常難過。你所有的不滿，只要改變成「奮鬥才是人生」的心理便一切自然解決了。

因爲我們家的一向窮苦，所以我體認到窮苦的老人和小孩子們對於物質欲望的眞切性。因此，我總想把你們的物質生活放在一個水準上，讓你們只關心讀書，而不分心於生活。誰知這在不知不覺之中，却養成了你們的不懂事的惰性。哥哥現在覺悟過來了，但已稍嫌遲了一些。我懇切希望你有一種眞切的反省、覺悟。把生活放在一切以奮鬥爲目的的基點上。在社會中，站在反惰性的一面你的精神便自然會安穩下來並且會眞正得到人生的意味。

爸爸 八月三日早

排練的心理與表演的心理，是完全不同的。排練的心理，只顧如何想辦法。表演的心理，只顧如何維持場面。經常是排練而偶一表演的人生，是眞實而成功的人生。經常是表演而偶一排練的人生，是虛幻而失敗的人生。

均琴兒誌之。〔這兩封信是徐先生寫給唸大學時的愛女徐均琴的。〕

爸爸 一九六一・九・二二

民國五十三年（一九六四）

一九四七年夏咪兒時發微熱，余深以爲憂，十月間余因事攝照，咪兒堅欲自照一張，即此照也。現兒隨母遠離，念何可已，因追記之。

佛觀附識　民國三十六年

徐均琴幼時小影（五歲）

【一】

咪兒：

我拿筆寫這封信時，你還在太平洋上空。〔徐均琴剛出國時（一九六四年）徐先生寫給愛女的信。〕。昨天看你上飛機後，我只哭了一兩聲，媽就嚎啕的大哭了。今天上午媽清檢你的衣櫃（永遠是你的），媽又嚎啕大哭。說你要東西又捨不得用；綠裙子改衣服還未改成功；兩雙套襪也沒有穿。兒！你一直跟著爸和媽二十二年，每天回遲了一點，我就不放心。今後夠我們想念了。你要堅強起來，在學術上努力。將來還是和爸同媽在一塊。昨天中午請客，所請的客人到齊了，館子說是仰我的大名，特給一個堂皇的房子，菜也很不錯。大家都說你好，總算結果非常圓滿。

媽和帥是坐昨天四時四十分鐘的觀光號回來的。我是坐昨天晚上八點鐘的車回來的。蒙要今天四時四十分的車才回來。帥今天已上學。友齋今天回去了。柚子給人偷了好幾個走了。

五三・九・四・上午十一時半

媽又發現你一篇譯稿，我也流淚了。

哥走的時候，媽一路哭回來。這次媽說不哭，但恐怕哭得要多。

兒：

我和媽說你眞猴相，猴到了手又捨不得用，一些小東西，都收拾得好好的。爸此時想到蒙和帥時，都是淡淡的。屋子裡看到這裡也是你，看到那裡也是你。爸覺得太不夠了解你。你的文字，意境都很好；只是說話尖銳，這是不行的。還有，不要學爸，見什麼，便想買什麼。買後不僅得不到用處，反成累贅。飛機場上看到經手行李人的面貌，那是普通的衆生相，一定要能看得慣。但社會上也並非只有一樣的人。中國旅行社的那位米先生，便超出營業範圍以外來幫助我們。你要了解，一直到大學畢業，你都是在溫室中培養大的。從昨天起，你才開始在自然天氣中生長。你要把握這一環境的演變。好學、愼言、愼行，是在任何環境中的不移法寶。這半年你要應付功課的落伍，語言的生疏，生活習慣的改變，這對於你，是要有精神上的準備。在這半年中受挫折，那是天經地義的。總要苦上一年，你才可慢慢站起來。

從臺北回來後，你同學寄來的信，計有……沈公公成章，特地來了一個向你祝賀電報。他的住址是……。過年前你一定要寄一個賀年卡。當然湯校長、劉道元、羅清澤、張駿、宋勉南、郎渭川、涂頌喬、瞿荆洲、余紀忠、謝仁釗〔以上皆為徐先生交往密切的好友。〕諸位，以及東海曾送東西給你的，你今年都應寄賀年卡，以後便可以不寄。你想到臺灣吃的東西，隨時來信，隨時寄給你。你是爸和媽養的一隻小雀子，隨時須要爸和媽的。

九月四日下午四時　爸

你到校後，定一個郵政信箱。

下午我坐六點十分鐘的車下山，七時半接到蒙蒙。她說多住一晚，一點也沒有意思。蒙睡你的床，帥睡蒙的床。媽一直想哥哥送你到校。我爲了愛惜這一筆旅費，不願哥哥送。不知送了沒有。

九月四日晚十時

【二】

咪：

媽把你留下的衣服清成兩箱子。我說「你平時不教給孩子不要輕易添置東西，都糟蹋了」；「她一點點的買，買了以後，又向我解釋，可憐……」，又是一堆眼淚。剛才又清出你八、九條帶子，我說：「買東西要事先多想想，寧願買好的，合用，不要買多的」。你媽又說：「兒子沒有錢買好的」。一個偉大的母愛，眞像海一樣。下面是今天早上做的一首詩：

廿年育汝如哺雀。毛羽初成向遠枝。剛健定能當世變，嬌嗔莫似在家痴。

茫茫人海恩難盡。惘惘衰年會可期？什物阿娘重檢點，依依猶是膝前時。

五三・九・五・午飯前　爸爸

兒：

我正睡午睡，夢見你翹著嘴從臺北回來，用力翻你的抽屜；我就驚醒了。起來記上。我們所想的，只是你留給我們過去的生活情景的積累；但實則你已開始展開了嶄新的生活的新頁。媽一整上午清理你的東西，淚流不斷。你眞像個小猴子，什麼東西也留在自己的洞裡面，什麼也捨不得用，連過去的什麼一點點花邊，我從日本帶回來的圈頭髮的圈子，也在內。你要盡量把眼睛向前看，把生活的新頁是如何在展開，不斷地告訴我們，然後才能轉移我們對你過去生活在我們週邊的印象，慢慢地淡下去。你目前是生活上的飛躍。你自己要能意識到這是一種飛躍，並使我和母親也能意識到，不在生活舊圈子中想念你。

五三·九·五·十五時

爸

兒：

大家還在睡午睡。

不是突然離開我們，如何能了解你在我們生命中意味的重大。媽說：「這樣慌忙，沒有人記起和她照一張相」。但在飛機上已經照了。

現在（下午四時）剛寫好「一個自然科學家的悲願」（此文收入「徐復觀文存」（學生書局新刊，一九九一年六月初版）。）短文，介紹朱利安·赫胥黎（朱利安·赫胥黎為著名生物學家。其祖父湯瑪斯·赫胥黎與《進化論》作者查理士·達爾文同時代，也是著名生物學家。其昆仲阿道斯·赫胥黎因天生視力弱，只好進入人文科學領域，結果成為著名文學家，即《美麗新世界》一書之作者，此書被譽為二十世紀十大小說之一。）的「新人間主義的構想」。

你寫信回家時，不要修飾辭句，不必注意錯字；因爲這會躭擱你的時間。剛才吃晚飯，我叫蒙要常常寫信給你，她呱地一聲哭出來了。我今天才體認到骨肉間的關係，是生命以內的關係。此外的經濟、政治、乃至知識，都是生命以外的關係。

九·五·下午六時卅分

昨天端木（端木愷，曾任東吳大學校長，攻法律，端木氏係東吳大學之傑出校友。）伯伯來臺中，陪了一個下午，累個半死。媽下午和蒙去看了《瑪利姑娘》。心緒好一些。今早找出你掉下的傷風克，媽又說：「兒子可憐，我什麼也不會招呼她，一樣樣地要她自己弄」。我說：「她是個小猴子，什麼東西都向自己洞裡搬」。你桌上的玻璃墊下面的東西，已告訴蒙，不要變動，要保持給你回來。

九月七日早七時二十分

兒：

昨天晚上接到你從東京來的信；照相機能適用嗎？太便宜了吧。今天晚上接到你從洛杉磯來的信，沒有提到哥哥接到你。老陳送了你的禮。下午我陪媽去看了《深宮怨》，另寫了一篇短文章。

九月七日晚十一時

又王華玲〔東海大學第一屆歷史系畢業生，後在美國獲歷史學博士，因適夫婿胡家倫博士，常以「胡華玲」寫作，近著《緣非緣》由九歌出版社印行。〕回來了，過幾天又去。她一面教書，一面修博士，每天只睡五小時。

今天下午五時半，我上去拿信，帥在後面喊「再過兩點鐘就送來了，等不得」。一拿便拿到了你快到夏威夷的明信片和在哥哥家裡寫來的信。六舅也來一信，大大地稱讚你；他將近兩年不來信了。我們的情緒已莫名其妙的轉變，轉變得爲你而高興。

爸爸　九・九・晚十時

十五日投郵

從臺北回來後，除繼續寫那篇長文章外，另寫了三篇短文共約一萬字，年輕人的精力也不過如此。

【三】

咪：

剛才做夢，和你坐火車，車上很空，慢慢開進車站，我從窗口望出去，望見大毛站在月臺的階梯上等我們，我說：「哥哥來接了，你看見沒有」？你望出去，沒有望見，說：「車停好，一出去，便會看到的」。立刻醒了。大毛好像還是十幾歲的樣子，一連兩天上去拿信，都沒拿到，你大概一直要到校後才來信了。一到校，你的新生活才眞正開始。淑女（陳淑女，東海大學第一屆中文系畢業生，曾留校擔任助教，後留學日本，返國後曾在淡江大學日文系執教，徐師著作之整理，她居功厥偉。）在東京機場陪了你好久？沒有要她花錢吧！到東京市內去看看沒有？

爸爸　五三・九・十二・早五時半

兒：

剛才睡午睡，夢見你在堂屋的。接著又夢中作夢，又好像是在你的學校外面我告訴你做夢的情形，你說：「我們的實驗室是在整棟房子的外面，一共有兩間，後面是田野」。我便說：「兒！你要把房外面的環境也照回來啊」，眼淚就來了，我就醒了。帥鬧著不願去補習英文，現已經去了。

九・十二・十五時

葡萄樹上昨天發現結了兩串葡萄，今早我把它剪下來了。

兒：

十三日我陪媽出去旅行，這是我發起的，一車子都是老先生老太太，其中還加上外國的。前天上午到頭份參觀人造纖維廠。下午參觀清華原子爐，青草湖。昨天參觀石門水庫，比日月潭偉大而美麗。下午經鐵砧山回家，妹妹弟弟未去，媽的興緻很不錯。六時到家，七時便收到你十日在機場和十一日剛到校的來信。兒：如考試不及格，要重修，多讀一年，從學問上說，實在是好事。臺灣大家不知道做學問，主要不知道學問的嚴格性、嚴肅性。你們留學，首先，就在受到這種嚴格的訓練，這是進入學問之門的第一步。並且基礎鞏固了，以後一步一步的走下去才容易。即使以後沒有獎學金，我和哥哥都有能力接濟你，用不上你躭半點心。假定你和哥能順利發展，我便可以早些退休，專事著作了。學問是要一代一代的接下去的。我不行，還有你們接下去。媽對於玩很有興趣，我以後會鼓勵她常常旅行的。她的身體似乎不錯。

五三・九・十六・早六時半　爸爸

你封面的英文寫得大大地進步。兒：你譯的「赤子心」今天在徵信新聞報上刊出來了。

十六・十二時

稿費怎樣處置？

帥說稿費應該給與他，因爲他開學後很用功。我以前到蔡伯伯培火（蔡培火先生，本省閩人在基督教長老會中亦為領導人物，曾負責紅十字會多年。）家裡，他拿美國的李子罐頭給我吃，當作寶貝，想不到你現在吃到新鮮的了。前幾天蔡伯伯又來，我陪他下去吃飯，他同人說：「徐太太是美人」，我聽後眞的要笑掉大牙。

帥今晚一口氣寫封信給哥哥和你，眞想不到他頭腦這樣清楚。

九月十六日下午七時十分

十七日

【四】

咪兒：

昨天寄出了一信，也寫了一信給哥哥。大概考試的刼難已經過去了吧！「勝固欣然，敗亦可喜」。我始終認爲重修功課是好事。帥昨天晚上吃完晚飯，便急忙忙地趕代數。代數做完後，便伏在桌上給你和大毛哥寫信。我花了五塊錢（隨後又退還給我）要來看了，媽媽也看了都覺得心裡難過。眞想不到他整天的胡鬧，却寫出了許多的性靈話。蒙認爲比她寫的好，但蒙寫得也不算壞。照常情講，他兩人明年升學，應不成問題。帥的信，大毛哥轉給你沒有？他的天分慢慢地露出來了。我們的「學藝周刊」，大概本月二十二日可以出來。

五三・九・十八・早八時

兒：

今天是九月二十，舊曆的中秋。現時蒙和帥已經出外去玩去了，媽的菜弄得很好，但眞是冷清得多了。我昨天一早到臺北爲了周刊的事情，參加了一位青年人的婚禮，晚上便回來了。在車上想到我們對孩子雖有點嬌慣，但兒子來回臺中臺北之間，開始還不肯坐觀光號，可見還保持我們應當有的純樸。昨天在婚宴上恰巧我和殷海光（臺大著名哲學教授，五十歲盛年病逝。在哲學系教邏輯，門生受其陶冶影響頗不乏人。）先生坐在近對面，開始憋著不講話，以後他說我像拿破崙的性格，敬我的酒，以後要我送他的書，談得很熱鬧。下面是寄給你的一首詩：

甲辰中秋寄咪兒

年年佳節共呢喃；明月今宵汝獨看。
聞道隔洋昏曉異，可知天上不同圓。

蒙蒙再三說：「我覺得我們家裡很美滿」；她決定改丙組了。昨天帥的錶帶到了，港幣一百十五元，他很高興。讀書比蒙蒙乖。

九月二十日晚七時

你走路一定要走輕些。蒙蒙決心今天轉丙組。

二十一日早七時四十分

咪：

我以爲昨天下午一定可以拿到你的信，結果沒拿到。從前的法顯（晉）和玄奘，徒步往印度求法。因爲認爲這樣去求，所得才是眞的。你們到外國留學，實際也是求法；不過今日的法是科學而不是佛法。佛教徒爲了求眞法而忍受千磨百難；你們爲了求得眞正的科學，也應有忍受千磨百難的決心和毅力。如考試不及格，對你來說是好事，而不是壞事。至於到美國去混生活，那便太無聊了。你和哥通信時，把這段話告訴他。有空的時候，把你所了解的哥哥的情形告訴我。我以後不再要求他什麼，那是無益的。以後寫信，你可以用航空明信片。來信告訴帥，要把時間用到主課方面去。

五三・九・廿三・早五時

【五】

兒：

今天下午上去拿信，還是撲一個空，大概現在才知道生薑是辣菜吧，你體重又減輕了多少呢，量過後告訴我。媽幫蒙做一件衣服，把領的前後開錯了。昨天又在拆自己的旗袍，問明後，原來她自己新做的一件，領子剪大了八分。我說：「最好你每月做一件，免得完全忘記了。」她勃然大怒地叫道：「我是可憐我兒子，她要我學，我只好學。你不要發昏。我這大年紀還要做衣服？以後我的衣服都拿下山去做。」把我嚇一大跳。今天來一天的客人。我們十月一日正式上課。兒！你要記得走路要放輕一些。昨天我下山買肥料，原來有許多講究，我們過去都是胡搞，這次是按科學知識買的，一次花掉五百三十元。

五三・九・廿四・夜八時半

咪：

剛才我上去拿信，居然拿到你九月十八發出來的信。第一使我驚奇的是你只補修一門功課，我判斷你要補修三門。第二，我驚奇你自己弄飯吃，這把你原來的計劃完全改變了。你從十七日下午情緒的轉變晴朗，我認爲這是應當有的。不過，西餐的營養比較夠，我希望你吃貴一點的西餐，不必自己弄飯吃，營養不會夠的。說也奇怪，我們想念你的情緒，也是突然轉變的。以後只想到你而高興，盼望你的來信，不再心酸眼紅了。今天早上吃早餐時，媽自言自語的說：「一百四十元」。我問「什麼一百四十元」？「我大毛出去坐船，不是一百四十元嗎」？剛才看了你的信，她又眼淚直流了。明天會買辣菜菔罐頭寄來的。我希望你能和印度小姐及韓國的金小姐處得很好。究竟我們總覺得親近些。金姓在韓國是大姓。還有一點我得告訴你，你得比臺灣加工許多許多，才能跟得上，牛奶喝得太少，是不能支持的。盡量多吃水果，有營養的。

九月廿五日正午十二時四十分

多少人羨慕你！實在你沒有可以哭得出來的事情，好像壯士上戰場一樣，心裡有數，各種各樣，都是戰場上應有的。人與人之間，首先要自己一舉一動有分寸。其次，不以自己的分寸去要求他人。有的事，心裡可以清楚，嘴裡不可清楚。但對男性，則有時應清楚些，只不可出口傷人。最重要的是除讀書、工作以外，另注重兩件事：㈠營養㈡萬不可在小生活環境中發生彼此不愉快的情形。稍爲有一點，便抑制自己，轉換觀點。

九月廿五日下午三時半

我的身體可以說是太好了。你媽也好得多。徐灶生伯伯的孫女考到東海的歷史系（東海大學初創時代，文學院教授陣容堅強。除徐復觀、牟宗三諸大師，尚有張佛泉、徐道鄰、藍文徵、祁樂同、孫克寬、魯實先、梁容若、蕭繼宗……極一時之盛。」，今天來註冊，帶來一隻雞，晚上便吃雞湯麵，帥覺得他分的雞比蒙少，對媽大不滿意。媽要寄計算尺，兩件西裝上身，電鍋給你。

九月廿五日下午七時十分　爸爸

三門課的名字告訴家裡。有空的時候，實驗室的情形也望能提到。我到石門水庫照的相，大概一張也洗不出來。不知怎的，我很想再買一個照相機。

【六】

咪兒：

今天林文澄的太太來了。她回國一年再去。她說：任何人初去都是頭半年吃不消，半年後便會適應了。又說：在中國，一個學生在課室裡沉默不言，可能考到好分數；但在美國，則認為這是反應力遲鈍的人，不可能給他或她以好分數，所以大家爭著舉手發言。她談得很多，談得很清楚。但頭腦完全美國化了。

五三・九・廿六・十二時　爸爸

媽媽上午下山，十二時回來，為帥買了點心、西瓜。但帥吃飯時又挑菜，又不肯去補習，惡聲惡氣，把媽氣得大哭一場，現在還在哭。

九月廿六日一時

我睡午睡，帥故意用重步走來走去，我故意說，是一隻螞蟻在走。蒙盡量哄著他，他依然去補習了。後來蒙在我面前大大地表功一番。

兒！你把自己的生活，寫一個時間表寄回來。

九月廿六日下午八時

廿六日夜十一時 爸

咪兒：

昨天下午，帥第一個下山，蒙第二個下山，媽和我坐四時五十分鐘的車下山。媽說請我們上館子，所以全家照完相後便到沁園春，吃了一百〇八元，還是我掏腰包，媽看到，笑逐顏開。照片是預定寄給你和哥的。飯後兩個小的上山，我和媽看《京華春夢》（電懋的），我覺得比邵氏的好。帥一直鬧彆扭。

廿八・早・七時 爸

媽用一件好旗袍料子做一件旗袍，不曉得做成什麼樣子。現在改作短夾克，依然穿不出門。今天顏千鶴和她的丈夫來了。千鶴還是那個樣子，他的丈夫有點像乾帶魚，看樣子人倒很好。爲我們照了幾張照片。老陳今天來按照專家的規定上了肥料，我心裡很高興。凡是對於一件東西，能作一個適當的安排，這就稱爲心安理得。我們的周刊延遲到十月五日出刊。

廿八・晚・八時

咪兒：

我下午和媽說，大概星期四可以收到你的信，但依然忍不住上去看看，却拿到你九月廿五日發的信，這是媽生日的頭一天，太好了。兒，家裡沒有一樣事，須要你躭心的。第一，我在學校的環境比過去好些。我和媽的身體也比過去好。帥和蒙讀書的情形也算是中上的。有一篇文章，本來打算在暑假中寫完，但現在還只寫兩萬多字；這本書，最遲在年假中可以寫完，明春付印。本年暑假只寫七萬字左右；不過，他人在暑假是休息的。家的對於你，只幫著你著急功課，其餘的一切都放心。我和媽只希望你三件事：㈠營養。接你這封信，也放心了。㈡專心功課，只想功課。㈢對環境的忍耐。你不要想，在自己的功課未站起來以前，不可能受到他人的重視。同時，我有信心相信你一定會站起來的。同時，旁人有關對你的安排，也一定有他的道理。所以你除了功課以外，什麼也不要想。

今早爲我在香港買東西的學生來退回剩下的三百三十元臺幣，你媽向我要錢下山買菜。我說：「今天何必下山」？媽說：「明天早上吃麵，總要放點東西」。這才嚇得我一大跳，我把她的生日完全忘記了，趕快陪不是，把所有的錢都塞在她手上，並申明不要她還。腦子裡整天想自己研究的問題，連家裡這樣大的事情也忘記了；前天接到大毛寄回的賀片和二十元，也沒有引起我的聯想。我希望你也連想家的時間都沒有，那我就安心了。

九月廿九日夜七時　爸爸

照片過兩天寄來。

【七】

女兒：

好幾天沒有提筆寫信，因爲心裡總以爲這幾天一定會接到你的來信。但一直到現在，還沒有接到。兒！你不要功課見不得人便不告訴家裡。在半年中，你的功課不可能站得起來。頂不了，將來再換個學校，念一個碩士學位，回來當講師好了。本月五日《學藝周刊》出來後，昨（七）天我便接著好幾封想不到的來信，贊成我的文章，贊成這一周刊，便把我累了一天。現在才知道，這一周刊實際會增加我很多的負擔——看文、改文、回信。到一相當時間，我應當放棄它。

五三・十月八日下午三時　爸爸

兒：

下午五點又上去拿信，眞的拿到你十月二日發出的信，太高興了。你目前功課的失敗，我一點也不意外，一點也不驚慌。因爲㈠中興大學等於沒有教學。㈡你等於沒有做過實驗。㈢你在臺灣讀書的情形，在我看，只能算是點綴式的用功，並沒有眞正用過功。加以今年暑假中的荒廢。那你的功課怎樣的能及格呢？這種不及格，正是證明留學的價値、意義。現在上面的三個原因都消失了，你硬著拚下去，過了幾個月，一定可以趕上的。不過你要知道，你要比他人多拿出一番工夫出來補償過去的。此外還有個心理上的因素，你要改過來。即是：你喜歡彎著想問題，這便常常走入歧途，寃枉費精神時間。對於書上的規定，只有完全承認它是對的，順著它想，順著它轉，那大概便容易多了。有了基礎之後，才能說得上懷疑，新闢途徑。你聽講和記筆記，有問題沒有？因爲你須特別加工，所以特須注重營養，多喝牛奶，多吃鷄，多買鷄汁沖湯喝，多吃水果。你的身體是很棒的。體重要到一百二十磅才算及格。你覺得哥哥明年回到學校會有什麼困難嗎？仔細想想告訴我。我不會再託人招呼你。殷海光先生來信，說我的書是必傳之書；又要了我的《中國思想史論集》去看。彼此能通氣，總是好的。一直罵我們的那個壞刊物，大概很難繼續下去了。

十月八日晚八時　爸爸

兒：

你的德文筆記，明天由水路寄給你。

這幾天我和媽精神上很緊張。前幾天，發現馬路那一面的扶桑籬笆，給人家做成了兩個大洞，這是在大偷以前的準備工作；我趕忙砍了些帶刺的玫瑰枝子去搪塞。歐巴桑昨天又告訴我，當她回去的時候，又看到四個小孩子伏在地下探伺著我們的椪柑，給她嚇跑了。想不到我們的椪柑是這樣好的種子；在下階級的右邊一株，大概兩個半就有一斤，綠得放光；我和媽希望他們遲幾天才下手，讓我們多看幾天。天天在和這一群小偷鬥法。我想，總不至於一下子偷光，讓我們吃到三、五個吧。今天下午帶兩個東西下山去吃小館子，這完全是因爲你在家沒有吃館子而啓發出來的。但這兩個東西一直吵吵鬧鬧。

五三・十月・九日・上午七時半　爸爸

兒：

天天有所得，是人生最大的樂事。這幾年支持我的精神力量，便在「天天有所得」五個字；可惜已經太遲了，爸已經老了。你們比我的運氣好。天天有所得才是眞實的人生。否則只是胡混、虛幻。

爸　十・十六・晚十時附記

【八】

兒：

昨天余紀忠伯伯到臺中來爲《學藝周刊》請客，臺北的編輯委員也來了，一共二十餘人，眞是極一時之盛。也可算是小題大做。今天中午，我請臺北的編委吃了一頓飯。飯後上山時，在車站看到一位小姐向我看了幾眼，我一時想不起來；她忍不住問「你是徐伯伯嗎」？我才想起她是王淑美，於是在鐵路餐廳吃了一塊西瓜，她說你一直沒有信給她；我便把你的情形大略地告訴她一點，並說：「實在沒有時間寫信」。她在大雅中學教書，學校非常簡陋，看樣子很辛苦。帥最近讀書又不乖，盡討巧，放鬆重要功課，氣死人。最近幾天我一直有點傷風，討厭極了。鳳錦芸來了好幾封信，問你的情形，我明天會回她的信。

爸爸

五三・十・二十一日

昨天王淑美和我說：「我們學校，等於沒有做實驗，大家在那裡呆著玩」。我說：「爲什麼你教家教，功課考得比均琴還好呢」？「那裡話。我是從丙組轉過來的，考得太不好怕人笑」。昨天我在下山的車上遇到陸費老師，談到帥的情形，她很生氣。晚間在床上，我告訴帥，帥還不相信。後來他問：「還有什麼人在一旁」？我說：「還有陳鼓應。陳還問這是說那一個的？我說是說我的寶貝兒子的」。過了好久，帥又問：「陳鼓應〔臺大哲學系碩士，後赴美，現在大陸任教。〕是不是一個愛多嘴的」？我說「有一點」。帥過了一會兒自言自語的說：「他會到處說我」。其實，陳鼓應不會到處說他；但他可能要挨田校長一頓打。

十·二十二日早七時半

兒：

你十月十六日的信今天收到了，也收到大毛哥的信，這是我最高興的一個下午，雖然還有感冒。恭喜你已經闖過一關了，能及格便是大成功。你在種種不利的條件之下，居然第一個月考便及了格，已經算打了第一勝仗。更難得你有一個好哥哥嫂嫂，不斷地買東西給你。尹伯伯下午來我家，把大毛哥的情形很詳細的告訴我；他說在美國的女學生，頭半年總要哭幾十場。他很說大毛哥和庭芳的好話。今天已經收到郭大夏的文章。杜維明和梅廣（郭大夏係東海大學外文系第三屆畢業生，杜維明係東海大學中文系第三屆畢業生，梅廣為第二屆中文系畢業生，後二人後來均在哈佛大學獲博士學位。）的文章未寄來，但題目已告訴我了。這幾個學生，始終保持原來對我的態度。昨天中午和臺北來的幾位在沁園春吃飯，陳鼓應說：「這是臺中最好的館子」。我問：「你怎麼知道」？他說：「我上中學時，從這裡經過，總是向裏面望；心裡想，不知什麼時候也能到裏面去吃一頓」。他講得很天眞。關於爲你買東西的事，由媽包辦，我便一字不提。

十月二十二日夜七時四十分　爸爸

【九】

咪兒：

這幾天一直沒有提筆爲你寫信。昨天的講演，聽的人不多。不過，講的內容還不錯。發表出來後，我會寄給你看看。你的稿費昨天才寄到，三百元。你媽要把它留起來，我主張拿出來給蒙和帥平分，結果是分掉了。再交給媽存起來。園裡的橘子，到現在爲止，只被人偷了兩小次；希望能保持到下月半，才理想。好吃極了。今天這裡降落演習，看樣子是很成功的。不過據美國科學家分析，中共爆破的是鈾二三五，這已經是相當高級；並估計每月可造一顆原子彈，兩年後可造氫彈（二十五日華僑日報）。因此，時代實在是在變化之中，而且可能變得很快。所以你和哥哥，要努力讀書求學，在學問上找到一個確實可以立足之地。

爸爸　五三・十・廿七夜七時

我們此次參加世運會，有一百六十多人；把一切希望寄託在楊傳廣身上，結果楊傳廣是第五名；現在正在臺北受盛大歡迎；蒙們還要學一隻新歌唱著歡迎，阿Q的精神，眞發揮得十足，非常値得佩服。其餘去參加的人，一句話說完，「百醜丟盡」，我想不透大家爲什麼這樣的寡廉鮮耻，喪心病狂。

爸　又

兒：

昨天（廿八）是星期三，我晚飯後去上課，順便到郵政局看看，居然拿到你十月二十三日來的信，這算是收到來信最快的一次。慧代買的織畫四幅，已寄到了，日內可以寄到大毛哥那裡轉兩幅給你。我講演的結果，只是平平。但內容是可以的。根本說，人生無所謂得意或失意，而只有自覺不自覺，及自覺的淺和深。得意或失意，只是暫時感情上的小波紋，和海水的本身沒有關係。人格和學問，都是在失意中鍛鍊激勵起來的，因爲這容易引起反省。

人生主要是在能抓住一條基本路線向前走；在基本路線以外，只是隨緣應景吧了。你第一個月考能及格，像這樣拚下去，一定會不斷地進步。我們的一切，只是自欺。留學，便是在求學上首先打破此一自欺。家裡的橘子，到現在爲止，還沒有被偷多少。惟一的缺點，便在於太甜了一些，好像裏面被人灌了蜂蜜。我傷風很輕微，但一直未好，昨天上午反而厲害些。下午睡一下午，就減輕了；今天更好得多。帥胡塗了幾天，現在又好一點。蒙蒙優哉遊哉，明年考大學時可能成問題。媽正爲你縫寄東西的盒子；我要上課去了。

十月廿九日上午十時　爸

西德方面有人來信，一次買我的十册《人性論史》。〔此書全名為「中國人性論史／先秦篇」，一九六三年由臺中中央書局印行初版，後來徐先生的著作、學術論著多集中於學生書局刊行。時論雜文則集中於時報文化公司印行。但《中國人性論史／先秦篇》則交由商務印書館印行。此書為徐先生在學術界備受肯定之始。〕

【一〇】

咪兒：

昨天家裡請了幾個朋友的孩子吃餃子。這幾天，學校爲了十周年紀念（十一月二日），好像很忙；但我感到一切都空虛，除了做學問。今天下午，媽怕橘子一下子被人偷光了，所以又摘了一大籃。我們的鵝，三天不知去向，以爲早成了人家的腹中物；可是，今天下午，却突然咖咖地回來了，我都感到非常高興，趕快給牠好東西吃，眞想抱在手中親一頓。前天晚上，我爲了看一篇稿子，而又翻閱超現實主義的詩論，斗然想起，你小的時候，大概是三歲的時候，用兩隻手抄著後面的衣服，一面繞著桌子，一面口裡有腔有調的唱，逼著我跟在後面一句一句的學；我幾次認眞的聽，原來你把平日所聽的話語，不管懂不懂，不管連貫不連貫，都成了唱的材料；其實這都是超現實主義的詩；的確不是開玩笑的。可惜我已經把這寶貴的詩篇失落了。你在功課上，只怪自己過去沒有好好地用上功，而不願責備母校，這是一種最高貴的品格。這種品格，你隨時露了出來，爸爸可以爲此而感到驕傲。冰淇淋、巧克力糖，都是發胖的，最好不要吃，只吃水果。前三天一大早，蒙起床穿上襯衣，我立刻說：「你是穿的姐姐的」，果然不錯。兒，我可以從你的每樣事物認出你的面影。媽昨天寄了一大包東西給大毛哥，裏面一樣一樣地都記下了得者的名字。送給趙庭芳（徐先生之長媳，徐武軍博士之妻子。育有一男元鳳、一女元音。信中大毛指徐武軍，為徐先生之長子，成大化工系畢業，留美獲化工博士學位。）媽媽的花短襖，只說是你送的，因爲東西太多了，所以在飛機場上拿下來。還是要寄些照片回來，不斷地寄。你的獎學金中，繳了多少學費？每月可以剩下多少留給自己用？便中告訴家裡。功課是否更順暢呢？好和壞，一點一點的告訴家裡，和在中學上學的時候一樣。我的感冒已完全好了。今晚媽會去民憲堂看平劇的。

五十三・十月卅一日　爸爸

兒：

昨天晚上，我還是陪媽媽去看了平劇，還是馬祖興陸時時們當主角；不過馬祖興已比去年進步得多。她現在一面請加拿大，一面預備再去闖關。

我常想到，你本來應進一個好的大學。因考時太緊張，所以只落得進中興。你在大學這一段期間，實在受了抑壓。或許是我的迷信吧！生命力受了抑壓，便會加倍的伸展！以你的品格與聰明，你會得到伸展的。昨天有人講，生物化學還有一條大路，是研究中藥，好像你以前也說過。不過，這只是閒話罷了。你窗子外的架子快倒了，已經老陳修好，大概花了三百元。底下的房子，從後天起，又要大修一次。

五十三・十一・一日・早七時半　爸爸

今早出門散步，第一次聞到院子的桂花香，原來是昨天晚上才開始開的。這樣，便會香三個月。再接著是春天了。

【二】

咪苟：

昨天早上不是發了一封信給你嗎？上午改自己的文章和看陳文華〔陳文華係東海大學第四屆中文系畢業生，後留學日本、美國，現任職聯合國。後與一位日本小姐結褵，育一女。〕的一篇長文。下午下山，總以為輕鬆一下，結果，到彭醇士〔彭醇士是徐先生好友，國學底子深厚，尤擅書法。曾任教靜宜英專（今靜宜大學）。〕先生處，坐了十分鐘，出來後，再沒有地方去了，便買了三個貼相片的本子，分配給你的最漂亮，你趕快寄照片回來吧。今天是東大十周年紀念，放假一天，我可以逃兩節課。昨天花蓮的遊客坐遊艇淹死了十四個。

十一月三日早八時　爸爸

兒：

剛才吃晚飯，蒙蒙說：「我第一次作文是抄的姐姐的，得了八十三分。第二次有準備，八十一分。第三次的題目沒有印象，七十九分。這回我應當八十分，昨天作的；我現在越寫越長」。我連聲說好，她便一口氣從頭到尾的背誦出來。又高興得不得了的說：「這內容是不是很充實？還有最得意的那一句，是我背下來的。實在應當得九十分」。她那一副天眞得意的情形，平常很少看到。眞的，她的思路好像開了；筆調也流暢了一些。

十一月三日下午六時　爸爸

兒：

前幾天你的笨媽媽在吃飯時說：「小毛住四年大學，從來沒有少過八十分」。帥接著說：「我兩個打個賭好嗎？她有少過八十分的」。「賭多少」？你媽問；帥趕快說：「賭一百五十元」。我在側邊笑；帥又趕快說：「助你的勁吧！再加五十元」。媽說：「好」。現在帥非要逼這兩百元不可；我覺你媽太可笑了；借我五百元，不想還，想拿什麼時候剩下的港幣二十三元向我抵賬。我看她簡直奈她的么兒子不過。

十一月四日十二時四十分　爸爸

苟子：

剛才上去拿信，拿到了你的十月卅一的和哥哥卅日的來信。大毛哥對周刊的建議倒也有些見解。他又換了新汽車。庭芳媽媽的錦緞襖已寄向哥哥那裡；媽和我給哥哥的信上面，都說明那是你的見面禮。耳環也在那一大包中寄出了，（那一大包花了近三千元）我的意思不必再買。兒：實驗的工作，你過去等於沒有做過；但今後，是由它決定一切；我懇切希望你在這方面有眞實的進步。周刊出到現在，除了第一期外，我再沒有發表自己的文章，因爲留篇幅給年輕人發表。我希望通過這一周刊，能導入些新而健康地思想，把年來文化上的混亂現象，稍加澄清。這對國民黨而言，也應當是很有利的。但昨天接到余伯伯來信，陳副總統〔陳誠（辭修），當時任副總統。徐先生之才幹，亦受蔣介石先生之肯定。陳、徐二人間有非常微妙的關係，徐先生接受余紀忠先生〈徵信新聞〉（中國時報之前身）主編〈學藝周刊〉為期甚短，不久宣告停刊。〕聽說我辦了這樣一個周刊，即大發雷霆。我本來已公開說明，只編到三個月爲止。這樣一來，我只好編到關門爲止了。明天到臺北與余伯伯爲周刊的事共同請作者吃飯。八號回來。祝你此次考試勝利。

十一月五日晚七時　爸爸

【一二】

兒：

昨天下午，我陪媽下山看《阿拉伯的勞倫斯》，一直看到七點半，我請媽吃碗排骨麵上山。此片並無難懂之處。它把勞倫斯內傾而堅韌，又富於想像力的性格，盡量加以刻劃；這樣一來，便和普通所描寫的英雄人物，成爲完全不同的面貌。同時，導演極力利用大沙漠的特殊氣氛情調，攝出許多融幻想於寫實之中的鏡頭。當好戰的老酋長從遠處初次出現時，當描寫大沙漠中的日出時，都有這種意味。不知你是否看過此片？昨天下山時，帥突然問我：「度日如年」這句話是那個說的」？上午要他算代數不肯算，下午挨到兩點半才慢慢動手。我便告訴他，「這是一個怕算代數的小孩子說的」。我三點十五分鐘下山，大概他就改行了。在過去，我雖然覺得大毛哥求學不夠努力，但在精神上，總感到他是和我在一起。這幾天突然明白，他已遠離我們而獨立了；這是必然的事，但依然心裡總是覺得酸酸地。可見一個人，接受一個新的環境，實非易事。蒙這兩天比較用功一點。

五三・十一・十三・下午四時半

兒：

我以爲要到下星期一才能接到你的信。剛才散步順便到郵局去看看，居然接到你十一月六日的來信，實在太高興了。你說：「就算念到博士，所學到的也仍然只是在研究方法方面的一點起碼的常識而已」，我很高興你能說出這種內行的話。爸爸到五十歲左右才得到這點方法。可是得到方法後，什麼材料，一經過處理，便成爲知識、學問。我決不希望你能一鳴驚人，這有許多機緣在裏面，是不可強求的。我只要求脚踏實地的一步一步的前進。關於中藥的研究，臺大醫學院也正在做，日本人做的更多；將來可以由單元的作，發展到多元的作，即是看中國的配方，到底有些什麼道理沒有？不過，我這只是胡講。兒！你吃得太多了，應當更有計劃些。從前日本的房東太太告訴我，韓國人的心胸最狹隘，性情最暴躁，動不動便和人拚命。我們要了解，他們是長期在他國統治之下所激起的性格，實際他們很純潔，不應和他們計較，我希望你可以吃些小虧，能和那位小姐（徐先生長女徐均琴初赴美國留學，與一位韓國籍女生同宿舍。〕處得好一些。兒！你現在是以泱泱大國的一分子，加入到國際社會，我知道一切會處得很好的。蒙蒙剛剛把大毛哥由王淑美轉給你的一封信給我看，我看後，心裡很難過。他應當把他所遭遇的一切都告訴我和媽，當時我會寄給他五百元的。你的際遇比他好得多；但將來也可能受挫折，你要記住，受任何挫折，都要一點一點地告訴爸和媽。兒！我眞想你唸完碩士後，能回來和我們住一兩個月。錢沒有問題，主要是把來回的手續辦好。我想，我的肝臟是有點毛病，假使有一天支持不住，便想和你和大毛哥見一面。于院長〔指監察院院長于右任先生也。〕在死前早失掉知覺了，但口裡有時還叫他在美國的女兒的名字。最好在唸完博士後，回到中興大學來教書，我們依照住回臺中的房子，那也算是生命的一種延續。我會做一個套房給你的。兒！這一切都要由大環境決定啊。

十一月十三日晚七時半　爸爸　燈下

瞿伯伯日本東京……。涂伯伯〔涂壽眉，與徐先生在湖北國學館同學，相交往近六十年。〕中山北路……。余紀忠伯伯大理街……。謝仁釗伯伯瀋陽街……還有湯校長，劉伯伯，羅伯伯，韓主任，都寄到中興大學。

【一三】

咪：

前天晚上因爲小偷兒有計劃的偷了一次橘子，所以昨天媽媽便把剩下的都摘完了，並分別的送了左鄰右舍，表示點意思。你當學生能存點錢，那是很光榮的。可是實際存的數目常常會比預定存的數目少，所以存錢要有點狠勁兒，否則只落個有心無力。王華玲每月吃卅元，蕭欣義（蕭欣義，東海第一屆中文系畢業生，王華玲，東海第一屆歷史系畢業生，在校時功課皆甚傑出，畢業後均赴美國留學。）每月廿五元，你每月吃五十元，太多了，減成四十元好了。同時要注意，同人家在一起，單獨吃東西太多了，是不禮貌的。還有一點，你不要送哥哥嫂嫂的東西，但要送點小玩意給元鳳（徐先生之長孫，徐武軍之長子。）。你出門嘔了幾天氣，是一件大事，可不可以把韓國小姐的事情告訴我呢？

中國有兩句成語要記得：「常將有日思無日，莫待無時念有時」。

五十三年十一月十五日　爸爸

兒：

這上面是我寫給你的，可是你媽媽早上慌裡慌張地，在封面上寫上哥哥的地址，把我原先寫的信糟蹋了。所以又把我原先寫的謄在這封信上。莊悅生（徐先生好友莊垂勝先生之公子，徐先生在臺灣刊行之第一本著作〈學術與政治之間〉甲、乙集，一九五六年、五七年分別由莊垂勝先生主持之中央書局印行。）因蔡老先生女婿的介紹，與一位姓黃的訂了婚，送喜餅給我們。我和媽昨天到莊伯媽那裡去道賀。姓黃的在美國南部當副教授。

十一月十六日晚八時　爸爸

兒：

東大中文系的學生原辦有一個刊物叫作「東海文學」；今年向我要稿子，我便把中秋日寄給你的一首絕句給他們。前天刊出後，大家都說很令人感動；我也不知道是什麼緣故。「可知天上不同圓」改成「可能天上不同圓」。今早梁伯伯又問我爲什麼這首詩寫得這樣動人。我說：「在我的記憶中，小毛出國，是最令我難過的一件事」。帥的代數一直不及格，他越來越怕。教理化的張老師（胡太太）教他們幾個人從明天起，每晚七時到十時，到他家裡去自修。昨天，我九點多便睡了（最近精神一直不大好），到了十一點左右，朱宗倫的爸爸來找，我便同他一起偷偷地看動靜，果然四個寶貝還在做功課。朱伯伯、朱伯媽便不睡地等著。我等到十二時，看到還未回來，又去偷偷地看，還在做。接著又來一個，是吳校長（東海大學一九五五年創校，曾約農先生爲第一任校長，兩年後辭職回臺大外文系任教，由吳德耀博士接任校長。）的夫人。結果我和吳太太開口叫他們早些回來，每人喝碗紅豆湯回來，已十二時半了。大家對於自己的孩子眞夠關心了。今天帥的代數又考零分。

十一・十七・早八時

兒：

今天還沒有接到你的信。帥今天中午挨陸費老師關了學，罵著回來，並且說：「最討厭的是二年級的幾個女生，打籃球不打，望著我指手畫脚」。當然是譏笑他。他已由第三名掉到第八名。不過從星期一起，做功課認眞起來了，大概十天以後，可以追上去。蒙蒙今天考

十一・十七・十七時

完，看樣子，好像很得意。送給蘭德樂〔蘭德樂，美國人，工學博士，曾任東海大學化工系主任，後又轉往臺中農學院（中興大學）任教，因有這段轉折，均琴赴美申請學校，曾得其指點推薦，徐先生為人極重感情，對這位蘭德樂博士銘感不忘。〕的盤子已做好了，很漂亮；寫的是你贈送的。

十一・十八・晚九時　爸爸

【一四】

兒：

昨日下午五時便收到你十一月十五日發出的信，這總算很快了。先答覆你的問題：㈠你要的地址已告訴你了，大概已收到。李漢英先生可寄到苗栗〔中央大學校址為中壢，應係徐先生筆誤。〕中央大學地球物理研究所。㈡沈公公，便稱他爲沈公公，自稱「再晚徐均琴」好了。㈢你要的書，隨後再寄。現在再把要向你請教的事寫下：㈠秦人佳的情形，有空時多告訴我一點。㈡指導教授對你以後的學業關係很大。在聖誕節中，好好向哥哥、庭芳請教，多作點準備工作；千萬不要一開始便給人以不好的印象。生化學之所以成爲熱門，除了若干實用的問題以外，主要是想逼近生命的奧秘，闖進這一奧秘中去。在重慶便認識的戴杜衡先生，是寫文章的能手，前天死在臺中，移靈到臺北去了。去年他的太太自殺。現在只剩下一個女兒。後天我可能去弔喪。老朋友一天少一天了。

五十三・十一・廿日　爸爸　早八時

賀年片要到北溝去買

兒：

我今天下午到北溝去看，他們有的只是郵片，並不是賀年片，因此也沒有封套，所以對你是完全沒有用處的；但我依然買了全套，一共三十二張，明天便會付郵的。你在近一年內，極力避免生活圈子的擴大，這是非常正確的方針。生活圈子，要通過學問中去擴大，才有意義，否則只是精神時間的浪費。這一點，你已經把握到了。

十一月二十日晚九時　爸爸

兒：

我昨天晚上從臺北回來了，在那裡住了一晚。大家的生活很浮濫；但稍稍有點頭腦的人，內心越來越空虛，無形中有一個大氣壓壓在頭上；但說不上憂鬱，因為大家靈魂已給十多年來的醉生夢死的生活所痲痺了，發不出憂鬱來。這是一個有福不能同享，有禍必定同當的局面。但是在再有智慧，再有誠意，也絕幫不上忙的情形之下，我也只有嘆息。戴先生的喪，有他的女兒和一個義子在靈位旁跪著答謝客人。幾家報館很捧場，但依然是淒涼寂寞。我去看了戴君仁（戴君仁係臺大中文系名教授，已辭世，徐先生擔任東海大學中文系系主任時曾邀他來臺中大度山講授文字學，梅廣東海畢業後考入臺大中文研究所，後在哈佛大學獲語言學博士學位。）伯伯，他把梅廣寫給他的信給我看，信裡說美國研究中國學問的人，雖大多數膚淺，但也有少數人能看懂我們的東西，能看懂的便很佩服。由此可知做學問不要怕人家不了解，只怕自己的工力不夠，見解不眞。前天哥哥來信，要一隻吹頭髮的吹風機，我前天一下火車便找了幾條街，想爲他買一隻好的，結果還只買到臺灣出品的。昨天中午同張伯伯在一塊兒吃飯，看到樓下特產中有一面刻了兩條龍的小銅鑼，我便買了預備寄給元鳳。另外買了一個小風鈴（也是銅的），我希望能聽到它隨風飄著的清越的聲音。兒！你是不是也要一個吹風機和小鑼及小風鈴？你的體重要穩定住，不可聽其增加下去。

爸爸
五十三・十一・廿四

蒙蒙上次月考不是失敗了嗎？用了幾天功，這次數學考一百分，物理也考一百分。她唱著：「山中無老虎，猴子充大王」，很得意。她對她的作文，很自我欣賞，吃飯時背給我聽。說也奇怪，的確好像進步多了。畫片明天付郵。

爸爸　又

【一五】

兒：

昨天寄一信給你，今晚上去，便收到你二十日的來信。你所要的東西由媽負責買。襖子還是在臺北買，金達凱（金達凱與鄭竹園先生皆為「民主評論」主要編輯，鄭竹園（卽鄭德璋）先生後來在美國攻讀經濟，與梁容若教授長女梁華結褵。）的手跌斷了，不好多麻煩他。你信上的話，一天懂事一天，這就是大進步。立志還有一個更深的意義：人的身體，是一堆細胞組成的，只有各種衝動；由衝動積累的人生，完全是昏暗雜亂的人生。「立志」，是讓生命中的理性（心）發生主導的作用，於是昏暗由此而得到照明；雜亂由此而得到統一，人生的價值，便可無限的展開。你說立志則隨處有立足之地，這是最有見地的話。兒！你的人生，正在一天一天的充實。爸和媽太高興了。媽寫信給你，有如寫一篇論文，今天晚上寫成功了。

五三・十一・廿五晚十時半　爸爸

苟子：

帥昨晚自習回來看你的信後，罵一句「好混賬」，便倒到床上去半天不作聲。這一個多星期以來，他做功課的情形好得多了。早上把買給大毛哥的吹風機和小銅鑼寄出了；但在過聖誕節時他還收不到。媽早上去取錢，現在下山去爲你買東西去了。前些時寄的一包罐頭，還沒有收到嗎？

十一・廿六・早十時半　爸爸

咪子：

昨天媽下山爲你買東西去後，多年不見的高叔康伯伯和他的太太就來了；你媽一直到下午四時一刻才回來，五時我和媽陪他們下山吃了舘子後，就送他們上車，我和媽去看了「大羅馬帝國」，覺得很不錯。媽昨天看了兩個電影，很高興。在街上一面走，一面說「當眞的，小毛有些像你，在大的地方看得很不錯」。托兒子的福，這是我第一次聽到她恭維我的一句話。兩面穿的短襖已買好了，六百元，今天就寄。棉鞋是定做的，還要過幾天。高伯媽比你媽小十歲，但比媽還老。高伯伯的樣子很顯凄涼。

十一・廿七・中午十二時　爸爸

兒：

我還要補說一句，帥今天一整天都很乖，說話的口氣又平和，中午還放一大塊肉到我的飯碗裡，說我「不要這樣寒酸」。剛才一個物理系考第二名的學生來找我，說出他對社會厭惡的情形，我慢慢地誘導，才知道他家裡很窮，嘔了人家很多氣，所以他的心理多少有點變態。我便把我小時的種種情形告訴他，勸他除了讀書出氣以外，不要和他人計較。

兒：

眞糟，帥的代數連吃兩個鴨蛋，幾何又考壞了，他簡直有點頹喪，你不要再說他了。李小葦今天來信，她到洛杉磯後，現在找到一個秘書的職務，再念點英文，並另找學校。媽今天特自下山去買薑，曬乾點寄給你。棉鞋已定做了，蒙也爭著要做，我不准，便算了。她什麼也要品嚐。媽現在讀書的興趣一天高一天，今晚向我找綱鑑易知錄看，我沒有，便把官場現形記給她了。

五三·十一·廿九·夜九時　爸爸

【一六】

苟子：

這幾天因爲爸爸窮得沒有錢買航空郵簡，所以四、五天沒有提筆給你寫信。今天猴到一點買郵簡的錢了，又恢復了這一課程。」媽自從看上了官場現形記以後，不斷地說著笑著；因爲這是民初的社會小說，所以裏面的諷刺她更易了解，更易欣賞，常常忍不住提出來說給我聽。人的腦筋裡不斷要裝上一些觀念或與己無關的故事，生命才衰朽得慢些。帥一直不景氣。剛才吃飯時，田校長〔當時東海附設之懷恩中學，由田校長主持，東海師長許多子弟多就讀該校，有小學部、初中部。〕特來說，「徐帥軍總沒挨過打。最近他代數連考兩個零分，這便非打不可了，先報一個信給你」。我聽了，還無形中爲他說了好話，說他最近用功一些。我的意思是希望打輕點。

我問你，疾病等類的保險保過沒有？凡是可以參加的保險，一定要參加。巧克力糖是不是減去了呢？體重能穩定在一百二十磅，便很理想。盡可能的多走路。蒙蒙考好一點後，又鬆懈了下來，眞沒有辦法。我們的冰箱前天拿去噴漆了，溥心畬先生〔著名藝術家，詩、畫、書法三絕，徐先生曾邀其來東海講授書法、國畫。〕寫的一幅楷書對聯，已裱好，很是漂亮。

五三·十二·二·十二時半　爸爸

媽剛才下山去爲你拿棉鞋，還沒拿到。我說，「田校長要打帥，可能是嚇嚇便算了」。媽問「你怎麼知道」？我說「看樣子，只要帥考好一點，便轉彎了」。你媽便不停的笑，笑得像痴子樣，可見她是很怕帥挨打的。我則不是這樣。吃飯時我和帥說，「幸而姐姐和蒙都不在家，否則眞令她兩個笑掉大牙」。帥強作鎭定，但眼眶好像要發紅了。

十二·二·下午三時

咪兒：

今天晚上上課（我每星期三晚七時到八時有一節課），照例到郵局去拿你的來信，但是今天沒有拿到，大概明天一定會拿到吧！你的感恩節過得怎樣？來信時多說一點。聖誕節怎樣通信呢？媽現在躺在躺椅上看起小說來，戴著眼鏡，努著嘴，很像退休了的一位老博士，非常神氣。

十二·十一·夜十時　爸爸

兒：

今天是星期四，這是鐵定要收到你的來信的日子；可是下午五時半去郵局時，依然不曾收到，不知爲什麼遲了。你的期終考試是否已完畢？考的結果怎樣？感恩節過得如何？這都是家裡要知道的。弟弟因爲頭一個月考的第三名得的太容易了，所以胡混了一個月。現在他做功課實在了些，我便不很罵他。蒙蒙明天作畢業旅行。

五三·十二·三·夜七時　爸爸

【一七】

苟子：

又有兩三天沒有拿筆給你寫信了。昨天，我也買了一個吹風機，比寄給大毛哥的好。我想不到他已變成了「英語家庭」，在家裡也不講中國話。可憐。冰箱修好了，煥然一新。媽下午下山去寄東西給你，還沒有回來。這三個月中間，大概也寄了五、六千元的包裹給你和哥哥。你最近考的情形怎樣？要好好地利用聖誕節的時間，迎接新的功課和工作；不要完全給元鳳耽擱了。即是每天要抽出一定的時間作有計劃的工作。你可不可以爲我和媽簽上一個名，回給鳳錦芸（鳳錦芸為東海大學第三屆經濟系畢業生。）夫婦一張賀卡呢？

爸　又

五三・十二・八・下午六時

帥近來做功課的情形不算壞。蒙出去旅行是前天晚上回來的。前天晚上，端容眼科醫院的藍先生夫婦叫人送來一隻烤鴨子和藍太太自己作的點心，昨天便作爲補蒙蒙的生日，吃掉了。

兒：

這幾天帥讀書的情形眞很乖，一直啃個不休息。但媽對他也太慣了；我說「今後我在家中，也要爭和帥平等的地位」。媽的答覆是「除非是你做夢」，眞氣死我了。楊書家先生（楊書家先生早期曾在東海大學經濟系擔任教授，後赴香港，多年後在香港病逝。）全家搬赴香港後，幾個孩子在他的空房裡偷著吃烟，幾乎把房子都燒掉。

爸爸

十二・九・中午十二時四十分

兒：

蒙蒙剛剛從老遠便喊爸爸，一直喊進門，「我考的都是九十分和九十分以上的」，好得意呀！爸和媽不是稀罕她的成績，却很欣賞她的那一幅莫名其妙的天眞。你和大毛哥，千萬不可在爸和媽面前太大人氣了。每一位爸和媽，一方面希望自己的兒女在學問和事業上大大地有成；但同時更希望自己的孩子永遠在自己面前只是三歲五歲。聖誕節中，你可不可以勸大毛哥和趙庭芳，在家庭裡面練習說國語。多少美國人用全力學中國話，庭芳也應當學，並且一學便會學好的。說中國話的人口將近有七億喲！

十二・九・晚六時　爸

兒：

今天是星期四，怎麼還未接到你的信呢？晚上有一個姓周的學生來找我，他已在物理系畢業，但堅決地要學哲學；我勸他半天，總不相信；又拉出許多大而無當的問題來問我，這只是心理有點變態，讀書落不下心的緣故；實際是可悲的。可是我有什麼方法幫助他呢？媽坐在你房的躺椅上看小說，我恭恭敬敬地倒一杯蜂蜜水給她，蒙說「這簡直是太陽從西邊起來了」。兩個小東西都開始在趕月考。

十二・十・晚十時　爸爸

兒：

今天（星期五）上去拿到你十二月四日的來信了。家裡很樂於常常寄點東西給你。風鈴和小銅鑼，大概要到臺北去買。大夥住，對你的生活習慣訓練上有好處。住了一段時間，再自己個人租房子住。

十二・十一・十二時二十分

我現在常常想到在冰雪中的生活，在高爽的天氣中看山看水看紅葉的生活；大概此生沒有這種機會了。

【一八】

兒：

我之所以勸你和他人共房住下去，因爲不僅做學問要有耐性；處人處事，同樣也要有耐性。凡在嬌生慣養中長大的，多缺少社會性，流於任性孤僻。爲能與社會相處，除了把握住自己基本的利益和品格之外有時是要能隨方就圓的。開始覺得看不慣，處不慣的情形，耐久了以後，度量便大了。不錯，在美國找有學歷的容易，找有品德的困難。大概的說，能沉下氣來研究學問，以學問爲第一；而動作不輕浮，對人不刻薄，不想佔小便宜，再加有點國家觀念的人，品德大概會夠水準。我以前不是告訴過你，我們組織了一個好吃會，每月吃一次嗎？這個月十二日是第三次，由黃天縱先生作東，特請到鹿港吃海鮮，大大地吃了一頓；回來後吃木瓜助消化。

五三・十二・十三下午四時　爸爸

兒：

你出國前，不是沈叔叔請過我們一家三人吃過飯嗎？十月半他曾出國一個半月，又送了我們的東西，所以昨天媽便自己弄菜，請他們夫婦倆，加上王碩甫〔王碩甫教授當時在東海大學物理系任教。〕夫婦，帥的張老師夫婦（她的先生在東海當建築系主任，姓胡），柯治民，和惜冰先生的么兒子，在一塊兒吃飯，菜做得很成功。我不斷地想到過去客人吃完飯後，你同著妹妹弟弟們很嚴肅地大吃一頓的情形；我每次看到你的饞嘴樣子，一面覺得好笑，一面又覺得可憐；幸而我們的生活過得不算苦；一般窮苦的孩子又怎麼辦呢？昨天接到哥哥和庭芳的來信，大家看了，也很歡喜。弟弟一連四次的代數考試是〇，〇，六五，一〇〇。上次講演的文章，今天已航寄給你了。兒！對於庭芳千萬不要任性。

五三・十二・十五・下午四時

又昨天晚上作夢說你媽媽生氣要質問我，我簡直嚇得個要死；嚇醒了，還不知道如何是好，突然省悟過來是做夢呀。兒！最近考試的情形怎樣？

爸　又

你媽剛剛和我談官場現形記裡的一個故事，大說大笑，簡直像七、八歲的孩子說故事一樣。

十二・十五・晚八時　爸爸

兒：

昨天晚上有二十六個學生到家裡來吃茶；茶點費是我給錢由他（她）們自己辦的。帥和蒙今天開始月考，帥的幾何已經考垮了。今天下午或明天，可能接到你的信；但為使你能夠在赴庭芳家以前接到這封信，所以便立刻發出去。到庭芳家後的情形，計劃來信講詳細點。

十二・十七・下午一時　爸爸

【一九】

兒：

昨天晚上，我對蒙蒙說了她幾句，她便先賴一個小哭，再接著不吃水菓，不喝牛奶，以表示她的抗議；功課算是認眞做了兩三個鐘頭；今天又有點鬆勁了。帥這兩天簡直成了英雄人物，田校長、張老師、陸費老師，都把他當作學校教育成效的宣傳品。他今天說「好討厭，大家以爲我的代數很好，不懂的都來問我」。當然，由零分一下子跳到獨一無二的百分，難怪大家對他刮目相看了。不過，他倒很能沉住氣，我一次獎金五十元，還客氣不要，寧願賴點錢。現在正在趕代數。蒙也在做。

五三・十二・廿二夜九時　爸爸

你從庭芳家裡回來後，應當有兩三封長信作詳細的報告。我有時想元鳳，媽說她不想。其實，她比我想得多。

爸　又

前幾天我看到房租契約的中文譯本，那才眞是最醜惡的帝國主義的作品。今後世界的局勢，決定於人與人的關係。美國人不可能與東方人以平等的精神相處。一連幾個早上，我都爲橘子樹上農藥；大約還有一早上，便可以上完。一件事不做好就覺得心裏不安。媽今晚帶弟妹去參加他們的聖誕晚餐，我預備下山去玩一下午。

十二月廿四日下午一時　爸

兒：

我今天下午二時下山，以爲可以玩一下，結果，東跑跑，西走走，和張深切（徐先生與本省籍作家保持極深的友誼，張深切卽其中之一，著有「里程碑」（又名：黑色的太陽）等，文經出版社將刊行張深切全集。）先生吃一個小館子便又跑回來了。蒙從上面先回來，身上穿的完全是你留下的衣服。媽到現在還沒有回來。她的興致好像非常好。羅清澤伯伯昨天寄了一簍橘子來，我今天也去看了看他。

爸

十二月廿四日夜九時半

民國五十四年（一九六五）

徐先生與長子武軍、長女均琴、次女梓琴。（約攝於 1948 年）

【二〇】

苟子：

今天下午送媽和帥坐下午三時五十分的觀光號到臺北；蒙又爭著非今天晚上看電影不可；所以現在只有我一個人孤零零地在寓所裡過陽曆的除夕。我本來要拿兩百元的私房錢給你媽，爲了讓她母子兩個到國賓飯店去吃一次西餐；你媽歡天喜地，但給帥反對掉了；因爲他反對這種擺「洋濶」。今天我給他一百元，是由第八名升到第三名的獎金，他連說「太多了，太多了」。我看他坐在火車的坐位上，一股正經地，很像個樣子。車開時揮手，你媽兩隻眼睛完全望著我；而我於不知不覺之中，只是看著弟弟。等我意識到以後，才在你媽的臉上轉了一個圈。我原來鑲的一個大牙，已經壞了。現在正在診治中。今天身體遍身發疼，頭也疼。我不是在二十八日發表了一篇文章嗎？昨天接到幾封贊成的信。今天收到一位自稱也是出過國，但不署名的信，他因這一篇文章願稱我爲老師。

五十三年除夕晚八時　爸爸

兒：

媽昨天晚上和帥回來了，好像玩得很得意。他們依然是住在慧姐處。昨天下午朱伯媽和朱玄姐弟來過，姐弟兩個也一直在鬧。我在元旦的晚上，趕寫了一篇小考據性的文章。可是感冒得厲害，痰很多，昨晚沒有睡好；今天上午下山去看了，正在吃藥。兒！學自然科學，不是追求觀念，而是追求實驗過程中一步一步的結論；這結論只是一種事實。事實積多了也可以形成觀念。但對你來說，那還早得很。

我立刻要睡。今天上午看病，下午睡了一整下午。

五四·元·三·晚七時
爸爸

兒：

媽在臺北爲自己買了一件很漂亮的旗袍料及蒙的短大衣料，今天才告訴我。葉曙先生（臺大醫學院病理系主任）今天來看我們，因爲他看到我十二月二十八日的文章，特向我提出兩個問題供我以後寫文章的參考：㈠是最好的學生缺乏思考的能力。這在科學上便不能有大成就（兒！你最僥倖的是有這種能力）。㈡是臺灣私立大專學校的黑幕。我問他對中國藥物學的研究如何？他說要化學能由分析學到合成，才可以有大的結果，否則不會有多大成就。

五四·元·四·下午一時
爸爸

【二二】

兒：

正掛念你爲什麼還沒來信，今天恰好接到你元月一日的信，實在太高興了。曾慶明預定本月二十五日坐船來美，媽下午下山去爲你寄包裹，爲蒙診牙，又同蒙去慶明家，送她一件料子。兒！家裡時常寄點東西給你，不是在乎東西的有無，而是在乎使你在收到東西時感到爸和媽的一點熱氣兒。你說金先生的爸爸是金毓黻先生（東北人），我眞高興。他是學史學的，又是黃季剛先生的學生；我辦「學原」〔徐先生一九四七年得蔣介石先生之助，在南京與商務印書館合辦的純學術性刊物「學原」月刊，此為徐先生開始與中國學術界一些教授和研究工作接觸的開始。〕時，曾請他寫過兩次文章；手上還保有他著的一部「中國史學史」。所以和他雖然不是朋友（因爲當時我還未進入到學術界）但對他的印象很深（人生得很漂亮）他似乎是留在大陸，難得他有一位少爺在美國。他在臺北的太太，要不要我們招呼？不知還有什麼人在臺灣否？趙府上送你這多東西，怎樣還他們的情呢？我日內寫一封信去謝謝他們。

兒：

你工作剛開始，一點也沒有經驗，沒有信心，所以便覺得特別吃力；過了一段時間，便習慣了，有把握了。蒙蒙簡直散了心，今年考學校，一定成問題。我寫信給你，沒有什麼話說，所以東扯西挪的說些事情。其實，我並不爲信上所說的或好或歹的事情動眞正的感情。還有，哥找學校和工作的情形怎樣？可憐的兒子，過聖誕節和新年只玩得三天！但這三天，是許多留學的中國學生所得不到的。今天晚上我還有課。媽還未回來。

五四・元・六日下午六時　爸爸

兒：

你知道說話要特別小心，這是大進步。帥和媽到臺北，據媽說，一切都很有禮貌，應答也很得體。媽昨晚夢見和你上街買東西；我夢見你的時候，總是覺得你很小，大概長大了很討厭的緣故。我的感冒已大部分好了。昨晚講書，似乎講得很不錯。兒！你最近發了這樣的大財，把我羨慕死了。昨天寄的罐頭中有牛肉乾、肉鬆等，不知能否收到？

五四・元・七・早八時　爸

你在趙家，大毛哥一定爲你照了不少的相，趕快寄回來吧。前天接到鳳錦芸來信，她說你很快便回她的信，她簡直喜出望外。從她信上所說的情形看，大概已經懷孕了。李婉君以後有信來過沒有？我想在臺北定一棟公寓式的房子，只是臺中的房子賣不掉。

爸　又

兒：

在幾年以內，不會要你們負擔家庭生活。你們完成學業，便好了。

【二三】

咪兒：

總沒有隔這久不執筆給你寫信。一方面我因爲寫一篇考據性的文章；同時，李敖（當時就讀臺大歷史研究所，後因主編「文星雜誌」、刊行《傳統下的獨白》聲名大噪，擁有「小瘋狗」「文化太保」等封號。）那隻小瘋狗，突然在法院告我一狀，眞是做夢也沒有做到的。此事的應付，已算告一段落；有篇答辯的文字寄到哥哥，他會轉給你，你看後便明白了。不要爲此事擔半點心。兒！你八日的信，寫得眞好；有頭腦，有智慧。現時求學，好像過去的信徒朝山一樣，離得山有一百多里路，便三步一磕，四步一拜；一直要磕拜到菩薩住的山，才算心安理得。這中間的決定因素，乃是「信心」二字。你上次說幾乎病了，恰和陳已香（東海大學第一屆外文系高材生，現任教臺大外文系，夫婿王亢沛教授亦為東海第一屆物理系，現任教臺大物理系兼系主任。）初到美國時一樣。你的身體算最結實；我希望你多走路，吃得不要太過。哥最近來信說，假使進學校順利的話，庭芳便於明年帶元鳳回來住住。若是你明年眞能回來一次，那眞是太好了。哥哥說，你現在和他不太親近了。我寫信告訴他，太親近了，她便會說話傷你的。實際，從媽到帥，你們每一個人都對哥哥好。帥要考完後才寫信給你。他好像要便不寫，寫便要一鳴驚人的樣子。總是喊「你們都把話說完了，我怎麼寫呢」？蒙的作文，是進步了不少。上次帥作文時，她也作一篇，要帥一起謄上，看老師對那一篇的分數給的多。結果，帥把她的文稿丟了，她非常難過，我便狠狠罵了帥一頓。今天上午，她剛考完，不上學，扼著媽媽看她的作文簿，平均都有八十分，要媽一篇篇的唸。午飯時，她和帥說，「你可以拿我的作文去當範本用」。帥却說「我的作文和大一的學生差不多；要你的？」我現在才了解，過去說蒙的作文不行，她心裡是很難過的。所以對小孩子說話，都要照顧到。兒！考得怎樣？急於等你的照片。房子搬沒有？我明天到臺北去，所以今晚趕著寫信給你。

阿爸　五四・元・廿一　晚八時

廿一

媽現在開始看今古奇觀了，更有興趣。

大家說「金石盟」的片子很好，我便和媽今天下午去看了。我不喜歡。描寫得不夠深刻。

【二三】

小丫頭：

廿二日罵爸的信，剛才收到了。恰好我要把從本月廿二日起，到今天爲止的生活情形，報告給女兒聽。廿二日一到臺北便去看端木伯伯，他說答辯狀寫得很好，在法律上也站得住脚。晚上到「欣欣」去吃魚，遇著一大群新貴，他們拖我在一起，也是大談其答辯狀。同時，我知道端木倩民〔端木愷校長之女公子，東海大學第二屆歷史系畢業生，後赴美留學，其妹儷民亦為東海大學外文系畢業生。〕和她的姐姐都回來了，廿三日下午四時我便去看看她們。有點心等著我。倩民還是那個樣子，學問有點內行了。她們是爲她媽媽六十歲生日而回來的。倩民說「我要是不回來一次，簡直會發瘋」。大概二月底回去完成碩士學位。儷民的學校還沒有影子。廿三日參加尹伯伯嫁女兒的婚禮，客人請得很多；我沒有吃飯，便到統一飯店去擺濶去了。二十四日參加戴杜衡（已死）先生女公子的婚禮，又參加易希陶（易希道先生之兄）先生長公子的婚禮，新娘子非常漂亮。我和張研田〔徐先生好友，張研田先生曾任教臺中農學院農經系，後離開教書工作擔任公職。〕伯伯坐在一起，張伯媽打扮得十分摩登，走過來說「我也和徐大哥坐在一起」；張伯伯有如芒刺在背，想離開，又不好意思。以後改變態度，對張伯媽招待得非常親熱。吃完飯後，我說「研田，你今天的外交禮節講究得很成功」。他便大笑起來。二十五日上午到臺銀辦了一點小事，坐中午的車便回來了。二十六日上午八時去監考；九時，張研田伯伯和臺大圖書館長蘇薌雨〔本省籍著名心理學教授，長期在臺大心理學系任教，與徐先生交往亦深。〕先生來看我。他們是考查林業的團體，極力勸我一同去霧社和廬山溫泉去玩玩，媽媽也在勸，於是我便和他們十多位一起去了。霧社的梅花欲殘，櫻花正盛。晚上便住在廬山，洗溫泉。可惜夜間沒有電燈。我昨天一大早便去看溫泉的水源，一路好險呀。泉水是從石頭裡出來的，所以特別清。不知小丫頭看過不曾？昨天他們還要向裏面走，我半路開小差，夜晚回家來了。昨天開庭，我沒有去。小丫頭，最近身體怎樣？考得如何？帥的代數又考垮了。

五四・元・廿八日・下午一時　爸爸

廬山温泉夜坐

地迴泉溫早得春。櫻紅梅白笑迎人。
塵襟蕲後溪山靜，心跡年來共爾深。

【二四】

咪：

昨天接到大毛的信，內中附有請李漢英〔李漢英教授當時在東海大學化工系任教。〕先生寫介紹信的信稿，我便到李先生家去了，幸好他在家，答應寫。他寶貝小女兒我也看到了，的確很聰明；可惜已經有點少年老成了，這是家庭氣氛的關係。兒！你說寄了一樣好東西給我，實際我目前什麼也不想，只想退休時能過幾年從容的日子。大毛哥的信上說寄了一條「小皮帶」給帥，帥爲了這個「小」字罵了半天。他這學期依然是第三名，並且考語是「自愛自強，果決沉毅」；他對這兩句話，再三地自我欣賞。蒙昨天上午爲我算了分數，下午便藉辭下山去看電影了。。。。。。她很裝乖裝懂事；可是她的功課會大有問題的。兒！再不可繼續發胖。你的照片怎麼還不寄回來。正式工作以後的情況怎樣？都是我不斷記念的。

五四・元・卅・早七時卅分　爸

兒：

剛才上去拿信，果然收到你送給爸爸媽媽的貴重禮品——四個A。兒！你是怎樣得到的呢？爸和媽不知該怎樣說才好！你眞能沉住氣；「果決沉毅」四個字，你要和帥分享了！帥明天生日，媽剛下山去買鷄，我明天請他們吃衞胖子。我的體重又增加了。現在是六十五公斤。

五四・元・卅・上午十時　爸

爸看到兒發脾氣的信，還向媽說，「大概是考垮了，所以向家中放賴」。那裡知道是恰恰相反呢？有思考能力，便會一步一步的深入下去的。

爸　又

兒：

爸平時談到文化上的問題，旁人不能了解，你一下子便了解了，可見你的潛力是異常深厚；到美國後，你的潛力可能發揮得出來。媽大概今天會看電影；有時她有點富家老太婆的味道。我今天過磅，又長了兩三公斤，這簡直是放警報了。

卅・十二時

媽已經回來了，只管說「這要告訴大毛」。帥有點嚇呆了，「想不到小毛鬼也能得A」。兒！聞敗不餒，聞勝不驕，你眞能做得到。這比爸爸強得遠。住房搬不搬？爸又是過年趕文章。家裡沒有什麼過舊曆年的氣息。或者是因爲天氣太暖了，今天二十一・二度。

下午三時　爸

吃晚飯時，我向帥伸出四個指頭，他懂得我的意思，很生氣的叫「你幹嘛出這個怪樣子」！我左手又伸出三個指頭，他問「這是什麼」？我說「這是第三名」；他才張開口笑了。蒙蒙因少穿衣服，著了涼。兒！你正式工作後，時間分配得過來嗎？有沒有寒假？還未向爸爸交代清楚。爸的牙已向張齒科鑲好了。最近幾個月常常感冒，主要是牙的關係。現正趕一篇文章，希望在除夕前能完全寫好，再寫預定的一篇。

五四・元・卅・夜十時半　爸

【二五】

女兒：

在一個月前，妹妹弟弟便叫喚著「今年姐姐不在家，過年會是冷淡的」。兒！假定你有心情，記得今天是我們傳統的除夕，你更會感到寂寞。媽剛才還爲你難過。幸而皇天不負苦心人，居然你在第一學期便奠定了今後治學的基礎。你剛毅沉著，而又有智慧的心靈，一直到你出國簽證發生波折的期間，我才發現出來。但我做夢也不曾想到你在頭一學期便能得上四個A；這是你生命之光，開始顯露了出來，爸相信你會前途無量的。

帥吃完午飯便睡覺，以便下午和夜晚大玩一陣。蒙盡量地張羅、收拾，並仿照你，倒貼上更多的福字；偏著頭問我，「這該有過年的氣氛吧！」昨天下午五時左右，媽在飯廳的條桌邊蹲下去，準備收拾桌子脚下面的一批空瓶子；可是感到腰發痛，痛得不能走路。我勸她馬上下山去看看。她怎樣也不肯，說睡一晚便好了。今天早上還是一動便痛，腰伸不直，才讓我陪她到彰化基督教醫院，經過院長詳細檢查，才知道人的後脊，有五塊硬骨；硬骨與硬骨之間，夾有一塊輭骨。媽最下面的輭骨，向後面突出來了。蘭院長（蘭大弼院長為彰化基督教醫院創辦人蘭大衛之子，曾獲一九九一年臺美基金會人才成就獎的社會服務獎，另一獲獎人為花蓮基督教醫院前院長薄柔纜醫師。）說不必開刀，一面吃藥，一面睡在床上七天或十天，不要動，就會復原的。所以媽現時完全睡在床上休息，其餘的部分都很正常、健康。女工回家過年了，只有蒙跳上跳下，幸而她的興致倒還不錯。帥昨天的生日，好像不滿意你不曾說一句關心的話。他完全在糊塗中生活，天高地厚都不懂。

五四・二月一日・卽舊曆除夕晚六時半　爸

兒：

年飯吃完了，菜不僅沒有味道，並且大部分是生的。大家吃一點便放下了。帥鬧著「今年的飯吃得太沒有意思了」。我說「你們現在才知道媽媽的偉大吧」。爸今晚把所有應回的信都回掉，明天不再寫一個字，眞眞實實地休息一天。

除夕晚七時半　爸

苟子：

昨天一天都沒寫一個字，今天開筆和你寫這封信。這兩天蒙蒙忙得一塌糊塗，可是一點名堂也忙不出來。我簡直不能做一點厨房的工作，因爲丟得太久了。媽睡在床上精神健旺，只是不能起來，起來腰不能伸直。我後天去彰化拿藥，和醫生研究一番。據說，這位醫生診這類病是很有把握的。兒！急於把照片寄回來吧。爸和媽都要看。

二月三日晚八時　爸

住房搬不搬？

【二六】

咪：

昨天收到來信。你要的書，已託人查問。要的毛衣，等媽起床後再買；橫直要到下年才用得著。媽已大有進步，可以翻身。今天我到彰化爲她拿藥。又有中醫爲她推拿；大概三、五天便完全好了。她的腰已可以直起來。訟事上月二十七日開第一庭，我未去。大概不久可以開第二庭，我會去的。我係以最少的精力來應付這件事。昨天我已正式動筆寫文章。慧姐又有孕了。

五四・二・五　爸爸

你只用功讀書。有些壞東西造謠，說我反對科學；你們的成就，豈不即是最大的反擊嗎？兒！我感到你對哥哥和嫂嫂的情形，還不曾向我作過一次分析。

又

兒：

媽今天已經可以起床了，睡了幾天，反而胖了些，也年輕了一些。現在帥正和媽搗亂。朱玄畫了一枝紅梅祝我們過年。我前面的牙，花了一千多元，剛剛重新鑲好；過去所鑲右邊的大牙又壞了，大概又得花上兩千。李敖的告狀，聽說有陶希聖在後面指使、支持；我開始不信的；前天又華（謝又華先生稱徐先生為「姑爺」，與王仲瑩小姐結褵，王仲瑩小姐係徐夫人王世高女士之侄女。謝又華先生育有二女文舒、文揚，一子文林。）來，也講到這一點。局勢眞弄得不像樣子。但在訟事的本身，任何人也變不出大花頭來。你們若爲這種事而分心，便算是李敖和陶希聖佔上風了。唯一的應付辦法，便是「不爲所動」，「不爲所擾」。今年院子裡的紅梅和桃花李花，都開得特別好；因爲紅梅移了地方，桃李去年都剪枝剪得好。現在正是我們院子裡鳥語花香，春光燦爛的季節的開始。

五四·二月七日夜八時三十分　爸爸

【二七】

咪：

媽已算是完全好了。帥用了兩天功，今天因感冒睡了半天，明天即會復原。因帥常流鼻血，醫生說是缺乏維生素C；我今天買了一百顆 Hicee Sweetlets，這是高單位的，形狀和味道，與水菓糖完全一樣。合兩元一顆，每天一顆就夠了。我發現你最應當吃它，所以特寫信告訴你。

今天余紀忠先生來，送來一幅名畫（徐教授為徵信新聞主編的「學藝周刊」停刊時，與余紀忠先生間可能有些不痛快。余紀忠先生特地到東海送父親一幅齊白石的畫。），我由郵局退給他了。前幾天的晚上，鄭慶均、溫一士、朱宗倫、徐帥軍，趁吳老師不在家，由鄭慶均把她的紗窗，燒成「吳大口」三個大字，再把爆竹拚命燃著後從「吳大口」投進去，堂屋裡一滿屋的爆竹紙。我已睡了，吳老師氣喘喘地把我叫去，各家家長到齊，一齊痛罵了一陣。幾個小怪種面如死灰，受了一點小教訓。

你開單要的書，託人在臺北買，只買到一本，今天已由航空寄給你。香港發生金融大危機，兩家中國人開的大銀行已經擠垮了，其餘的也岌岌可危；這對工商業的打擊很大。臺灣倒還平穩。「學藝周刊」停刊，主要是有人不願我的名字給社會上知道得多了。有的人的想法，最好把我從社會中活埋下去。其實，這是大可不必的。古人說「爭百年，不爭一日」，這是我十年來的決心。

五四・二・十・夜十時　爸爸

莊悅生昨天來信，並附了結婚照片。李敖控案，許多人謂係陶希聖在後指使，我初不相信；近始確知彼有信給法院院長，指示此案應盡量拖延云云，則陶的指使是可信的。但亦無所謂，因本案不能發生作用也。

爸又

今天收到你二月二日和五日來的信，你對自己的了解和對蒙蒙的勸告，都非常正確。不過，第一學期的成績，對你今後的影響太大了，不由得爸爸和媽媽不高興。今天又同時收到大毛哥寄來的皮包，兩條皮帶，和我同帥的生日卡。帥有了生日卡似乎很高興。但皮帶實在小得不成樣子，恐怕只有陳鏗鏗才能用得上，所以氣得相當厲害。

二月十一日上午十一時

院子裡的花，以今年開得最好，五株李花，開得一片白，再夾上一株開得非常茂盛的桃花，眞是光輝燦爛。門外的馬路，都是香的。荔枝的花色特別開得好。媽著急你不在家，果子會糟蹋了。

爸 又

【一八】

兒：

照片剛剛收到。不算胖好多；彩色片也用幻燈看過，預備放大洗兩張。其餘的底片，望你寄回來，好放大。媽算已經好了，今天下午我陪她下山看尤敏和李麗華合演的「梁山伯與祝英臺」。兩片一比，嚴俊導演的水準，眞是差太多；這關係於文化的根本修養，是沒方法可以追山的。

在香港買了一對壽山石，用一個請陶壽伯先生刻上「徐元鳳印」四個字，作元鳳周歲紀念。「壽山」、「壽伯」，兩個壽字合在一起，豈不是非常吉利嗎？帥昨天一口氣寫封信給你，寫了些什麼話；如說得有不對頭的地方，你應原諒他。他根本不知道你在臺灣和不在臺灣，有什麼分別。

五四・二月十三日・夜九時　爸爸

兒：

剛才上去拿信，收到你二月十二日所發的信，這封信寫得眞好；假定我將來寫自傳的時候，便把兒的這封信作爲前面的序。

兒！你眞有頭腦，有志氣。在七十歲以前，我是考慮自己以外的問題的時候。同時，我對學問怎樣也不死心，覺得還會摸索得點什麼東西出來。覺得自己還會進步。這是支持我的最大的幻想。隨便做樣什麼事情，總得把精神集中起來。每天我只能集中五個小時左右，那裡抽得出時間寫自傳（徐先生一生經歷，多采多姿，均琴及徐先生友人、門生頗多勸其撰寫自傳。但專心投入學術論著之徐先生，晚年終於無法勻出時間來撰寫自傳。）呢？希望退休時你們能夠自立，分擔點生活的責任，便完全自己做自己的事了。大毛哥來信說你還是心眼太小，怕你把環境處壞了；否則在原學校念博士學位比較順利。哥哥的話是對的。

你要的好吃的東西，由媽負責買，她已完全復原了。今天是舊曆元宵，有四個學生在家吃晚飯。你現在才知道存錢不是一件容易事吧。

訟事又定本月廿五日開庭，大概我會出庭的。

五四・二月・十六日下午一時

【二九】

兒：

又有好幾天沒有拿筆爲你寫信，好在今天蒙蒙發一封信給你了。昨天端木倩民來東海大學看看，住在我們家裡，主要是由蒙蒙負招待之責。今天早上十時，她便回去了。我們不是有一個聚餐會嗎？昨天各人帶著太太，到醉月樓聚餐。醉月樓早分成兩部分，一部分是以酒女爲主，一部分則是正規的餐舘，但也可以把酒女叫過來招呼。昨天有人提議，叫一位會唱平劇的過來唱平劇給各位太太聽，有鼓板和胡琴。那位酒女已經很老了，但戲唱得不算壞；葉榮鐘〔著名本省籍作家，為徐先生之好友。〕先生的戲，唱得腔不成腔，調不成調；但他爭著唱了三次。有位李先生，唱得倒不錯，也爭著唱三次，好像爭權利似的。唱的時候，一股認眞賣命的神氣，不能不使得大家加力鼓掌。難得大家有這好的興致。各位太太，似乎非常高興。你媽完全穿的新行頭，睡在床上幾天又長胖了一些，本省的太太們都說你媽很漂亮，我也覺得有面子，於是喝了不少的酒。今天上午，我從郵局拿信回來，推開門一看，把我一下子怔住了，坐在堂屋裡的一位女孩子的頭髮、頸、和臉的側面，非常像你，趕進去一看，原來是朱玄，她是來還書的。兒！你寄回的照片，一點也沒有變樣子；小毛還是小毛，那裡是萬里以外的女學士呢？

五四·二·十九·夜九時

帥又得了獎品，又得了獎狀。眞算了不起。

爸爸

兒：

昨天又接到哥哥寄回來的一些東西。媽一個大鑲花手提皮包。我一件薄呢短大衣，紅方格花。蒙和帥，每人一盒原子筆，裏面還有一隻小電筒。蒙另外一盒剪指甲和搽指甲油的小剪刀之類共六件；除了剪刀外，都不知道如何用法。帥一件帶風帽的運動服。我的牙還未醫好。

二月二十一日上午九時半　爸爸

【三〇】

咪兒：

又有幾天不曾寫信給你。今天我去出了庭（當時徐先生正與「文化太保」李敖進行一樁官司。），媽同我一起去的；東大的學生也去了不少。我的話，注重在文化的教育意義這一方面；法官問的，則注重在法的條文方面。李敖無正業，這一年以來，專弄這一方面的玩意兒，所以打官司變成了很內行。但因爲他實在站不住脚，同時，法官的態度也似乎還不錯，在三月一日宣判時，我想是不會輸的。一直到前天晚上十時，我還在寫自己的文章。昨天作出庭的準備，但看牙看了半天，也沒有準備什麼。此次在兩點上，已經達到預定的目的：一、只花最少的精力；二、希望迅速判決。蒙蒙前天寫信給大毛哥，都說的是一些天眞幼稚的話；但寫成後，十分得意，朗誦給我和媽聽；我看蒙很有點詩人的氣質。昨天晚上帥問她的幾何，先罵帥一頓，自己却做不出來，反而帥做出來了，輸了兩塊錢。今天早上出發去出庭時，你媽很緊張，口裡說「我很想小毛」；我問爲什麼，她說不出來；大概她覺得假使自己能幹的女兒在一旁，心裡會感到安然些。她開完庭後，覺得很輕鬆。她常常作夢看到你，我反之最近沒有。你要的毛衣、小吃，昨天買齊了，一兩天便會寄出。她的身體比過年前還好，只是還不能多走路。

蕭欣義來信，說美國有一位 Creel 教授最近出版一部「中國思想」的書，很吃香；裏面的觀點和我很接近。又說哈佛的一位 Schwaitz 教授，向他介紹我的「中國人性論史」。大概他是拿這些材料來安慰我。

兒！開學後的功課，順利不順利？已有十一天沒有接到你的信！

五四・二・廿五日・下午五時　爸爸

【三一】

苟子：

又有好幾天不曾拿筆給你寫信。媽爲你買錯了衣服後，掉了一套，又爲你做了一套，已經付郵了。從媽爲你辦東西的情形看來，她實在非常愛你想你，難怪你在家時總是站在媽媽的一方面。蒙和帥做功課的情形，似乎一天好一天。我右邊的四個牙鑲好了，花掉了二千元。

左邊的又有一個要修理。這幾天眞忙，許多人爲了官司寄來慰問信，又要爲人家作一篇墓誌銘。沈公公的二小姐本月十四日在臺北和一位姓邵的結婚。結完婚後即赴美。陳副總統昨天下午七時零五分因肝癌死了。在死生之際，總不免引起古人浮生若夢、名利皆空的感想。昨天晚上，有一位姓張的同鄉，過去跟陳副總統很久，平時和我沒有來往，却找到我談天，並在我家住一晚，談的都是廢話，不知是什麼意思。到臺灣後，我完全擺脫現實政治，這應當是引以自慰的。今天收到由日本寄來的一本「明清的繪畫」，和一位研究英國文學的人所寫的「杜甫」，實在寫得不錯。

三月六日晚十時　爸爸

蕭欣義〔後來在哈佛大學獲博士學位，現任教加拿大維多利亞大學。〕來信都考到了A，所以哈佛的獎學金可以繼續。

苟子：

昨天晚飯後，回了朋友六封信。今天把墓誌銘做好，因爲墓碑是請彭醇老寫，所以晚飯後便先把文章送給他看看，請他改正，剛才才回來。彭伯伯今年七十，大家爲他做壽。任卓宣先生下月也是七十歲；這次的官司，他特寫文章幫我的忙，所以我也要參加他的壽禮。做壽即是準備人生的結束，我和我的朋友都要辦結束了。蒙和帥這兩天做功課的情形還算好的。帥長胖了一點，很神氣。

七日晚十一時　爸爸

兒：

媽剛才說「我昨夜夢見小毛回來了；帥們在圖書館放爆竹，我把他帥丢爆竹到吳老師家裡的事告訴她」。昨晚我和彭伯伯談文章的問題，發現他把古人文章的弱點當作文章的規律，例如不肯注明年月，這眞是沒有辦法的事情。

八日早八時　爸

兒：

這封信本來想等接到你的來信再發，但是一直到今天還沒收到。媽買給你的酸梅黑李，因爲目前不能寄，簡直把帥和蒙脹壞了。你的牙根愛出血，所以應當吃Hicee。

八日晚七時　爸爸

【三二】

兒：

昨天上午我去上課的時候，收到你二月廿七日的信，同時又收到哥哥的信，裡面附有你寄給他的長信，我在上課前搶著看了；在兩節課中，幾次忽然要流出眼淚來。又把我帶回到你初離開家裡時的心境了。所謂抑壓是證明我們家庭的生命正在生長。不生長，便沒有壓力。目前精神上的壓力，主要是來自學術界。但臺灣的學術界，眞是一團漆黑，大家既愚且懶，只憑藉一點學術以外的力量，整天的胡混。胡適剛死時，大家以爲他總有些有價值的遺著尙沒有發表；但結果，可以說是一無所有。政治的勢力是表現在空間裡面，學問的勢力是表現在時間裡面。假定我沒有成就，便應接受時間的淘汰。假定有成就，在時間之流中，誰也壓抑不下去。何況我的兒女，都是相當爭氣的。尤其是這個有智慧、有志氣的女兒。蒙很聰明，但稍爲軟弱一點，要將來得到哥哥姐姐的夾持。帥的動向不壞，他可能大有成就。學生中，也有幾個人在學問上會站起來。我到了七十歲左右，兒女、學生，大概都站起來了，誰能抑壓下去呢？並且我的經驗、人格與學問，都是在抑壓中成長的。因此我們目前的環境，應當算很好的環境。你們好好地安排自己，就是「繼志」「養志」。你現在會走上學問的一條路。在不妨礙學業的範圍之內，以「內不失己，外不失人」的態度，參加點社交活動，對於精神、性情的陶養，是有好處的。兒！昨天哥的信中，寄有你們和元鳳的照片；我發現哥哥老得多了，我心裡也非常難過。媽今天給你的信，提到老楊，但老楊說的重要話，她沒有告訴你。老楊說「只有太太老多了，先生一點也不會老，反而比以前更好」。今天又收到你寄回的黑白照片，帥在吃飯時說「小毛鬼反而長漂亮多了」。他又要我告訴你，他實在忙得沒有時間寫信。有時他實在很像個樣子。兒！你趕快把底片寄回來，有的我要放大；有的加洗後寄給你，實在照得很不錯。假定你很羨慕高級公寓，而又有資格住的話，不妨認貴點住高級公寓。你告訴我，一學期過去了，到底你積了多少錢呢？十元？二十元？負號？爸爸知道是很有意思的。

五十四・三・十・晚六時三十分

還有哥哥有沒有繼續念書的可能？包括客觀和主觀兩方面的條件。你是很愛哥哥的，但語言之間，一定要尊重他們。我倒希望他們積點錢能夠回來做事。又。陶希聖〔傳記文學出版社刊行其《潮流與點滴》，曾辦《食貨》月刊。〕有兩封信到法院幫李敖的忙。

苟子：爸今天到臺北去，參加沈公公二小姐的婚禮，預定大玩三天。溫家昨天全家赴南洋任教。蒙這兩天用功起來了，也爭著和帥一樣，同我挨額殼。

三・十二・早八時

【三三】

咪：

我是於十二日下午赴臺北，昨天（十四）夜晚回來的。那怕是在側邊爲我幫過一點忙的人，我都請他們吃一餐飯。打官司也是一種考驗，大家都說這場官司打得很漂亮。但依然還有許多朋友幫了忙。我爲你買薄格子呢，在舖子裡遇到端木儷民，她爲你選的顏色，媽說太淺了（灰白色）不經髒；下年再買一套深色的。儷民瘦了許多。昨天下午參加沈守懿小姐（沈公公的小女兒）的結婚典禮；男方姓邵，在美國郵政局作事，結婚後即一同赴美。昨天中午，同著幾個朋友在一塊兒吃午飯，談到有一位很有名的女人王右家，也寫過點文章，大概結過兩次或三次婚；現在落魄在香港，住在一間頂小的客店裡，生活朝不保夕。因爲過去化粧化得太利害了，臉上變了相，變得醜得出奇。我坐在一旁聽著，引起很多感嘆。家庭、學問、事業，除了這三樣，什麼人眞能得到結果呢？今天晚上，是徐灶生先生請吃飯；他有三十個孫兒孫女。

請客沒有請余紀忠，他自己找到擠著坐下來。

五四・三・十五・晚九時　爸爸

兒：

你三月十二日的信，今天收到了。現在翻版書絕寄不出來，不僅檢查很嚴，檢扣後還要以走私論罪。另外一本這兩天可以寄出。大家覺得能不吃巧克力糖，總是好事。太胖了，走路會喘大氣的。昨天沈公公請客，他的小姐和新女婿挨著我一塊兒坐，新女婿姓邵，人倒很文靜；現時在華盛頓郵局裡作事，二十六日便攜同新太太一同返美。他們等於是舊式婚姻，好像瞎貓兒碰上了一隻死老鼠，彼此的運氣都不算壞。沈小姐很大方，坐在桌子上大吃而特吃。今天東海有六對夫婦連合起來請彭醇士先生，因爲是他七十歲的生日。他的女兒從美國打長途電話回來祝壽，他說「我那未曾見過面的女婿在電話中叫我一聲爸爸，把我高興得要死」。兒！你也把你的電話號碼及最理想的通電話的時間（換算成臺灣的），來信告訴我們吧。我在這一個星期中，要吃四次酒席，分配得不均勻，要引起胃病的。這幾天蒙好像還用功。

實驗知識的增加，才是眞正的大進步。

五四・三・十七・夜　爸爸

【三四】

咪：

你的照片已洗出來了，有一張胖得像彌勒佛，我看到總是忍不住好笑。兒！我看，再胖下去簡直便沒有辦法。今天接到大毛哥來信說有一個月沒有接到你的信，又說他已戒了煙。信裡面，好像庭芳又懷孕了。今天來了一位姓陳的本省青年，在日本住了很久，娶了一位日本太太，正在東京大學念學位；在論文中，主要採用我的觀點去反駁她的主任教授宇野精一（宇野精一為日本當代極負盛名之學者。）的觀點，宇野責她受我的影響太深。他特代表他的太太向我致謝。我們不是有一個吃飯的集會嗎？這月輪到陳兼善（著名生物學教授，徐先生之好友，與田克明教授一樣，都曾在臺中農學院、東海大學任教。）伯伯，今天晚上吃得簡直不知什麼味道，太糟了。

三・二十六・夜八時　爸爸

昨天晚上我請蒙和帥下山去吃沁園春，朱宗倫作陪。蒙太不用功，連英文都垮了。勸她溫習，她說「我寫信問姐姐，看怎樣溫習法」。完全是胡扯。我不知道她爲什麼這樣糊塗。你趕快抽空寫一封信給她。徐灶生先生的小女兒，和莊先生的小兒子，明天訂婚，這倒算是門當戶對。

三・廿八・上午八時　爸爸

兒：

好幾天沒有拿筆給你寫信，因爲廿八日開始春假，我趕著要寫完在寒假時未寫完的一篇文章；今天早上趕完了。尚欠一篇文章，要到暑假寫，即可將全書付印。同時這幾天痔瘡發了，一天要流好幾次血；媽要我赴彰化診治，我想挨到暑假，免得這幾天過得不快活。你那張胖娃娃像，我覺得很有福氣，所以預備放一張六寸大的。兒！你明年能回來一次，豈不太好嗎？大毛哥說庭芳可以帶元鳳回來住兩個月，你們一起回來，更好。蒙這兩天好一點。帥的字還是一塌糊塗。剛才接到你三月二十三日的信，大家隨著你吃得高興而高興。我看到涂伯伯在美珍香隔壁一家美容院中買一盒化粧品給涂伯媽，我也買了一盒送給你媽。

三月三十日晚八時　爸

【三五】

兒：

任卓宣（當代著名學者，創立帕米爾書店，克享高壽，近年辭世。）先生昨天七十歲的生日，因爲在打官司時，他特寫文章支持我，所以我特於三日到臺北。同時嚴靈峰（著名學者，早期留學蘇聯莫斯科中山大學，尤精研老子。中風多年，但憑堅強的意志迄今猶健在。）先生一度和我鬧個不休，後來又要請我吃飯；我想，還是吃一頓的好，所以三日晚便吃了他一頓。昨晚八時左右到家，看到你三月廿九日來信，信裡面所說的你自己的情形，完全出於我的意外。古人說，「樂天知命故不憂」。樂天，是以天所給與我的生活條件為快樂。知命，是知道自己盡了最大努力後所得到的結果，這是由命所決定的結果。總之，是盡了自己的心，便以自己的心為安樂之地，此即所謂「行其心之所安」，不必太存得失之心。你要好的心太切，計較的心太強。兒，不要如此！你看過西遊記吧！唐僧要完成取經的任務，途中必經過八十一種難，這對人生而言，是有深刻意義的。假定一個人要努力上進，便命運注定了中間要受環境和研究上的許多困難和挫折。唐僧遇難時只是以堅強的信心想著佛祖，（有如你們的科學）好讓孫猴子（是比喻心的）千辛萬苦的去戰鬥；一次打敗了，再次、三次四次的戰鬥不休，所以最後終於到達了靈山，見到了佛祖取回了經典。你不要恐懼，一次失敗了，再次努力，橫直有爸媽和哥嫂支持你，毫無生活的顧慮。做實驗，和僧人坐禪是一樣的，除了自己所處理的事物以外，一切都忘記了，連自己也忘記了（忘我，無我），精神明淨得像一面晶瑩的鏡子，上面不沾上半點塵埃。因此，做實驗的另一意義，也可以說是人生修養的一種很好的方法。把生命的全部，投入於目前的課目之中，何況你還有「吃」的大本領。

五四·四·五·早七時半

爸

又

我的痔瘡已完全好了。帥的月考，考得很不錯。蒙也用功了一些。此次在臺北，找到了很有意義的資料。

【三六】

小毛苟子：

弟弟這次月考，由第三名進到第二名，幾何又是最高分；他問我「幾時寫信給小毛鬼」；難說我把這樣的好消息告訴你，你也不向他道賀嗎？我前幾天在臺北找資料，偶然發現兩條資料，對於我最近寫的一篇考證文章，大大的生色。同時，三月初，喝了三次酒，把身體弄翻了，現在已完全復原。所以我覺得運氣總算不錯。還有蒙蒙今天晚上讀書很乖，也值得大大地稱讚。兒！我當然希望你的酵素實驗能成功。萬一失敗了，可以在暑假中再作，橫直你不用找工作。所以千萬不必因此而灰心喪膽。我的書，前天已寄出了，一個包裹重五公斤。大概要過四十天你才可以收到。

五四・四・八（浴佛節）晚九時

苟子：

今天上午收到你四月六日的信，知道你的難關已渡過了，特向你道賀。兒！你要常常記住，你是有一種當賴本領的人，一點不順意，便有點向爸、媽、哥哥、要當下賴起來了；弄得全家動員寫信，連帥也花七分鐘寫上一封。我這幾天，心內總是忐忑不安；幸而接到今天的信。不過，向家裡放賴，比哥哥瞞著家裡什麼也不說，便好得多了。還是不斷地向爸和媽放放賴吧！小猶太！怎麼一下子打破了一個水晶試管呢？連爸爸聽了也有些心疼，我希望不致因此引起你明年返臺一行的計劃破產。你有兩個包裹尚未收到；收到後，可以做小人情的，便做點小人情。

有位吳世昌，用英文寫了一本紅樓夢的研究，大概要算相當成功的。陳文華花了半年工夫，用英文寫了一篇批評的文章，想在東海學報上發表；拿給梁先生（指梁容若教授），梁先生大發脾氣，陳文華氣得哭了一場。以後我向吳校長說，既已經寫了，何妨審查審查。審查不及格，陳文華便無話可說。吳校長自告奮勇詳閱，閱後說寫得不壞，陳文華又高高興興地；但究竟採用不採用，大概還要爭執一番。今天下午我請媽看了「約克軍曹」，覺得不算太壞。

像彌勒佛的是兩人共照，你在左邊，頭向左看的一張。

五四・四・十晚八時　爸

【三七】

苟子：

你的難關大概已經闖過了吧。在爸媽的心裡，總覺得兒子是一個過五關斬六將的英雄好漢。去年接枝的兩株葡萄，有一株剛剛發了芽；有一株還沒有；把我急死了。在一個月前，來了一位專家，我請他看看，他拿起剪子剪掉了四分之三；他說「不這樣，便不能結果子」。假定是我，是決計捨不得的。但更深刻地啓發了我，一個人，要有某一方面的成就，就得拋棄其他方面的興趣。梨子有的長得很大，下月便可收穫。春天開花的，更長得不少；好吃狗不在家，簡直不知道怎樣處置的好。蒙蒙越來越擺么女兒的架子；叫媽幫她做這做那。前天晚上，你媽向我說「我幫你把帳子放下吧」！蒙趕快說「我的呢」？媽趕快先幫她放下。偷偷對我說「這要是小毛在家，她就不敢，怕小毛罵她。算了吧，將就一點；等考完學校再要她改」。看樣子，你媽也很樂於服務。蒙一直到這幾天才感到來不及，晚上坐到十一點多鐘。

臺灣中南部天旱。臺糖比往年要少收入十億元。現在主持財政的人，又是無能之輩，正當規定的稅收收不起來；我看，臺灣的財政會成爲問題的；這也要影響到每一個人的生活。一個人，不把自己的精神鑽進到自己研究的小圈圈去，總不容易得到平靜的。媽上星期發現她的腰圍要比旁人大十寸，所以現在睡得比較少；種了些瓜和草花。我想早點從東大退休，什麼事都不做，你將來問問哥哥，他能對家裡挑好重的擔子呢？

五四・四・十五・夜八時

爸

【三八】

苟子：

昨天沒有收到你的信，我想今天一定會收到的。一到郵局，果然收到你四月十五日的來信，我第一高興的是你的難關確實過去了。第二高興是打破了東西可以賴掉不賠。假定爸在一旁的時候，也會沾光吃點水菓的。前三天早餐，每人面前一碗鷄湯，我歡天喜地的說「怎麼又買了一隻鷄」？帥小怪種突然叫了起來，「簡直變了味啦！是幾時的東西」？因爲他太愛吵人了，所以都不理他；可是越吃越不對勁了，胡椒下得這樣重，所以我和蒙也都剩下，不敢作聲。事後我向你媽請教，她說「一個多星期的湯，不算陳」！我才恍然大悟，這是八、九天以前剩下來的一點湯。便問帥，「你怎麼會知道是陳的」？帥說「我咬鷄肉，粉粉的，一點彈性也沒有，怎會不知道」？這小東西比我還精。他用功的情形，可能也超過了你現在；過去都不必說。蒙現在也落下心來了，因爲我狠狠地罵了兩次。落下心，沒落下心，我一看便知道。身體也似乎好些。兒！健全的生活，是理性與感情能得到均衡的生活。這種生活，只是很平順地過著，既不感到有理性在身邊，也不感到有感情在身邊。生活失掉均衡時，多半是來自感情，多半是表現而爲情緒；此時便應當乞靈於理性，意識地，求得理性的支持。理性支持的出現，即是生活均衡的恢復。這點，望你永遠記住。臺灣因爲有一年多日片不曾進口，黃梅調又走了一時的運；所以國產電影片便大行其道，大賺其錢。上月日片開始進口了，有一部三船敏郎主演的大盜賊，一下子，把國語片殺得落花流水，製片人叫苦連天，紛紛要求抵制。在賺的時候，却不僅不賣氣力製一兩部好點的片子，並且趁機會粗製濫造，把大家的胃口倒透了，現在却叫喊起來，有什麼用呢？同時，我陪媽去看一看「大盜賊」，那是日本三流以下的片子，我勸帥不必去看，帥不信，搶著去看了，看後也認爲低級；這又可以看出臺灣人心浮蕩無主的另一面。在這兩種情形之下，臺灣今後大概很難有好片子進來；因爲大家要求保護國片。

五四・四・廿一・上午十一時半　爸

【三九】

苟子：

因爲期中考試要看一百多本卷子，所以好幾天不曾拿筆給你寫信。臺灣中部許久沒有下雨，大概有不少的田不曾揷下秧。一直到前天才下了一陣驟雨，但是不夠。我們爲龍眼接的枝，只有一棵小的接活了，其餘的都不行。葡萄也很不景氣，我們今年的收成大概不如理想了；只有荔枝和梨子不錯。蒙和帥，近來好像都很拚命。你媽似乎又發胖了些。她把你丢下的裙子改些短褂穿，不中不西，不老不少，不男不女，我看到眞難過。我想送她一兩套夏天穿的短褂，不知能否送得上？去年東海大學在紐約的聯合董事會，派了一個調查團，今年提出了報告，在報告中，充滿了對由大陸來的人們的惡意；公開說大陸和臺灣是兩個不同的民族和文化；他們辦大學，只是爲了培植臺灣人。而他們所說的辦大學的方針，實際是要變成神學院。在這一報告中，每一個中國人，都受到了侮辱。其中有好幾個地方，是暗中對付我個人的。他們實際是在中國文化之前發抖，把我一個人的影響力估計得太高。上上星期六開校務會議，提出檢討時，我也很不客氣地從正面提出反擊，使他們知道中國還有人是不可以隨便欺侮的。昨天我在省立臺中一中作了五十分鐘的講演，題目是「人生的起點與歸宿」；我主要告訴這些天眞無邪的孩子，人生是以自己的民族爲起點；也是以自己的民族爲歸宿。他們好像能夠聽得懂，反應得很熱烈。大概三、五年內，是我們命運的決定時間。但有一點我是能夠決定的，即是站穩民族的立場，隨民族而生，隨民族而死，隨民族而永恆不朽。我過去的民族意識，是日本人教給我的；而現在，則是東海大學教給我的。在激流乃至濁流穢流中，屹立不動的人格，是長期考驗的結果。這只能告訴我有出息的女兒！

五四・四月・廿七・夜八時　爸爸

【四〇】

咪兒：

今天我看看你桌上玻璃板下面的安排，除了蒙擠了她自己的一張照片進去以外，一如你在家時一樣，心裡突然感到一陣心酸。兒！一個一個的養得太姑息了。你上次寫給蒙的話，還是嫌尖銳了一點。昨天我發信給你時，她搶著寫幾句話，說你缺少幽默感，那也是眞的。本來今天晚飯後預定陪你媽下山去看電影，但她忙得臉也不好好地洗一個，便乾脆不去了。我現在正抽時間整理寫好的稿子，這是最費腦筋的事情。

五四・四・廿九晚十時半　爸

咪：

今天上去拿到你四月二十三日來信。以前的信，把爸的名字寫在媽後面，這已經是不懂事了。怎麼這次連爸的名字也沒有，簡直把爸嘔死了。兒！我今年不僅不退休，下年可能還到靜宜去兼兩小時，找點零花錢。爸怎麼現在要你拿錢回來養我呢？暑假你願到東部去玩，我覺得很好。最重要的是交通安全，身體保重。昨天全臺下了大雨，旱象暫時解除了，這要算是好消息。今天在臺中吃晚飯，看到清華的陳校長，據說，下年成立五個中心，對科學研究工作者，似乎有比較好的待遇。不過，一定要有博士學位。所以兒唸完博士回來，是不致於吃不飽的。

四・卅・晚九時　爸爸

【四二】

荀子：

過去穿八卦衣能知過去未來的諸葛亮這一流的人物，在今日，即是科學家。今天我上去拿信，拿到你寄給你媽恭賀母親節的賀片，而今日恰恰是母親節，你爲什麼能算得這樣準呢？難說已經成了大科學家嗎？今天下午五時，各家自己帶菜到文學院前面的「大學之道」上野餐，我家只有帥鬧彆扭不去；可是我們帶去的菜，還沒有帥一個人在家裡吃的講究；我覺得你媽作人作得不識大體。今天中午又華來過，吃午飯便走了，大概是忙他的黨務。蒙最近比帥還用功些；似乎比你考大學前也用功一點。做父母的眞難，兒女不用功，心裡著急。用起功來，心裡又難過。我整理稿件，相當緊張；大概要一直緊張下去，看身體能否吃得消。

五四・五・九・晚八時　爸

又昨天晚六時半，美國的教職員聯合起來回請我們；他（她）們作事，比中國人能合作，有計劃，各人都能盡到一份責任。我們這些知識份子，眞是魯智深所教訓過一陣的破落戶的「潑皮」，只有過之而無不及。關於美國人好的生活習慣、精神，應好好地留心學習。

爸　又

苟子：

前天報上登出一位家裡很有地位有錢的許小姐，不聽家裡的話，和一位高山族的青年結婚。那位青年在藝專學音樂，窮得一無所有，臨時由同學音樂科的十幾個青年，湊些吃的東西，在五疊大的房子裡結婚；房裡只有一張破棹子。昨天報上又報導許小姐的父親、母親，帶了一批人，於半夜三更的找到那間陋室，又駡又哭又打，把許小姐帶走了。許小姐開始不肯走，她的母親說「你不走，我就死在這裡」，許小姐便沒有辦法。像這樣的一件社會新聞，眞不知應如何評價。剛才吃晚飯時，我吹「咪子要算是一位大科學家，算得好準呀」！蒙說「我認爲她是哲學家，因爲她寫的信我有一半看不懂」。梨子我已經吃了一個，我眞佩服你的好胃口啊。

五·十·晚八時半　爸爸

【四二】

咪：

因爲大毛哥一個多月沒有來信，帥又不斷地說「那是因爲掉了工作，餓肚子」，所以你媽心裡又很不舒服起來。今晚學生開同樂晚會歡送畢業同學，我陪你媽上去湊熱鬧，你媽在路上說「咪子在家裡無所謂，現在她出去了，我一想到帥和我睡，她有時也擠上來，要她走不走，便覺得她可憐」；這幾天，她又想起你來了。每一個人，都希望一代好過一代，但一定做不到，那也只有說是出於天命。你趕快問問大毛哥，是不是出了什麼事情？問清後告訴我。蒙現在很乖；帥比較浮一點。但都還不錯。吃晚飯時，在桌子上把各人的情形一比，只有你是最好吃的，眞使我有「好吃得出奇」的感覺。

五四·五·十二·夜十時　爸爸　你媽還未回來

咪：

因爲媽爭著寫信給你，所以我便有好幾天沒有拿筆了。媽因爲大毛哥這久沒有來信，心神很不安，望你趕快打聽一下，會不會是出了什麼事情？蒙實在是很拚命。向學校請了一個月的假，以便好在家中溫習。我已經告訴她，只要這樣用功下去，即使考失敗了，我也不駡她。帥的喉嚨痛今天已看了醫生。前天下午，我陪媽去看了日本片「大龍捲」，我的印象，日本的片子也在退步之中。

五·十五·晚九時　爸爸

兒：

這封信原來是挨到昨天發的。因爲照計算，昨天應當接到你的信，但並沒有接到。假使哥哥受到了什麼打擊，你應當寫信安慰他，千萬不可以不理他。帥昨天發熱，今天好了。現在的情形是帥落在蒙蒙之後。媽的身體很好，這幾天有點腰痛，是因爲天氣的關係。她去年把幾塊乾魚浸在酒糟裡面，最近才拿出來吃，比館子裡賣的糟魚香得多，可惜不能寄點給你。和哥哥通一電話吧；他住的地方有電話沒有？你和他寫信時不要冷落了庭芳。

五月十七日上午七時半　爸爸

【四三】

咪兒：

家裡正有點在鬧感情饑荒的時候，一直到今天還沒有接到你的來信，難說你想在感情上趁火打刼嗎？媽從前天起，腰病又發了，睡倒在床上，早上我起來弄早點，燒開水，忙得不亦樂乎；幸而越做越順暢，簡直像一個老留美博士了。媽一面吃雲南白藥，一面睡劉安雲（東海大學第一屆生物系畢業生，與劉述先教授結褵。）的電氣墊子（劉述先寄回的），恢復得比較快。媽很欣賞這種墊子，說要大毛哥買一個寄回來，作她今年生日的禮物，但大毛哥至今尚未來信，是不是害病？或出了其他事情？你急於打聽一下，寫信回來告訴我。帥的模擬考試，國文得了七十七分，很得意地給我看他的作文。但是作文並不十分高明。不過他對解，譯，似乎還不錯。蒙有一個大本領，最近才發現，即是，她夜晚一時醒了，便一時起來；兩時醒了，便兩時起來。她的情形，和留學美國的學生趕功課的情形，可以說沒有兩樣。但丙組的科系太少了，危險性太大。萬一考失敗了，你便要安慰她，鼓勵她明年再考。

五十四年五月十九日下午四時　爸爸

苟子：

剛才帥說「我知道姐姐為什麼也這久沒有寫信回來，是因為我寫信給她，講了挑撥離間的話」。兒，帥到底講了些什麼呢？

十九日夜十一時　爸爸

苟子：

今天早上，蒙大概是兩點多鐘起來的，帥大概是四點鐘起來的。逼著我也五點多鐘起來；今早工作的效率，比昨天又要高得多；因為秩序安排得好，所以在人力物力上，沒有半絲浪費。除泡好茶以外，每人一杯牛奶；四個人的麵包，都由我一個人烤好，上好奶油果子醬，送到每一個人的面前，另外還熱了一盤子菜，準備給不上奶油果子醬的人吃；同時，廚房茶碗等的清潔，大概超過了過去的水準。只是在媽害病期間，帥好像覺得是他搗亂的好機會，一天搗的大小亂，不知多少。現在蒙去睡了，帥在啃模擬考試的地理。爸便寫完這封信。

五月二十日早六時五十分

【四四】

咪：

大毛哥到現在還沒有信回，你媽這些時心裡很難過；你速與他通一電話，是否出了其他的事情。假定他現時住的地方有電話，你速把號碼寄回，我和他直接通一電話。難說出了碰車這類的事嗎？

今年我們的白玉蘭，開得太茂盛了，你媽一把一把地摘下來，床頭邊、箱子上，都放滿了，尤其是床上。大概她很愛這種花。最近她又學插花，的確有點意思，她對這類的事情，會一學便不錯的。蒙的拚命的情形（日以繼夜），恐怕超過了你。不過，這也是你的影響。她實際很聽你的話，尤其是你的成績不錯，你的話更有權威性了。帥比起來差得多，尤其是他不肯抓緊主課，這是不好的傾向。我爲了與中華書局接洽銷書印書的情形，所以本周五到臺北去一趟。同鄉有位閔守恆先生教書大行其道，每月有兩三萬的收入，來信要請我到統一大飯店吃飯。徐露、鈕方雨兩位小姐也在座，因爲這兩位都是閔先生的學生。又說徐露小姐要特唱一曲戲給我聽，不知是眞是假？總之有兩個月沒有去臺北了，朋友爲我湊個熱鬧場面，也是應當的，兒說對不對？

我對葡萄的希望完全落空了；天下事那能按照自己的計劃發展呢？

五四・五・廿六・下午兩時四十分　爸爸

爸　又

兒：

暑假快到了，你的計劃決定沒有？我一直想，爲父母的人，爲什麼對於在外的兒女，這樣的躭心呢？想來想去，大概是因爲這樣的：把兒女教養大了，在家庭的分量很重。可是走出去以後，尤其是走到外國去以後，才眞是渺滄海之一粟，所以不知不覺的，總是怕自己的兒女，在滄海的波浪中迷失了。所以前幾天接到兒簡單的信，大家的歡喜眞是說不出來，便

是這個原因。　媽已好了

五月廿六日下午五時四十分　爸爸

【四五】

咪：

五月廿七日的信今天上午收到了。裡面講的對大毛哥的態度是非常之對。我們總以爲他出了什麼事情，所以不能不躭心。昨天也接到大毛哥的來信，說元鳳發高熱抽筋，先不知道是什麼原因，後來才知道是出疹子，現在已經好了。

我昨天從臺北回來，出書的事，已接洽得有點頭緒。那位閔先生請我到統一大飯店吃飯，光一個房間便是六百元，大概一餐飯下去便花掉了三千幾百元，眞不應該。徐露小姐還是和以前一樣純厚，口口聲聲的要請徐媽媽到臺北聽她的戲。師範大學文學院長高明先生，我們過去的感情很壞，這次吃了他一餐飯，也算寃仇宜解不宜結了。今天晚上我到羅伯伯家去吃飯，媽媽吃呂先生家的滿月酒。

兒！最近我發現一件非常難過的事，即是蒙蒙一年以來的功課可以說是出乎意外的垮掉。她的模擬考試，數學、化學，等於交了白卷！現在雖然拚命啃，怎麼可能一個多月的功夫啃得回一年的功課呢？何況她的身體又壞。這我只告訴你，你不必再責備她，甚至提也不必提。等她考完失敗後，鼓勵她重考明年的甲組。養小孩是這樣的困難，隨時隨刻都在搶險。

去年因爲你出國，便對她大意了一些。大概也因爲沒有你在一旁的原故。兒！實驗是你作學問的最大決定因素，怎麼可以說它是瘟神呢？這學期保留住個A沒有？

五四年五月卅一日下午六時　爸爸

【四六】

苟子：

蒙前天下去考的時候，體溫一直在三十八度三左右。昨天晚上熱退盡了，但今早三時半的一次藥沒有給她吃，早上又有溫度。現又恢復吃藥，大概下午可以退乾淨。

你在六月三日的信中又在說渾話，要學大毛哥很久不來信。當父親母親的人，當然不和兒女計較；但大毛這種情形，自然使人對他冷淡了。兒！你赴紐約住什麼地方？幾時動身？怎樣和你通信呢？

帥今天的畢業考完了。這兩天的天氣已相當的熱。我發現我的肚子很大了，帥教我一種本領，睡得直直的，上半身不用手，不彎脚，坐了起來，再睡下去；這樣反覆做，他說肚子可以縮小。我一次勉強做五次，他能做九十六次。

五四・六・十一・上午十一時半　爸爸

兒：

蒙昨天下午三時熱度退到三十七度二，因爲張主任到醫務室來了，所以便出去看病，給風吹了，回來後，熱度又高到三十八度多，吃東西就吐，熱度時高時低，她急得哭了兩次。晚上請蔡惠郞先生上來看，他認爲是肝炎；早上又是三十八度六；我騙她是三十七度八。每次對蒙害病心裡便著急，昨晚一點半起來餵藥後便沒有睡着，藥吃後又吐了。假定到今天中午還是這樣，我下午就會送她赴臺北。我希望你抽空寫封信安慰她，她把你的信看得很重。前天她還說「姐姐買的東西，那怕是很便宜的，也一定很好看」。

六月十二日早六時　爸爸

【四七】

咪：

這兩天給蒙兒的病累得要死。十二日中午，沈昌民先生的太太陪著送蒙到臺中靈光醫院去診斷，檢查的結果，只是白血球太低，兩千多一點點，其餘沒有發現什麼。兩次量體溫都是三十七度。以爲輸完一千西西的葡萄糖後就可以回來。誰知臨回來前又高到三十九度八，只好住下。昨天沒有溫度，只是不吃東西，作嘔，以爲今天可以回來；但到晚上又有了溫度。今天再檢驗，才斷定是黃疸，大概明天還得繼續檢查。她心虛得很，今天依然不吃東西。不過溫度已降下，危險是絕對沒有的。昨天我下去兩次，媽一次。今天每人兩次。大學是考不成了。大毛哥航空寄回了一個電墊子，看媽的樣子很高興。這一個星期，我簡直沒有做什麼，眞無辦法。我賣出了一千元的書，買進了四千一百元的書。你們將來如果有辦法，分明知道我已經不能看書了，也要除了生活費外，還要每月給我一點買書費，那才算是心疼的女兒呀。

五十四年六月十四日夜八時半·媽還未回來

又

兒：

我想到從今年，十月起，便可以增加女兒每月寄回的美金七十元，便著急起來不知如何用得完啦。

媽已經回來了，今晚蒙沒有溫度。

晚九時半

這幾天下連雨，氣候陰濕。荔枝今年結的依然不多，前面做了一道正式的門，偸去的也不太多。可以除媽以外，簡直沒有人吃。帥是凡大家說好的東西他都不吃，搗亂得可厭。

六·十五·早六時 爸爸

【四八】

咪兒：

昨天上午接到你六月九日來信，下午我到醫院交給蒙兒看，她說「姐姐考得這樣好，却她裝作平平淡淡地說出來，眞夠神氣」。我說，「正因爲姐姐沉得住氣，所以能有出息」。她在沒有正式發病以前，即不吃飯，鬧腰酸脚軟。發病後，又一直當作感冒診，所以她的肝病，是相當的厲害；溫度一直到現在還不穩定；眼白及皮膚現都發黃了。我今早去，她催著我代她報名。「進場後我不能寫字，看看考卷是怎個樣子，也是好的。平時花多少錢也買不到看」。我聽了心裡好難過；代她報名了。媽昨天早上一起來就說「做夢我去了，小毛來接我」。「你是坐船還是坐飛機去的呢」？你媽想了半天「是坐飛機」。今天上午你媽又偸偸地向我說「小毛考得這樣好，恐怕有人情分數。換了學校就會受影響」。我說，「不可能有人情分數，你放心好了」。帥前兩天說「我夢見姐姐三年半得了博士，但還找不到男朋友，四處寫信」。他在家裡亂吵一通。大毛哥又有信回，說他今年八月可能回學校。這信寫完後，我回他一信。你要的東西，這時候不能辦；要等媽閒空一點，和天涼一點。蒙蒙今早吃了一點東西。

五四・六・十七

你去紐約的計劃告訴我。兒！你寫信回來時，說將來也負擔蒙的留學費用。

兒！蒙還在醫院裡，不過體溫已穩定了，並且也能吃東西，危險期算完全過去了。再驗一次血，如有進步，即回家休養。今天晚上東大請畢業生吃飯，選東海小姐。我和媽同著以前演「釵頭鳳」的女主角坐在一個桌子上，平時不認識，她很想當選，要我爲她介紹，媽也催著介紹，結果選掉了。兒！你對於大毛哥和趙庭芳千萬不可任性。

五四・六・十九・晚九時　爸爸

【四九】

咪：

你寫給蒙的信昨天收到了。可能是你的信發生了力量，妹妹昨天下午便出院回家休養。現除膽汁還多了一點以外，肝臟機能總算恢復得快；大概在床上還要睡一個多星期。醫院花了二千九百七十六元，你媽似乎很有點心疼，總希望花我的私房錢，那如何可能呢？大概蒙覺得你管她，她便應當管帥，所以睡在床上不斷地行使小姐姐的職權，多事大概是出於她的天性。本月底便放暑假，我正安排暑期中的工作。昨天我遇見蘭得樂，他趕快停車下來和我打招呼，但只能彼此笑笑，說不了一句話。今天上午亞力山大的太太來說，蘭太太下午三時半到她家裡，要你媽去見見面，你媽很不願意，最後拿一把荔枝去了，到現在還沒有回來。

五十四年六月二十四日下午五時十分　爸爸

兒：

蒙的病，天天有起色，可是身體好一點，便喜歡多事，睡在床上不安分。尤其是你給她安慰的信，她覺得寬心得多了。帥今天行畢業典禮，不要我和媽去參加。因爲沒有獎領。但我和媽依然去了，他得了第三名，當然有市長的獎，議長的獎，校長的獎，還有一百元現金；據說，因爲他的畢業考試，考得很不錯。今天又接到大毛哥的信，裡面附了元鳳的照片，瘦得多了。還是不肯放元鳳回來；他說下年決心回學校。今天沈叔叔說華盛頓和紐約，沒有什麼玩頭，並且也危險。哥哥說，看小毛現時念書的樣子，三年會得到博士。兒！我沒有想到我家裡會出一個女博士。你咬緊牙根，把書一口氣唸一個段落吧。再來信，說點你這一年來讀書進步的感想。

六月廿六日夜九時

【五〇】

苟：

你賭什麼狠，不按時寫信回來呢？我主張你想方法磨你媽媽一下，因爲她吃到不好吃的果子時，總是說「這給小毛兒吃恰好」，簡直把你看得太好吃了。今年的梨子，可以說是大熟之年；但是，因爲苟子不在家，恐怕都要糟蹋了。今天是帥考高中的日子；昨天晚上準備今天的東西，一定要穿平常不穿的破褲子；我再三問他，他很嚴肅地答覆說，「中國的狀元都是窮人出身」！他原來是要爭這個好兆頭！早上臨走前，喊蒙蒙說「把姐姐的作文找給我臨時翻一下，看碰得上碰不上」？兒！我完全沒想到你的作文在妹妹弟弟心目中有這樣一個偶像的地位。上午考的國文數學，他說數學在七十五到六十五之間；國文大概比數學考得好。看他的動作，認眞、沉著，難怪你說他有點氣概。下午考社會科，還未回來。

五四·七·十三·下午四時半　爸爸

苛子：

你做什麼怪！下午去拿信，遇著大雨，帥送傘來，也打得透濕，大罵「一定是想拿小毛鬼的信，不爭氣，又沒有拿到，把我打濕了」。帥今天上午十一時三十分考完。據他自己計算，國文六十分，數學六十分，社會科，英文，理化，每樣八十分；共三百六十分，可以進省一中。蒙兒去考的時候早上吃了兩個蛋，吵著兆頭不好，所以這兩天絕對沒有吃蛋。我下山請帥和朱宗倫兩人吃午飯，一家新開的館子，吃了八十元，簡直糟透了。飯後看了一個「十面埋伏」的片子，也沒有意思。我的感冒好了，但蒙又接著感冒，一連幾天簡直不吃什麼東西。

我希望你能住定一間房子。不要老是搬家！

七月十四日下午七時　爸爸

苛子！我正要運動帥寫信來罵你的時候，恰好剛才上去收到你七月六號的來信，當然很高興。何況裡面有「經濟的壓力，有助於精神的收歛」的名言呢？我再有一句話，望你轉告訴大毛哥常常記得：「能忍人之所不能忍，才能成人之所不能成」。帥鬧著要做房子，我只好請他油漆大門，他現在正在工作，並吵著要工錢。兒！昨天華僑日報上還有一大段新聞說芝加哥簡直成了恐怖的都市，因為一天發生四次炸彈。大毛哥不願你去太多的地方，那是對的。你仔細考慮之後，多少接受他一點意見。我最近精神壞極，要趕一篇文章，不知趕得出來嗎？

七月十五日下午五時　爸爸

【五一】

苟子：

你七月十四的信今天收到了。眞是一個乖兒子，爲了準備十五分鐘的報告，才沒有按時寫信回家，那眞算是拚命，爲中國人爭光榮。不過，爸向你建議，多買幾張航空明信片放在手邊，遇著太忙的時候便在明信片上寫一兩句話就好了。吃的東西一定會源源地寄給你。但衣服的確可以不要寄了。需要的參考書，還是應當買，不可因小失大。有不少的生物學家，都是由自然通向人文，爸希望兒將來也走這條路。同時，不知西方文化之所短，便不能發現中國文化之所長。不知西方文化之所長，也就不知中國文化之所短。應儘量了解西方的東西；將來回轉頭來了解中國的東西，便比較容易。爸爸已經爲你鋪了一條了解中國文化的路，這我是有信心告訴你的。郭頂順先生請我們遊梨山，我、媽、帥，昨天晚上在梨山賓館住了一天，標高二千四百公尺左右；你媽有點不能適應，頭昏心跳；但我倒覺得很不錯，氣候涼而爽，是十多年所不曾享受過的。梨山的二十世紀梨子，小而味道好，吃起來有點像吃大荸薺。今天兩點鐘返到校園了。蒙是請丁亞文來作伴的。帥最近很反常。老虎頭照片連同我們遊梨山的，過些時寄來。你旅行的計劃怎樣呢？是不是因來日方長而暫時放棄了呢？多和哥哥取連繫，鼓勵他，萬不可和他鬥氣。他只是糊塗顧不到自己，但確實是一個好人。

五十四年七月廿一日夜九時　爸

【五二】

苟子：

我不是七月卅一日坐早七點五十五分鐘的火車帶帥到臺北嗎？頭兩天尹伯伯和尹伯媽來到我們家，急忙的回臺北；恰好這天在車上又遇見了他兩位，原來他們的小姐結婚後，小夫婦都在苗栗尿素廠作事，每月收入一萬一千元，所以便在女兒家裡住了一天。遇見我們後，一定要晚上到他家裡吃飯。我和帥一下車，把行李放到青年會，便急忙到峨眉餐廳午餐；宮保鷄丁和京醬肉絲，帥吃得很得意。飯後急忙去看「金手指」，即是情報員七號三集，越來越荒唐了。看完後，又趕著去看「日正當中」。兩場電影下來，頭昏眼花，趕到尹府上晚餐。張研田伯伯當了農林廳長，余伯伯們也一起在座。因爲余伯伯要請客而我沒有時間。八月一日我請陶六爹和慧姐全家，到第一大飯店吃早點。這天日本有一百多童子軍來臺灣；早點後又華帶帥到機場去歡迎日本童子軍，我去看李濟之先生。中午到涂伯伯家集齊吃午飯。午飯後我回青年會休息，帥隨又華到國賓飯店去開歡迎茶會。晚上我參加成伯伯小姐的婚禮；成小姐今年二十八歲，她和她的新婿都在夏威夷大學修博士學位；特回臺灣結婚，婚後仍回夏威夷。帥這天住在慧姐家。謝文舒要和帥比字，帥不敢比，的確是比不過的。二日早八時二十分，慧姐送帥到公路局汽車總站，我帶他到野柳，照了不少相；帥有點不乖。他對於頭天國賓飯店一幕，非常得意。「所有玻璃門，都是一走近便開的。茶會的桌子，擺成〔字形，上面短橫的一排，安有麥克風，都是坐的幾個重要人物，我也坐在那裡。個個穿的童軍服，只我不是；大家向我望，以爲我是從什麼地方來的「代表」。他平時對得意的事不肯多講，可是這次太得意了，講過幾次。從野柳回後，我帶他到中國大飯店八樓去吃西餐，四十八元一份，他以爲有很多菜，所以兩個小麵包，很矜持的只吃一個；一湯一菜過後便是點心咖啡，他才知道事情不妙，說肚子並沒有飽，但已經無法補救了。飯後又去看「勇者無敵」。楊家駱先生夫婦，一定要我們去吃一餐飯，只好去吃了。吃了出來到普一買了兩罐牛肉乾，趕到車站，坐夜八點觀光號回來了。這樣一來，帥的心情安靜了一些。所以兒的旅行可能是有必要的。帥把牛肉乾罐頭偷開了一個，吃了不少，媽大發雷霆；因爲這是準備寄給你的。丁淑卿今天來辭行，你媽什麼也沒有送。蒙的臉色很難看。

兒眞會買東西，送給文舒文揚和蒙蒙的，都非常可愛。寄給你的三百元支票收到嗎？

五十四年八月四日　爸爸

【五三】

苟子：

從臺北回來寫一封信給你後，便一直沒有寫信給你。六號謝又華把謝文舒文揚送來，今天下午可以接走。這兩個東西眞聰明、眞乖；但有時還是覺得痲煩。尤其是和帥不斷地結仇，鬧得鷄犬不寧。剛剛拿到你八月六日來信，你是這樣的拚命，使我心裡很難過。不過，我突然感到兒的學問已經很不錯了。但你在這封信中，完全沒有提到旅行的事；哥哥前些時來信，說月半離開洛杉磯，也沒有提到和你見面的事；不知是怎麼樣？我希望你兩周的假，能過得很愉快。你寄錢回來幹什麼？我欠的兩篇文章，已寫好一篇（三萬多字），所以有一本書即可拿出去印。我月底即拿本月可以剩下來的錢去檢查身體。並且最近身體也復原了許多。媽媽也不錯。你以前要一個珊瑚項鍊，我捨不得買；是不是把兒的錢買一副好珊瑚項鍊寄來？好不好。

全家沒有考慮到蒙今年會有學校住。下年的補習都安排好了。本月九日開始發丙組的榜，為了不刺激她，所以約定晚上不要聽從八時開始的廣播。我下午四時從山下回家，一進門，帥便說，「爸，到這裡來，我告訴你一個小笑話」。我隨他走到你的房裡，他小聲說：「福利社的孩子來說：『有一個院長來電話，徐教授今年考大學的小姐，考到了中興大學植物系。打電話的是一個女的聲音』。你看笑話不笑話」？我聽後，猜想是宋伯伯打來的，但他不知道蒙的名字。所以心裡是懷疑，口裡則說「絕對不可信」。全家都是如此，蒙自己也是一樣。到了八點，我不准帥收聽放榜名次，蒙便去睡了；到了十點，她又摸了起來說「我是有一個名字」。原來她是在床上偷聽晶體收音機。這眞是意外的收穫，全家高興得不得了。蒙蒙也是一樣。她說「我這些時這樣的乖，是因為我考不到學校。現在考到了，再不能這樣乖」。她是指許久沒有下山而言。第二天她便下山，昨天又不舒服，今天下山看醫生去了。她說想明年重考；宋伯伯又說可以轉化學系；我看她的健康情形，決心讓她唸植物系。你有空，來信告訴她應注意的要點。並認為向那一方面發展的好。帥簡直發魔，一句書都不唸。

【五四】

五十四年八月十二日上午十一時　爸爸

咪：

你寄回的兩百元收到了，我不願用掉；預定連同前幾天寄回的三百元，一起用你的名字存到銀行裡去。你要的東西，預定在十月買好寄給你。這次紐約玩得不錯吧。除了曾慶明外，看到秦人佳沒有？寫封詳細的信回來。報上記載著洛杉磯黑人暴動的情形。此端一開，美國內部的團結，會大成問題的。天下無樂土！和大毛哥見面後要堅定他求學的決心、信心。今天接到六舅由加拿大來信，他已在渥大華統計局找到電腦計算工作，他來信要媽把他存放的棉絮寄給他。我對於大毛哥和你，沒有保持到與六舅間良好的甥舅關係，常感到難過。因爲在外面的親戚少；並且他是一個不幸的人。我最近的身體很有進步；書的自敘今天也寫成了；月底可以帶蒙到臺北去檢查身體。金達凱先生本月二十五日來臺灣，我已託他帶藥來。現在正開始今年的第一次颱風。

五十四・八・十八・夜八時　爸爸

林林定本月二十六日赴美。

苟子：

昨晚的颱風，就臺中來說，似乎是雨大風小，沒有造成太大的損害。我們院子裡只吹倒了一棵木瓜樹。不過到現在為止，還沒有電燈。你在中興大學的功課並不算好；可是這一年來，却突飛猛進，這一個謎，我前天解開了。前幾天帥找小說看，把櫃子裡的小說，都搬了出來，是那樣一大堆，眞把我嚇了一大跳。看這麼多的小說，怎麼能做好功課呢？不過又發現你用又板又呆的字，很嚴肅地記下了一些格言之類，可見你本來是一個有自覺、有出息的兒子。

做爸爸並不太容易；你說爸不曾帶你和大毛哥出去玩過；蒙大發牢騷地說「姐姐進大學，你為她製了那麼多的裝。現在輪到我，却什麼也不製」。天曉得，她的衣服夠穿了，還製什麼呢？當實驗遇到眞正困難時，是不是須要在方法和思路上作點反省？即是想想，有沒有另外一條路可通？當困難解決後，要不要回顧一番，這困難是如何解決的？未解決以前，問題是出在什麼地方？土包子的爸爸，向科學家的女兒說三說四，難怪女兒要笑掉大牙了。天氣還未穩住；不再下大雨才對。

爸爸

五十四・八・十九・上午九時四十分

【五五】

咪兒：

你八月十四日從紐約寫來的信，昨天已收到了。我經常有這種經驗，心神不安，總想到什麼地方去找一番熱鬧，不找到不甘心。但十番百次的找到以後，馬上感到空虛、無味；還不如呆在家裡，把心落到書本上，反而平安，充實得多。過去，我是非常喜歡動的。但來臺灣十六年了，連臺灣許多地方到現在還沒有去過，可以說是前後兩人了。實際便是因爲上敍的原因。我希望你這次旅行，能感到萬分愉快。開學後，就死心塌地的追求自己的學問。今天蒙去註册，我陪去，便帶帥下山一同看「亂世佳人」；第一次看的時候懂得不夠清楚，覺得非常之好。這次懂得清楚些，反而印象淡得多了。凌波和李麗華們合演「紅伶淚」，你媽去看了，我看到這三個字的標題便倒胃口，所以怎樣也不去看。今天在山下呆一整天，實在太累了。

五十四年八月二十一日晚八時　爸爸

兒：

「亂世佳人」的歸宿，似乎是人的故鄉、故土。女主角固然是一切飄去後想到自己的家園；男主角於空虛破滅之餘，還是要到自己的故土。我們已經沒有自己的故鄉故土了，還保留國家的一個角，此外，則只有在學問上生根。除此以外，還有什麼呢？

八月二十二日早六時半　爸爸

苟子：

我以爲接到你十四的信以後，便會接連地接到你十五、十六的信；但一直等到現在還沒有接到，是不是受到黑人風潮的威嚇而短了遊興呢？黑人問題不是一朝釀成的，白人過去對黑人太沒有盡到「忠也養不忠，才也養不才」的責任。一朝釀成了問題，人數又這麼多，生產率又特別高，便不是一紙民權法案所能解決的。這可能影響到美國的國運。昨天林培英先生請我和媽，和另外二十多個人，遊后里的毗盧寺；因爲住廟的女住持，和林培英是親戚，所以素菜弄得特別好，你媽還是第一次吃到。昨天看到最先開建廟宇的呂家四姐妹的遺照，個個都生得很漂亮，但其中三個沒有結婚，四個並都因血壓高而早死了。現存的是那四位的堂妹妹。

兒：你記不記得去年八月廿五日我帶你到臺北，今天帶你去簽證呢？一個了不起的女兒，糊塗爸爸到此時才完全了解。兒！我永忘不了你在緊要關頭時的深沉、勇敢，而又富於機智。帥平日口頭上對你總是不服氣，但有一天他溜出「就是小毛鬼這樣的能幹……」的話，可見他心裡還是很佩服你的。

八・廿六・上午十時　爸爸

【五六】

咪苟子：

我和蒙要明天才回臺中。蒙除了有輕微的十二指腸潰瘍以外，血液還有點不正常，所以作了一次骨髓穿刺檢查。今天看結果，還沒有嚴重的徵候，吃增加白血球的藥。她心理上常有些問題，所以你總是多鼓勵和安慰她，認爲她一定可以出國深造，做學問。不要使她在心理上總覺得一切會不如你。我昨天的結論，發現血糖一三〇，稍高了一點，所以今天上午抽了五次血；要到下週再來看結果。在這裡住得太不舒服，有天做夢，抱著你，你正在放賴哭，又做夢我和你媽還有些什麼人在一起，我找你，你媽說「她在打牌」；我聽了很生氣。你媽又說「她現在長得像男孩一樣，玩玩牌又有什麼關係」？我回頭一看，你穿一件直身袍子，還是五、六歲大。這也太奇怪了，爲什麼只夢見你小的時候呢？

我百般哄得你笑了，笑得鼻子上浮一個大鼻涕泡，好像你還只兩歲的樣子。今天一大早，

五四・九・八日晚十一時於臺北市青年會　爸爸

兒：

我和蒙昨天晚上回臺中來了，看到你旅行後寫回的信。布布是一首散文詩，寫得很不錯，不過，稍爲素樸了一點，你眞正想表達的意思還表達得不夠。所以我覺得不必急於發表。你有勇氣單獨去看瀑布，總算很有辦法。回來後，什麼也不想，一心做功課好了。不必寫長信回來，只寫明信片便可以。吃東西，還是要豐富一點，尤其要多吃些水果。端木伯伯有個孫子六歲，從美國自己回來了，還知道護照的手續。慧姐（指謝又華夫人——王仲瑩女士。）昨天已進醫院，大約這幾天生孩子。睡得很厲害。前天中午，我在臺大醫院外面散步，謝文舒、文揚兩人等公共汽車，看到我，便大聲喊公公，我當時非常高興，就帶她兩人去吃了午飯。這兩個小東西的確很可愛。珊珊很難買，我買了四張織有中國古代天花板上畫的花紋所做的椅墊子，這種花紋稱爲「井藻」，很精巧華麗，所以你將來可用以送指導教授，我認爲比珊珊好。你如不贊成，可來信說明。今晚中秋的月亮實在很漂亮，我和蒙出去走了一下，媽沒有去。

九月十日晚九時　爸爸

【五七】

咪子：

你媽媽看了你正式上課前寫回的一封信，一直到今天，還是三個傷心，四個作孽的，說個不了。其實，你說的並不算是洩氣的話。一個人，將要進入到一個全新的世界時，自然常有一種艱難艱鉅的感覺，這是必經的歷程。不僅科學是如此，即是人格世界的進入、開闢，也是如此。顏淵說「鑽之彌（更）堅，仰之彌深，瞻之在前，忽焉在後」。朱子在臨死的時候，對他的學生，只留下「艱苦」兩個字的遺教。眞正的良將，在作戰前的心情也是一樣。拿破崙常在作一決定之前痛哭流涕。艱苦中的價值，才是眞正的價值。西方人的努力，主要表現爲生命在空間中的擴充；而中國人則主要表現爲生命在時間中的續延；即是一代接一代，把上一代未完成的責任，交給下一代去完成。尤其是年老以後。每一人，在此連續不斷地責任中，完成上一代的志願，培養下一代接力比賽的能力，因而也得到自己生命的完成。學文科有一個先決條件，即是自發自動的精神；因爲理科工科的功課本身，非逼著人做，逼著人懂不可。文科的功課，只要稍稍有點聰明，便可以打混。打混的結果，一生也不能入學問之門。我原來想大毛哥學文，後來發現他太浮太粗，所以便要他學理工。我家裡，只有你可以學文。第一，你住高中時，我尚未能完全發現你在這一方面的潛力。第二，時局如此，我首先希望你們能活下去。所以主張你學理。好在生物學是可以通人文的，不過這要到你在本門學問上有了成績之後，大概要到四十五歲以上的時候了。我暑假中，曾試過帥，看他有無學文的能力，所以檢了幾種書要他看，看不懂時我來講。但結果他是一個字也不沾，這如何是學文的材料呢？他一直到現在還落不下心。媽今天的生日，昨天收到了大毛哥和趙庭芳的賀卡，我出了一百元的私房錢買雞、鴨。你寄回的五百元，在臺北花掉了兩百，在銀行存下了三百，明年照本利一起寄給你。千萬不可寄錢回來。東海生物系亞力山大博士夫婦，是最有修養的，兩男兩女。前三個星期，全家到花蓮去玩，大兒子得腦膜炎死了。前天他帶四個孩子（三個是由山下來的美國小孩）到古堡去玩，進入到古堡後，自己的小孩不見了，摸到下面的黑坑去，原來自己的孩子跌下去了，左邊的肋骨跌散了，到下午四時便死掉了，剛才做追思禮拜，眞是太慘。

五十四年九月二十日　爸爸

媽預定二十五日赴臺北，不要我陪。朋友寄了兩張京戲票，是王復蓉小姐唱香妃。我完全送給你媽媽，大概她二十七日回來。你的東西此次買齊寄給你。

【五八】

苟子：

九月二十日的信，昨天收到了。媽二十五日赴臺北；想到二十七日是星期一，假定她看廿六日晚上的平劇，怕旁人裝不好帥的飯盒子，所以便於廿六日下午趕回來了。廿四日寄了一包吃的東西給你，裡面有辣橄欖和酸梅牛肉乾等，不知能否收到？這次把珊瑚扣花等等也買了（共四樣），當然超出你的預算。明天找顧紹昌的太太為你做衣服（她現開有舖子）。買的井藻，媽說寄兩個給你，寄兩個給大毛哥。衣服做好後即可付郵。田伯伯說，一個人坐巴士太危險，可一而不可再。

今年家裡過中秋最沒有意思。媽不出門。帶蒙出去走走，她不肯多穿衣服，一下子就回來，結果第二天她還是發熱。帥出去玩得近十二時才回來。

有一件事總是忘記了，不曾告訴你；就是，你還是要保持多吃水果的習慣。我又常常想，假定你能以較好的成績在這裡得碩士，是否能轉一個更好的學校去唸博士呢？因為這樣是否便於選擇結婚的對象呢？我只是這樣說說，一切由你按現實情形決定，不可因我的話而攪亂你。有一個日本人寫一篇悼念史懷哲之死的文章，說他在非洲的一切，只是完成自己、完成人性（人性自我的完成）。這很深刻。

兒！你上次寫的布布，實在寫得很不錯。不過因為你過去看現代小說太多，所以盡量「描寫」，而缺少了中間必不可少的「敍述」，這便使讀者一下子摸不清線索。在文章中只要添幾句，便都明顯了，我之所以不這樣做，是存心短你的興，使你目前專於一門的原故。

你去年的信中，曾經說到不管成績好壞，但每日總有所得，引此以自慰，這是非常重要的。每日有所得，即是人生當下所得到的意義；人生的意義，並非要到收場時，或者要得到某種重大結果時才有；而是時時刻刻的有，時時刻刻的得到滿足。孟子說「盡其心者，知其性者也。知其性，則知天矣」。從另一方面，簡單地說，人能盡心於自己所應作的事，便是

把握到了最高的價值，**而不必太計較過後的成敗得失的**。我現正趕寫一篇文學上的文章，到現在爲止，只是有把握能寫成而已。預定假期中的工作，只做完一半。帥第一次英文小考是九十七分，第十高分。

信封是帥幫我寫的，你看棒不棒？

五十四年九月廿七日夜十時半　爸爸

【五九】

苟子：

剛剛收到哥哥來信，說你還是在原校一口氣念完博士學位後，找第一流的大學做工作，再談找對象的問題，比較妥當。我完全贊成哥哥和你的計劃，所以趕快寫這封信給你，取消我上次信上的話。

文章的初稿，也是剛才寫成的，實在寫得不好，看補綴以後的結果怎樣。蒙的身體已開始復原。小孩子復起原來便很快。爲帥請了他的老師們吃過一餐飯。他的情形，是中上之資。補習數學總有好處，但他還不大甘心。

哥哥來信說他從來沒有像現在這樣用功，當然是眞的。我心裡爲此很高興。你的衣服已經拿去做了。

前天晚上，我和孫先生（此指當時在東海大學中文系執教的孫克寬教授，徐先生喜歡詩，常與孫先生談詩。」散步，走到乾河的橋上時（即是我家左下邊的貼地橋），看到一條四、五尺長的蛇，我便用手杖打了一下，沒有打到要害，牠馬上盤成一個圓圈子，把頭從圓圈中向我伸起來，高六、七寸，並向我噴氣，和電影中所看到的情形一樣（有噴氣的聲音），我才知道是眼鏡蛇。看樣子，假定我走攏去，牠會向我突襲的。好在沈館長也來了，大家合作，從遠處投石頭，最後擊中了。後來秦量周先生用電筒檢查，果然是眼鏡蛇。我告訴帥，這是我在昆崙山上學的武功，所以有此成績。

這裡還是很熱。忙一點，身體便有點不舒服。不寫文章，便精神抖擻。可見用腦是很辛苦的。你現在的地方很亢熱。明年在臥房裝一具小冷氣比較能睡好覺。多吃水果。

五十四年十月二日下午五時十分　爸爸

【六〇】

咪兒：

昨天發一封信給你後，今天便接到你九月二十七日的信。帥看了這封信後，他很有點沮喪。最近他是一天變好一天，昨晚張老師請看電影，他便沒有去。他的本質實在最好，只是給我和媽嬌慣壞了。現正一步一步的矯正。假定你一定要他唸文科，便決心唸文科好了。他剛才罵是誰個寫信給小毛鬼講了他的壞話。英文考九十多分，也實在值得獎勵。

兒：你提到實驗設備的重要，我也可以完全了解，選擇學校的重要性便在此。你在中興，等於不曾做過實驗，到美國去，落後是當然的。不過，現在總算追上了。追上以後，便沒有什麼。

昨天晚上，放映你寄回的三張幻燈片，看到你那好吃的樣子，把爸笑壞了。以後最好是寄這種照片回來。

從昨天晚上起，我開始改自己的文章，眞是改得自己也臉紅，文句幼稚，語氣散漫。因爲這是挨命寫的，醞釀得不夠。

今天是重陽節，現在對這些節日簡直沒有印象了。

五十四年十月三日十二時半　爸爸

苟子：

許多人不能從正面攻擊我，而只好用說謊的方法來說我不懂科學、反對科學。假定你們在科學上有點成就，豈不是爲徐家出了一口大氣嗎？用事實上打擊那些流氓，比什麼還有力。最近居浩然又在「文星」上用種種下流的話罵我，並罵到你和哥哥身上；現又罵到牟伯伯。這裡完全是瘋狗世界。對於這類的瘋狗，除了不理，等它們的結果外，便是自己站起來。文星有一套漢奸組織（因為中西文化論戰結了樑子，徐先生對文星雜誌的一批人，始終沒有好感。對居浩然、李敖二人的人品尤其鄙薄。），也伸入到東海大學裡面。

爸　又

徐家從科學上站起來，這才是天意如此。又。帥昨天晚上非常用功。你要知道他還在糊途中，但比我小時已經好得太多了。你想成就他，第一要忍耐；還要多鼓勵。由生物學通向人文，是爲人文開闢新路，新基礎，不是迂路。你現在還不能了解到這裡。

文章快改完了，還是寫得不錯。

十月四日上午九時半　爸爸

【六一】

咪：

就我自己的經驗推測，以爲你從紐約回來以後，會心安理得地念自己的書，誰知却大鬧其情緒。蒙告訴我，媽近來常常偷著流眼淚，我問她，她不承認，我想大概是因爲你鬧情緒的緣故。你初到美國，家裡天天爲你躭心。以後知道你可以站得起來，全家都增加了生命力；我和媽的身體也好得多。你在這種地方，正是家庭的支柱。假定你無緣無故的鬧情緒，這樣的鬧下去，那怎麼會學得好呢？那才眞是天意。帥一直是好些時候，壞些時候，很不穩定。但到現在爲止，還是很糊塗，也很純潔，沒有不良的觀念和行爲。我是盡最大的力量來調教他，把他調教穩定了，就可以放心。一個人能盡心把自己的潛力發揮出來，便是完成自己的價值，此外還有什麼？站在國家的立場，毫無疑問的，今後的存亡，是在科學上競爭。實驗也是一種人生修養的方法。古人當心亂起來的時候，便寫字。因爲精神可以藉此集中。中國道教佛教說「降龍伏虎」。龍虎都是比擬自己情緒的衝動。這種衝動力量之大，有如龍虎，所以有的人便覺得這是自己個性之強。說到降服的方法，也很可憐，靜坐數自己的呼吸，或敲木魚，數念珠。做實驗便比數自己的呼吸、敲木魚，有效得多。實驗，是近代三百年文化的基點，我深以不能沾到它爲恨，所以買個小顯微鏡回來。說不客氣的話，只能眞正參加到現代學術活動的中心裡去，不管有無成就，才算不枉爲了一個人。學文法科百分之八九十是又受罪、又犯罪，其餘百分之八、九，是有犯罪的機會。只有百分之一、二，才站得起來。在我國實際是如此。作爲一個人的起碼條件，是不寃枉受罪，更不犯罪，而能乾乾淨淨地站起來。因此，一個技術工人，比寫幾句不三不四的濫文人，品格高尚得多。我們一定要把腦筋轉換過來。帥說「我不學文科，你這多書怎麼辦」？假定他眞是如此，那就學文好了。

五十四・十・八　爸爸

【六二】

苟子：

今天接到你在紐約照的一批照片，張張都漂亮。好像你的樣子也比以前長得好些。有一次謝又華向我說「姑爹太想弟弟妹妹讀出書來；爲什麼不聽其自然一點」？我說「我並沒有太勉強他們」。「姑爹自己不覺得，我看，他們受的精神上的壓力很重」。又華的觀點並不正確；但也因此提醒了我，對小孩要增加忍耐力。過去對哥哥，便是缺乏忍耐力。帥一直到上星期三，才恢復了常態，每天早上五點半鐘要我叫他，他挨到五點四十分左右起來，所以在坐七時十分鐘的車下山以前，可以讀半點鐘的英文。昨天是星期天，又是雙十節，但他上半天讀英文；午飯後睡完午覺便翻了一點鐘的國文，就出去打球。晚上寫週記，做英文習題，再寫給你的信。我花十元看了一下，開始幾句，似乎比你還寫得高明些。他的本質好，因爲嬌慣了的關係，愛說反話。但心裡很明白。他也一連吵過幾次，「小毛鬼不肯唸博士，想把責任推到我身上」。兒！你既想成就他，就應當有耐性。你自己更應作堅強不屈、奮鬥到底的榜樣。同時，不可對蒙冷淡了。能站得起來的人，應當先站起來。這樣才可給哥哥弟弟妹妹以激勵。同時，你要記得孟子的話「中也養不中，才也養不才，故人樂有賢父兄也」。因爲子弟的不中不才，便自己也要不中不才，豈非大大地可笑。我老了，除了書本外，精神只有寄託在小孩身上。過去我到車站去接你們下學；現在雖然不到車站去接，但也有幾次是靠在門邊望他們回來。媽今天去學插花還未回來。我希望她能多參加活動，對她的情緒要好得多。把文學的一篇文章寫成後，本想多休息幾天。但因爲看到林語堂談蘇東坡的一篇文章，氣不過，又寫了八千字。昨天並爲華僑日報寫了一篇文章。大概要到明年暑假，才寫大文章；這中間只教書看書了。只要自己的兒女不給我以精神上的打擊，我還保持著一顆雄壯的心來安排此後的學術工作。

五十四年十月十一日夜十時　爸爸

【六三】

咪：

蒙和帥昨天寄了一張生日卡給你；你千萬不可看輕那張生日卡，那是蒙費了大半天的功夫，從幾張卡片上剪貼下來的。上面的字，據她說，用黑原子筆細細地描，描得和印刷的東西差不多，你仔細看，便看出來了；這眞是禮輕人意重。蒙口裡流出你太看重了帥，而不很看重她的不平之鳴。我說「姐姐認定你可以站起來，所以不躭心你」。東海懷恩初中畢業的學生，高中一年級是最大的危機；因爲在山下完全脫離家庭掌握，而高中又沒有小考，除上課外便不管學生。帥的這一危機，到現在算已經渡過，最近完全恢復了一個用功的學生樣子。假定他自己不用功，任何人對他沒有辦法。我和媽對於他，好像農夫調教一條小牛耕田一樣。他寫信給你時，一面寫，一面叫著「有什麼話跟小毛鬼說呢」？寫到後來又喊著「寫到電影，話簡直說不完，信封小了」。每星期二下午他沒有課；前幾天同我說「明天（星期二）下午三點鐘我要送車子（脚踏車）下去，因爲還是坐車到校快些」。我覺得有些奇怪。原來這天下午他要參加籃球賽。他是「懷友隊」的選手，但不敢和我說，便編這一套出來。我告訴他，這種事，你可以參加，但不可經常去當選手。

我不是說把「文學中氣的問題」寫完後，就封筆了嗎？但因爲看到林語堂寫的「蘇東坡與小二娘」的文章，覺得太打胡說了，所以又寫了篇小考證的文章，也有七千字。另外寫了一篇「曾家岩的友誼」一文，昨天脫稿，也有一萬多字。這是回憶性的文章，記有大毛挨打和小毛出生的事。但中間有許多事還沒有寫。下月刊出後，我會寄給你的。

現在的功課，大概忙得太厲害了吧！所以還未接到你的信。記住！多吃點水菓。情緒安定些，做功課才有效果。祝兒快樂！

爸爸

五十四年十月十六日下午四時

情緒不安定時，趕快去做實驗。大陸上目前流行三大口號，實驗爲三大口號之一。實驗才改變了知識的性質，也改變了世界。

兒！發此信時，才接到十月十一日來信。我高興極了。現在要下山。隨後再寫信給你。

下午五時　爸又

【六四】

咪：

你十月十一日的信，我仔細看了，立刻使我想到，幸而你不是學文，你所談的人文教養，完全不是那回事。人文教養，在中國與西方，有個共同的起點，即是人自覺到在行爲上、在生活上，應當與一般動物不相同，此即所謂「人禽之辨」。古羅馬貴族生活萬分荒淫，所以西塞羅便提倡人文主義，要求人在行爲上提高自己的品德，勉力於學問。當時還沒有小說。十四世紀到十六世紀的人文主義，是認爲其他動物，不能變更自己一生出來的地位，例如狗便永遠是個狗，貓便永遠是個貓。惟有人，向下，便同於禽獸；向上，便通於神；所以人的地位是可以自由變動的。人文主義，是要向上升、而不可向下墜的一種努力。當時科學尙未興起，尙未出現「專門知識」的觀念：所以當時的人文主義者，都盡力於各種技能的修養，要使自己成爲「全能」之人，這也與看小說無關。美國乃至現代歐洲，因爲大家在知識上太鑽牛角尖了，又太個人主義化了；除了用自己一點知識換金錢，得享受以外，對國家社會的問題，對人生的意義等問題，一概不知。所以也提倡人文教養，又有人提倡「科學地人文主義」；主要的目的，是要科學除了自己的專門知識以外，有更多的常識，更關心國家社會問題，這也與看小說無關。但人文修養的極致，只能在孔、孟這裡找到。孔子說「良藥苦於口而利於病；忠言逆於耳而利於行。……君無爭臣，父無爭子，兄無爭弟，士無爭友，無其過者，未之有也」；「惟善人能受善言」；這即是一種人文教養，你一開口便說「我的個性強，不要想說服我」；首先拒絕父兄的善意，這即是缺乏人文教養。孔子「發憤忘食，樂以忘憂，不知老之將至」；這即是人文教養。下面的故事，最可說明這種意思。「子貢問於孔子曰，賜（子貢的名字）倦於學，困於道矣。（這和你目前的情緒一樣）願息（休息）於事君，可乎？孔子曰，溫恭朝夕，執事有恪，（作事很認眞）事君之難也！焉可息哉？（事君怎麼可以得到休息呢？）曰（子貢），賜願息而事親。孔子曰……事親之難也，焉可以息哉？曰，然；賜願息於妻子。孔子曰，……妻子之難也，焉可以息哉？曰，然；賜願息於朋友。孔子曰，……朋友之難也，焉可以息哉？曰，然；則賜願息於耕矣。孔子曰，……耕之難也，焉可以息哉？曰，然，則賜將無所休息者也？孔子曰，有焉。自望其壙，則睪如（高的樣子）也。視其高，則塡如（塞滿之貌）也。察其從，則隔如也（此上三句，是說人死後葬到墳裡的情形。此時，人才可以得到眞休息。否則沒有休息。）此其所以息也矣。子貢曰，大哉乎死也。君子息焉，小人休焉，大哉乎死也。」

鞠躬盡瘁，死而後已，這是古今中外的所謂人文修養。荀子勸學篇「故不積蹞步（半步），無以至千里。不積小流，無以成江海。……螾（蚯蚓）無爪牙之利，筋骨之強，上食埃土，下飲黃泉（上兩句是說它依然可以生活得不錯）用心一也。蟹六跪（足）而二螯，非蚰蟺之穴無可寄託者，用心躁也。……目不兩視而明。耳不兩聽而聰。……故君子結（專）於一也」。此之謂人文教養。孟子說人「必能有所不爲，而後有所爲」，這可以作多方面的解釋。我是很喜歡看小說，尤其是喜歡讀詩，並學做詩的。但我發現，讀詩做詩的精神狀態，和我治思想史時的精神狀態，不能相容；和求知識時的精神狀態，不能相容；所以我像吃煙的人戒煙樣的戒掉了。等我的思考力完全衰退以後，你會發現我不僅會常常讀詩做詩，並且也會看小說的。

兒！我知道你成天在書本上和實驗室中下功夫，是很苦的事。但只有能狠下心來狠過去，才可以有點成就。在我的環境，送你和哥出國，不是一件簡單事情。假定你兩個人都不能下決心於自己的學問，不能得到起碼的博士學位，我對下一代，便完全是落空了的。但我不能勉強於大毛哥的，又何能勉強於你。

媽寄的包裹到時，要在郵局裡開開檢查。

爸爸　五四・十・十七・下午五時

你要我「心襟應該完全在平和清澈的狀態下」，這是非常有意義的。我應常以此自勉。學文與學理工的分別是：學文的，常是以不知爲知。學理工的便硬碰硬，沒有自欺的餘地。

【六五】

荀子：

我在前四天有封信給你，丟到郵筒後，郵筒被人釘死，一直到現在還沒有打開；好在裡面只是講些閒話。這兩天，正感到也許對你的精神壓力太大了，你媽更是如此，所以今早便要寫信。拿起筆，突然想到也可能今天拿得到你的信，上去，果然拿到你十月十六日的密行細字的信了。哥哥來信說念博士的困難；昨天，在哈佛唸到哲學博士，正在夏威夷大學教書的成中英（成中英，哈佛大學哲學博士，曾回臺大哲學系任教，成惕軒之公子。），特來看我，也說到念博士的不易。兒！能念博士不能念博士，只有你自己知道，只有你自己可以作決定，爸和媽不應參加意見。珊瑚我早說航空寄給你，你媽要和聖誕節的包裹一起寄。你既急於要，便可航空寄出了。

你媽的身體很好，前天上午閒著沒事，便下山去看熱鬧，臨走時說「要是有個孫子帶在一起該多麼好」。你快考試了吧！忙的時候，只寄明信片回來便可。蒙蒙的身體已經好得多了。帥也越來越神氣。

爸爸

五十四年十月廿七日上午十時

【六六】

咪兒：

十一月四日的信，今天收到了。首先向你請教一件事，你們貴校貴系，有沒有電子顯微鏡？你說想見爸爸寫林語堂……一文的得意情形，那是眞的，因爲有兩點值得得意。㈠對蘇東坡的生活情形，事先並不清楚；但從林語堂的文章看，太不合「經驗邏輯」；著手一查，果然得到確實的證明。至於我的文章的本身，寫得並不好。兒！哥哥前兩天來信，說貴校去開會的名單上有你的名字。並說你去時要蒸粉蒸肉你吃，大概已吃個夠了吧！哥哥說他考到中上，庭芳考到一四九分；而一五〇分即是滿分。我便趕快寫信去向他們道賀了。並且估計，你這次的考試會吃蹩，你說靈不靈？蒙在八日自己去上課了。前幾天她清書，發現了你在中興大學第一學期的成績單，如獲至寶，幾次小聲向我和媽說（怕帥聽到）：「姐姐的化學是六十二分，物理是六十五分；我放心了；考到她這個樣子便可以了」。最近梁某，大發神經，對每一個人，都展開鬥爭。跟我也鬥了好幾回合，我只是不理他。據方先生說，梁在北平當漢奸時，寫文章罵政府，日本印得很講究，臺北還可以找到幾本，可能還有好戲唱。曾國藩說，用人要用有「鄉氣」的人，因爲有鄉氣的人，常能保持一股傻勁，可以克服困難，建功立業。現在我才相信這是眞理。有人沾了一點紐約的市氣，好像一切都看穿了。以前的信，媽媽喊著弟弟妹妹說「趕快看姐姐的信」。這幾次，却說「不要讓那兩個看到，免得更洩氣」。

媽這幾天開始學英文，眞笨得相當的可以。請蒙蒙教，蒙蒙教的聲音，越來越大，幾乎和教帥的情形差不多，我看，大概不會學下去。大概她是準備出來看女兒的緣故。今天共產黨的飛機跑一架到這邊來了，眞是天大的喜事。

五四・十一・十一・晚九時半　爸爸

【六七】

兒：

蒙蒙剛剛向我說「姐姐好奇怪，她的筆記都重新整理過」。我跑去看，原來蒙正拿著你的普通植物學筆記，寫得方方正正的、整整齊齊的，一絲不苟，這才看出你精神的凝定專一，自己把握住自己世界的高貴形象。兒！能如此，學什麼都會成功的。閻若珉先生在巴黎研究院作研究員；他是研究植物病理的；現以採訪之名，回到臺灣來幾天；中午我們大伙請他吃飯，爸快下山去了。兒！你省親的旅費積得怎樣？爸這裡爲你存著有三百元。

五十四年十一・十四・上午十一時　爸爸

兒：

蒙蒙剛才又說「很奇怪！姐姐是用死功呀」！所以我又抽空拿起筆來。昨天下午五時，我和媽去參加李滌生先生嫁女的喜事。李先生現任中興大學中文系系主任，他的女兒是東海大學歷史系畢業的，今年是二十七歲。男方和大毛哥同年。兩人都在市一中當教員。到的客人眞不少，擁擠不堪。蒙蒙叫著說「我家四個人，媽媽用功第一」；你若和大毛哥通信，把媽媽新得的這個榮耀頭銜告訴他。

十一月十五日晚九時　爸爸

兒：

今天早上蒙穿一件背心，我問她「那裡有這樣一件漂亮背心」？「還不是姐姐留下的舊東西」。你媽趕快插嘴說「我兒可憐，總是自己積點錢自己買布做」。蒙說「我却沒有錢買布」。蒙上學後，每餐中午吃二元五角或一元七角，倒也沒有什麼。

昨天晚上十點多鐘，方師鐸先生帶著梁一成來我家說：「梁太太帶梁一成〔梁容若教授之公子，東海大學中文系畢業，後赴美留學，以徐文長研究獲博士學位，三十多歲英年因車禍在美國去世。〕來我家，眼淚直流，說罵我的一封信，是梁一成冒三年級學生的名寫的，想把信拿回去」。我聽了當下很難過，「梁先生的孩子，也和我們的孩子一樣，原諒他這種錯誤，算了吧」。自已總是想辦法去整旁人，整出紕漏來了，不能收場，只得教自己的孩子出來頂罪，孩子面對著許多自己的同學，怎樣做人呢？我一生因脾氣太壞，受了許多波折、打擊；但對人對事，光明正大，庶不致貽你們以羞辱。而「防人之心不可無，害人之心不可有」。這兩句格言，應當經常記住。我常常把防人之心也忘掉了，所以多少吃些虧。但事後却也問心無愧。

十一·十六日早七時十分　爸爸

【六八】

苟子：

十一月十八日的信今天收到了。這封信來得眞好，因爲這幾天正怙念著應當收到兒的信。吃完午飯後，我把信交給媽，媽坐在縫衣機邊大聲的念，念到「看到媽媽坐在我床邊……」喉嚨便硬了，念不下去。兒！你這封信的缺點是還沒有提到已經到哥哥那裡去沒有？你和哥不要寄東西回來。你們要知道大人的心理，當兒女收到家中寄去的東西時，父母也同時高興。聽說兒女要寄東西回來，心裡反覺得難過。你告訴哥哥，兒女現在出去留學，等於把自己的兒女賣掉了；所以作兒女的，應當多寫信回來，作點精神上的補償。等我退休時，你們再分擔點生活上的責任。

因爲閻若璩先生談到，現在許多生物上的研究，要用電子顯微鏡，而臺灣還只有一部，大陸上已有不少，所以我特別問到，看貴校的水準如何？

臺灣有位姓陳的，在日本住了很久（東京大學），娶了一位日本太太；這位日本太太向東京大學所提出的碩士論文是「孟子思想の研究」；其中常常根據我的觀點，引用我的文章，去反駁她的指導教授宇野精一的觀點；她的論文雖然通過了，但宇野氏加上一句批語「受徐復觀氏影響太深」，所以她修博士便改研究日本文學。這次國父百週年紀念在日本徵文，這位女士得到第一名。昨天來到我家住了一晚，她說我比照片上的相瘦了一些。她今年二十五歲，不久也到美國哥倫比亞大學去教日文。有位會作詩的成惕軒先生，在南京時和我們住斜對門。他的大兒子成中英，大約比大毛哥大一歲，前三年在哈佛得了哲學博士，便在夏威夷大學教書。現回臺大教書半年，昨天在東大作了一次講演，相當地成功。兒！爸爸了解自己的女兒，也常常感到不容易。我每看到你寫的又笨又拙，却又一筆不苟的字，總覺得重新發現了一點什麼；感到這個女兒對學問的一番虔敬的精神，並未被她自己的爸爸早點發現！兒！你有什麼慧眼能對爸爸却知之甚深呢？天下有許多事是勉強不來的，爸在憂危困辱中混一生，怎麼會不知道呢？不過，你這次的信，媽依然不肯讓帥看到（剛才搶去看了）「他把小毛當作偶像；看到小毛說洩氣的話，他會更洩氣的」。只有爸爸知道兒並未洩氣。你下次來信時，把你拚命的情形，大大描述一番，這眞對他（她）有很大教育的作用。蒙蒙對自己的功課，倒有點新鮮的感覺，只是做得慢一點，情緒還不錯。

五四．十一．廿三．下午四時半　爸爸

「布布」假定修改好了，便趕快寄回來，因爲在這篇短文中有一股深刻的感情，和一個深刻的問題。

聖誕包是十一月四（六）日寄出的。以常情計算，應當於十二月半可以收到。

【六九】

苟子：

昨天我和媽到高惜冰先生家中吃了一餐很講究的飯，今天你媽獨自下山看電影去了，大概她要看五瓣之椿和窈窕淑女兩片。她每天要讀一小時左右的英文。英文作業，是蒙蒙幫忙的。蒙蒙教起媽媽來，十分神氣。你寫信回來時，要對媽加以鼓勵。萬一她想出國來看你們，懂點英文，比不懂要便利得多。蒙蒙中午一餐飯，常常只吃一元七角到兩元五角；但常常向我叫窮；我今天收到五百元的稿費，預定私下給她一點外快。昨天接蕭欣義來信，說哈佛燕京社要幫助東大辦研究所，但校方一直保持秘密。他寄來三張照片，媽說長漂亮了一些。我感到我的精神慢慢地向下垮，這是人生收束的前兆。希望能振作一番。

五四・十一・廿六・下午四時　爸爸

帥最近做功課的情形似乎好一些。六舅在臺灣找到一位教童子軍的蕭小姐，說最近到加拿大去成婚。媽可能本月三十日赴臺北和蕭小姐見面，還要預送婚禮。我希望六舅這次能順利成功。他來信給你媽，勸媽不要太愛孩子了，孩子們養大了並沒有什麼意思。他的頭腦總有點奇怪。

爸

又

兒：

媽昨天只看五瓣之椿，回來說「很好看」；又說「今天是最後一天」。所以我晚飯後便一個人下去搶著看了，果然不錯。故事是一家大商店，夫婦二人，只有一女。夫原來是入贅的；非常勤勉老實。婦則非常淫蕩經常在外；店內父女二人，相依為命。夫臨死前，想和妻見一面，但妻依然不回來；夫要求其女抬到妻住的別墅去，在路上便死了。尸停在別墅，妻正在別墅和人熱戀；置之不顧，更使女兒傷心，並憎恨她的母親；母親乃說出死的並不是她的生父，她的生父乃另有其人；但女兒聽後，更增加她對死父的難過，對母親的厭惡。她想把母親和奸夫一齊刺死，臨時又縮回了。這晚她母親因打翻油燈而失火，奸婦奸夫和他父親的尸都燒在裡面了，因爲有三具尸，所以外面以爲她也燒死在裡面，而實際因她守靈未睡，逃了出來；她出來後，設法引誘她母親的奸夫，一個一個的殺死；每殺死一個，側邊便放下一朵椿花；因爲她父親一生辛苦，只在童年時很愛椿花，這算是他一生的安慰。殺到第五個時，知道是她的生父，便恥辱了他一番，放手了；然後去自首，被判死刑；她認爲她做了應當做的事情，所以在監獄中很心安理得地等著刑期。她也早有肺病，病中還爲同坐監獄的女人做活。但最後她發現她究竟是殺了人；而被殺的人，並不因爲其被殺便能贖自己的罪，於是而良心又不安起來，終於用縫衣的剪刀自殺了。演女主角（指日本著名女影星岩下志麻，後嫁給名導演篠田正浩。「五瓣之椿」原著為日本名作家山本周五郎，黑澤明名作《紅鬍子》也是根據山本周五郎的原著改編為電影的。）的，在秀麗之中，却流露出一股清剛之氣，所以演得很深刻動人。西方像這樣的片子也不多。昨天我給了一百元的外快給蒙蒙。蒙蒙還嫌少，好大胃口呀。我發現她的身體還是有問題，兩目無光。

十一・廿七・早七時　爸爸

【七〇】

咪：

十二月二日來信今天收到。五瓣の椿的女角是岩下志麻；因爲她殺一個人便放一朵椿花，所以片名便是五瓣之椿。我給哥哥的信，總是爲他寬心，不會給他以精神的壓力。你不到庭芳家去也很好，「安心是藥更無方」，只要安得下心，隨處都是好的。戴小姐會弄這麼多的好菜，連把我的口也說饞了。眼睛越來越乾，是否缺乏維他命A.，美國有沒有魚肝油精丸子，你應不應當繼續吃這類的藥？可不可以去看一次醫生？不要太考慮錢的問題。前兩天寄出了一個包裹，辣橄欖和酸梅是放在茶葉底下，假定有運氣收到，沾上了茶葉的香味會更好吃些。只是你們的地方乾燥，不應當吃辣東西。聖誕包已收到沒有？家裡也有些着急。上一個月，我稍爲發了一點國父財；爲了紀念國父百年誕辰，寫了三篇短文章，每篇五百元，當然一時很充裕；不過你媽有些眼紅，早已賠光了。美珍香做的熟火腿臘腸，切了只要吃，很香；我今天和他辦交涉，看可不可以裝罐頭寄美國，他說一時無辦法，只好算了。將來你媽來美國一次，我是不會來的。這學期開中國哲學史，又要校對稿子，除了對中國名家的東西有點心得以外，實際沒有做新的工作。每星期四下午到中興大學去上兩小時的課，眞沒有意思，只是人情上無辦法。

五四·十二·九·夜　爸爸

昨晚的時間，原預定完全爲你寫信用的。結果，來了一晚的客人，把預定要說的話，拿筆時都忘記得一乾二淨。

十二·十·早六時五十分　爸

【七一】

咪子：

聖誕包收到沒有？我也非常躭心這件事情。蒙蒙實在是相當努力的。接到你的信後，中午在學校吃飯，也吃得好一些。明天鄭德璋（卽鄭竹園教授，早年赴美前，在香港「民主評論」編輯室工作。後來在美國攻讀經濟，常在報章分析中共經濟。）從日本來東海大學看岳丈岳母；鄭和梁華結婚後便沒有來過信；所以吳校長請明晚吃飯，我便辭謝了。但梁容若昨天又親來請，眞令我厭煩。李敖告我頭一狀後，他打輸了，又上訴；上訴又輸了，我以爲這總算告一段落；但他還是繼續罵；罵了不理，又連告我兩狀，一狀被法院駁回，一狀被法院接受；內容是他告洪炎秋（他的老師）先生，洪先生在答辯狀中說李敖聲名狼藉，李敖便認爲這話一定是我在洪炎秋面前講的，所以洪炎秋才用這句話罵他。實際他是要不斷地糾纏我。所以我便反訴他誣告；不如此，便會一直糾纏下去。昨天開庭。開完庭後，我又動了惻隱之心，約李敖在一起談談，談了兩個多小時，我勸他好好做學問，放誠實些。他說學問是奢侈品，沒有用；他要搞政治，又要寫文章賣錢；他說一個月有兩三萬元的收入。我的文章，他大抵都看過，說了不少的恭維的話。最後他要求把官司結束，我說，「你負責安排好了，我信任你」。誣告罪若成立，便不是罰錢的問題，而是要坐七年以下的有期徒刑的問題；「得饒人處且饒人」，他年紀輕，稍有誠意，我便饒他算了。不過他正在大發其瘋，非吃大虧不可；所以分手時，我贈他「子曰，以約失之者鮮矣」的話，不知他能否覺悟。社會太壞了，只鼓勵青年向壞的方向走。我印的書，給林雲鵬耽擱了兩三個月，眞氣死人。今晚孫克寬先生說「寫短文章，今日要算你第一；魯迅以後的第一人」。李敖昨天也大恭維我的文章；從文章的氣勢看，我好像還年輕一樣。家裡這幾天大粉刷，今天已恢復秩序了。

五四・十二・十四・夜九時　爸爸

【七二】

兒：

昨天收到你十二月十一日的信，看樣子，情緒好得多，是不是收到了一包衣服的關係？兒！我那篇文章，正如你記得的辛棄疾的詞一樣，只說得十分之一、二。這是唐伯伯要我寫的。在友誼上，他也或許感到有點抱愧。不過我藉此機會，把和陳誠的一段關係說了出來，總是好的。否則有關係的人都死完了，豈非死無對證。我在精神上放過李敖後，覺得很有意思。他對我的人格和文章，也說出了眞心話。你信裡說的趙庭芳的情形，對家裡很有益處；因爲家裡實在有點隔膜。

兒！那篇文章，只是在一個晚上拿起筆來隨意寫下去。可是看的朋友都說「你對太太和女兒的感情眞深厚呀」！但我並不覺得怎的。

前兩天鄭竹園來東海看他的岳父。鄭的研究實在很不錯；同時，凡從美國來的，政府都是大捧而特捧。梁容若最近給同事打得抬不起頭來，也藉此機會很神氣一番。我們約鄭來家吃了一餐早點。鄭說：唸學位應當一口氣唸下去。又說：女孩結婚並不容易，還是結婚第一種種。他現時在密西根大學當研究教授。

東海大學中文系可能辦研究所；吳前天把計劃給我看，我不贊成；因爲那完全是要把戲。他要我提，昨天我提了一個，不知結果怎樣？研究所如成立，不可能以我爲中心，我也不願這樣作。希望蕭欣義、梅廣、杜維明他們能回來，以他們爲中心。不論怎樣，總對學生有點好處。蒙的功課有點趕不上的樣子；帥最近做功課有點敷衍，媽很生了兩次氣。不過，我看，也是八九不離十。園裡橘子樹長大了，便顯得很擠，據說，這樣，橘子便結不好。所以昨天送了五顆給方家。從前天起，突然冷了起來。我最近過去發痛的地方，常常發痛。最近自己開了一付中藥單，吃了幾付，覺得平復得多了。用自己的生命作試驗品，死了也沒有二話可說；屆時只麻煩生化博士徐均琴女兒，作一番研究便夠了。涂伯媽你要抽空寫封信謝謝他。帥今天行軍，媽下山去了。今天星期六，我沒有課，靜靜地寫信給乖女兒。兒！你怎麼還有時間看閒書呢？買了一幅織畫，用你的名義送給蘭得樂。

爸爸

五十四年・十二月・十八日早九時

【七三】

苟子：

好久沒有提筆給你寫信了。因爲痔瘡發得太厲害，所以再到彰化去找王火讃診治。他這次是中西並用，除用他自製的藥針外，還用電氣燒了一通；第二天便止了血，現在只要再去一次便可以。

二十四的晚上，我們沒有去參加所謂聖餐，由我的私房錢名下，請全家到沁園春吃烤鴨。現時沁園春的烤鴨，比鹿鳴春的高明得很多，顏色是黃的，味道很脆。大家吃得很滿意。不過你媽最近有幾次一提到你就喉嚨硬了。過去她以為你突然變成不用功，一想起就難過；後來我告訴她：「小毛只是發發牢騷，預先向家裡講價錢，免得讀不到博士時家裡失望。實際她還是一樣地在拚命」。她才安了心。她這幾個月，對帥的功課，也特別認眞起來；帥挨她的罵，比挨我的罵，要多得多。你上次信上說帥考在前十五名就可以，我把五字塗掉了。第二次月考，溜到十七名。但不一定是成績太退步，而是考時的疏忽，可以歸到考運不佳。學期總結下來，大概可以保住十五名。他遇的一位國文老師，是一位最沒出息的老師，旣毫無學問，又不負責任。這樣一來，把帥現時對國文的胃口倒盡了。

假期出去玩得好不好？學期成績可不可以告訴家裡。帥前天說「本來是要去打球的，功課單發下來，便沒有去打了」。你會不會因成績單發下來不去旅行呢？劉述先（劉述先教授獲臺大哲學碩士後，曾在東海大學任教多年。後赴美，在南伊利諾大學獲哲學博士學位。現任教香港中文大學哲學系。）先生的博士口試已通過。杜維明的博士口試也已經通過了。文哲方面的博士學位，可能比理科方面的還困難。今年收到的賀卡，比去年少得多；但依然把漂亮的擺滿了書架子；媽昨天看看，認為很堂皇富麗。

五十四年十二月廿六日上午十時　爸爸

民國五十五年（一九六六）

徐復觀先生二位得意門生，左為語言學家梅廣博士，右為物理學家劉全生博士（攝於東海大學徐先生宿舍客廳，時為1957年）

【七四】

苟子：

你出去旅行回來以後寫回的信，今天收到了。這次出去有機會看到美國爵士音樂的發祥地，並聽出它的好處來，就是一大收穫。美常常只存在於回憶和想像之中，這樣才有文學，藝術的創作。當下把握到美之所以爲美，那種機會並不太多。昨天一個學生送了一個繪有清明上河圖的日曆來，媽說寄給你。我說用航空寄，她却很反對，要等她寄罐頭時一起寄；結果我用私房錢航空寄出了。清明上河圖是南宋畫院的張擇端追憶汴京（此時已失在金人手上）而寫的。傳到後來，有一位宦官想偸出去，半途遇見人，便塞到溝裡去，原畫從此便不在人間；而今日可以看到的只是若干摹本，不過這也就不錯了。蒙昨天開始考試化學，大概不及格；這便不敢再笑你的六十二分了。帥在下週便期考，可能要進步一點。我的痔瘡再看一兩次就好了。最近賣了一點私房書，所以口袋還充滿，明天就到台北去玩三、四天。蕭梅已和一位姓劉的結了婚。姓劉的在中央研究院充數學研究員，大約比蕭梅大二十歲，很矮小；好在蕭梅也不高。陳文華讀書用功而沒有理路，東想西想，我前天痛罵了一頓。想教一個學生出來非常不容易。

五五・一・四・下午四時　爸爸

【七五】

咪子：

我一直挨著，想穿上你寄回的襪子才動筆寫信給你。挨到今天上午，還只收到一月十四日的信。最失望的當然是帥，他原以爲可穿你寄回的毛衣過新年的。哥哥去年寄給他的皮加克，依然小了。只好拿去標賣，還沒有賣出去。帥的成績單還沒有發下；就我旁邊觀察，數學是垮定了。上次八十六分，這次大概只有七十多。蒙的分數，她報告了兩門，化學開方乘以十，是七十分，實際只有五十分。動物學八十五分。聽她的口氣，最拿手的是微積分。沈公公拿去的照片，她給我看了一張，是爬在樹上照的，這張實在很漂亮，如不太貴，我希望放成六寸的寄回來鑲上玻璃掛著。蘭德樂寫了一封很客氣的信給我們。上星期那位美國胖小姐（你到他家學過英文的）遇著我說「我昨天在蘭德家裡吃晚飯，他們拿出你女兒寄給他們的照片，實在很漂亮」。過幾天，又遇著任牧師夫婦，〔當時東海大學校牧與蘭德樂都是美國人。〕也說同樣的話。兒！你是寄的那一張照片給他們，被他們這樣稱讚呢？還有王淑美寄來一張賀年片；我對由美國來的學生、晚輩的賀片，一律不回。兒和她通信時，代我謝謝她。媽這幾天辦年事，忙得很，也精神得很。我做了三首詩寄給你，詩做得不好，但詩裡面却有爸爸的眼淚。

除夕寄咪兒

三十年離亂逐年華，本自無家說有家。今日團欒舊除夕，更分一半隔天涯。

倒張福壽接年新。慰老端憑戀慕心。弟妹痴呆燃爆竹，却憐萬里作羈人。

謝家吟絮獨才高。轉向新知振羽毛。為起吾華沉廢疾，千尋汲井莫辭勞。（八尺曰尋）

兒！不要像大毛哥樣，成績考得不好便不告訴家裡。

五五・一・二十日・卽舊曆除夕　爸爸

【七六】

苟子：

今天收到你以情人節代生日卡的賀片，眞使我和媽太高興了；很適合我和你媽的心理和情境，尤其是比么兒子懂事得多；么兒子有一天在飯桌上說「媽和你結婚，好像一朶鮮花揷在牛糞上」，眞把我氣死了。么兒這幾天玩得太不像樣子，一直到今天還收不下心來。張研田伯伯昨天拿兩筒凍頂茶來拜年，並送一份他到西德去開會的報告；我眞佩服他的聰明，報告的內容，簡明扼要；而且裡面穿揷許多爲今日做官的人所不能不說的話，切合時宜。我現在才放心他可以一直發達下去。對中國人來說，一直到現在，官還是最大的誘惑力。你媽寫信給你們的情形，眞是可憐得很；拿著筆打草稿，想半天才寫一個字；打了草稿後再謄正，依然錯落得一塌糊塗。記得我第一次收到她的信時，她的文和字，使我冷了半節。可是以後，只要看到她那幼稚的字和話，總是像喝著百年以上的醇酒，有點醉而並不頭昏的味道。我相信你們作兒女的接到她的信，也會有同樣的感覺。劉崇恒〔原來也在東海大學工學院任教。〕先生在加大念博士學位，不能如期回來，所以和東海大學鬧翻了，劉太太剛才來辭行，搬到臺北去。東大下年可能成立中文研究所，吳校長預定請蕭欣義回來兼裡面的秘書；前兩個星期接到他來信，說有位同學寫信去罵他，說他捧吳校長想由秘書而昇到系主任的寶座，太不自量。我寫信去問這位學生是根據什麼人的話寫的；今天得他來信，說是根據某某和某某的話。我想，中文系只有讓他們受了現代學術訓練的年輕人回來負責，才可從老態龍鍾中脫皮換骨過來；我不知道這些人爲什麼連自己的學生也要妬忌。研究所如成立，將來也夠鬧是非的。你信上說那位印度小姐到芝加哥做事去了，你媽寫信給大毛哥，說你得到學位後要到芝加哥作事，糊塗之至。

五五·一·廿五·十九時　爸爸

帥說：「小毛不寄成績單回，我也不寄成績單給她」。兒！你趕快寄回來吧。

【七七】

苟子：

昨天請中文系的先生到家裡吃飯，方伯伯〔指方師鐸教授。〕開玩笑，指使兩位助教，送一百個壽桃。和一對大蠟燭，說爲我做壽。蠟燭點着後據說不可以吹熄，便一直點到今天大天亮。昨天收到大毛哥和趙庭芳及元鳳的賀卡，大毛哥在賀卡說他可能去看你；兒，來看你沒有呢？昨天大家說我到七十歲時應大大做一次生日，我說「一定要自己的兒女中有一個人得博士，學生中有兩個人得博士，我才做一次生日」。孫伯伯說「沒有問題，那時小毛一定得了博士學位，學生中到時當然會有兩個以上的博士」。兒！朋友中也加你以精神壓力，你看怎樣辦呢？不過女孩子不能得博士是可以原諒的。

五五・一・廿九・下午五時　爸爸

又叔叔〔徐先生堂弟，徐振威先生。〕最近調工兵營副營長，剛才來了，馬上就要走。又叔叔的身體並不十分好，可憐。兒：剛才上去，收到你一月廿四日來信。在過舊曆年前，的確是挨了八、九天才給你寫信；但那是爲了等你寄的包裹，並不是忙忘了。弟弟爲了毛衣，到郵局去了好幾趟，可是一直到現在還沒有收到。說也奇怪，我原以爲媽在女兒中特別和蒙親熱些；誰知她幾次向我發牢騷，說蒙沒有小毛懂事，一點也不幫忙；有時一說便喉頭哽咽起來了，我覺得好笑。不過媽的身體却比過去好得多。過年，友齋沒有回來，寄來了一隻小羊腿；因爲他自己養得有羊。兒！在爸心裡，總認爲你學成後是要歸國服務的；把你的成績說出來，回國後的環境總要好一些。不論如何，你在學問上總算有了基礎，那怕不繼續念博士；今後家裡會常常想到兒的婚姻問題，這是不應當任性的。

元月卅日上午十一時　爸爸

【七八】

苟子：

照片，五元美鈔，和信，昨天收到了。假定像過去樣，當下回你的信，便會臭罵你一頓。誰個也干涉不到你，你何必講那些討人厭的話，傷我和你媽的心？自紐約回來後，便一直鬧彆扭，和自己過不去，這便是成績平平的原因。只有你自己能決定你自己的命運，媽和爸今後只有站在一旁乾看吧了。大毛哥和庭芳這遠來看你，眞算不錯。尤其是庭芳，總算是有志氣的、能吃苦的。

吳校長昨天一走進門來便說「恭喜你，你在哈佛的三個學生眞不錯」。原來蕭欣義已由校方決定繼續讀博士課程；梅廣五月可以通過博士口試。杜維明回來一年作博士論文。其實，自己的子女都不可靠，誰個算是我的學生呢？但學問本來是要靠學生往下傳的。帥的成績單昨天發出來了，第十五名。國文八十九、數學八十五、英文七十七，總平均八十多一點；不用功，有什麼方法？五元美鈔帥要留下來，拿一百〇五元臺幣給蒙。下次萬不可以這樣的寄錢。你的包裹還沒有到；只有帥更關心這一件事。彭醇老（彭醇士，徐先生好友，擅書道及詩詞，徐先生辭世後，名作家陳映眞為徐先生所印「輸墨緣」中有彭醇老的墨寶。）前天送我一首詩，有兩句我很高興；寫給你，看你猜得出是那兩句？

方圓畢度力兼周，學問輸君一百籌。鴻鵠高飛觀四海，松筠陰蔚護層樓。求田懶作營身計，獻玉羞蒙刖足酬。飲盡平生馳跅意，中年回駕藝林遊。

我和他一首是：

方圓同畫古難周，艱苦何曾獲一籌。豈意微陽動寒谷，頓教寸木抵層樓。耆年尚許傳經願，國論由來按飲酬。自喜結廬同洛下，學詩談藝與公遊。

右上

可惡的小毛狗子先生教正。

五五・二・八・下午二時　爸爸

【七九】

小毛：

昨天收到你二月十五日的信，最高興的是帥。他看到你的大作發表了，先向我吵著說「人家辦報紙是要有銷路；你把姐姐這種平淡的東西賣面子發表（刊於『民主評論』。）了，想沒想到人家的銷路問題」。蒙的意見大體相同，「看不出什麼好處，姐的文章」。帥後來看到你對他的成績表示滿意「嘻嘻，她還不知道我是考第十五名哩」。可見他很不願你知道他考的名次低。今天早上突然向我說：「其實，我是很贊成小毛鬼的話的；功課好的價值高，功課不好就價值低，功課那裡這樣值錢！」所以你的哲學是很有信徒的。不過，小丫頭，你忘記了；在你離開的前幾天，爸和媽再三囑咐你，「萬一在外面受到挫折，就回到家裡來」

的話嗎？帥的數學果然考的是百分，八十分以上的每分五元，九十分以上每分十元，所以他一下子便得到一百五十元，還說功課不値錢。兒！你上學期的成績，大毛哥已來信說了，但媽和我都認爲你是沾不得的，所以只好裝作不知道，不向你提。每一個月是不是也要獎金呢？古希臘人由對自然的驚異而引起對自然的思考，這便發展而成爲西方科學的根源。宗教則是出於對自然和戰爭的恐怖，便想出了一個超乎人力之上的神。中國古代則對自己和人類的命運感到憂患，於是便努力從道德行爲上加以突破。憂患是由預見潛伏的危機而決心加以突破。但尚無突破把握時的心理狀態。

媽媽說：「我將來還是跟我小毛」。

五五・二・二十　爸爸

【八〇】

苟子：

怎麼今天還沒收到你的信呢？是不是對爸還在氣鼓鼓的；假定是如此，便寫封信來罵爸一頓出出氣，比鬱在心裡好得多。爸眞是糊塗，怎麼寄譯文給你時，把譯文的後半段忘記了呢？你趕快把刊載譯文的民主評論期數告訴我，我好向分社多要兩份，因爲蒙蒙也爭著要一份。我和蒙都有點感冒，不過我可能已經好了，校對的難關也已經過去了。從上週起，帥勉強接受了每週一次的英文補習，因此，他向媽要求每月增加五十元的零花錢，並要大家承認他是「老大」；實際說，他最近是很乖的，有計劃的做功課。媽有次同我說：「補習英文因爲有同學的緣故，所以也覺得有意思」。其實，老太太中有的比媽還笨，這便使她感到有安全感。孫伯媽不斷向人說：「我們的課本，是大學用的」；人不管好大年紀，總帶小孩氣，要吹吹愛面子。臺灣最近的大事是開國大會議選舉總統、副總統，所以目前是國大代表的天下。他們原來是沒有待遇的，因爲怕他們搗亂，便由每月三百元加到目前每月三千七百元；這次開會，又每人搞到出席費三萬五千餘元。社會心理，不約而同的認爲這是一批最不要臉的東西。我們目前，還是苟安的局面，決不像若干幻想家所幻想的順利。因此，在可以苟安時，各盡自己的力量紮點根基，這是唯一立身之道。媽今天做了糟魚。

五五・三・七・夜十時　爸爸

要不要從香港寄唱片給你？

【八一】

咪苟：

這一個星期，遊了兩個地方，招待了陳世驤（陳世驤為著名學者，任教加州柏克萊，東海大學外文系（第五屆）王靖獻（楊牧）赴美留學，徐先生曾寫信請陳教授照顧這位門生。）先生夫婦，所以特別忙碌了一陣，也花了不少的錢。你媽對陳氏夫婦的印象很不錯。陳先生極力鼓勵你轉到加州大學去；我說這要看機會，恐怕不容易。中興大學的註冊組，把各系各年級的前三名張貼了出來。蒙那天回來，簡直興奮得什麼也不想作。「總算過一個第一名的癮」。勸她去阿里山，她說：「現在要小氣一點」。意思是說要繼續爭下去，不浪費一點時間。

臺中的房子，前天以二十萬到手的代價賣掉了；媽流了眼淚，心裡一直難過。昨天我去交房子，重新看一遍，也覺得難過。卡謬不是有部「異鄉人」的小說嗎？我和媽這幾天倒眞有點異鄉人的感覺。假定不是你們四個都很乖，多少可給我們一點安慰，眞不知道人生有何意義。假定大毛哥的考試萬一失敗了，你應去信安慰他。

五五·四·二·夜九時　爸爸

苟子：

剛才上去拿信，收到你三月二十八日的信，雖然字越寫越大，但能按時來信，總算是懂事的。帥的英文第一次月考是九十四分，打破了他本人的紀錄。每個星期補習一次，只是逼逼他，依然有好處。蒙做起功課來，完全是一幅心安理得的神氣；帥則有些帶勉強。指導教授對學生的關係相當大，在可能範圍內不要得罪他。今天端木愷伯伯來臺中，大概是避壽，所以媽又忙著一餐晚飯。蒙爲了想保持她的第一，作業簿上寫得越來越講究。身體與精神有關係，她最近的身體好像很不錯。小著已經寄給你了，請教正。

四·三·十一時　爸爸

聽說桑椹「桑的果子」對眼睛有好處，媽昨天買了二十元的，做菓子醬；如能寄得出，便寄給你。所以她昨晚又忙了一陣。六舅來信，也勸媽出去走走。

咪：

這次太久沒有寫給你了，你的數次來信，大概的爸爸都答覆你了，……

東巷的房子現在眞的是賣了，淨得二十萬元，一切手續對方去辦，已給了我們十五萬元，餘五萬等買方過戶等手續辦好再付清款項。房子沒賣以前嫌多次完稅及訂租，租期結束時都得向稅捐處去通知說明等的麻煩，租給外人時修理收租等也嘔了許多的閑氣。可是到眞賣掉了，我很難過，而且我也很後悔，動機要賣房子，內院門兩旁的兩棵大王椰長得威風凜凜，前院兩邊的靠籬笆的扶桑都是我搬到東海後，趁沒住房的空兒揷的枝。還有內院的十幾棵非洲菊也是由東海運下去栽的，因爲那是我自己的房子，鋁質的葡萄架不銹，水泥的支柱不易壞，前院一片綠色的朝鮮草和其他的一切，不時的繞在我的心裡，以前公車經過時代路時，內心總有感覺，我們的房子在那裡，我時常到那裡去。前天公車經過時，一陣心酸，那個房子和我永離了。……

祝兒春吉

媽媽

四月七日晚九時半

均琴按：這封信是「賣屋」之後母親寫給我的。

【八二】

咪兒：

你四月四日的信，今天按時收到了。眞的，人生常常是把當面的情景隨意打發過了；要等到事過境遷去回想；這樣，總不免有空虛之感。「人生每一個片段原都該有其獨特的價值和意義」，兒這句話完全說對了。今年暑假你能跟大毛哥們一起到東部走一趟，那是很好的。不知大毛哥的考試能否通過？假定通過了，是否便不必到東部去？假定沒有通過，還有無唸書的機會？這是我明知擔心無益，而又不能不擔心的問題。兒的實驗有頭緒沒有？祝你有好運氣。

蔡惠郞醫師一番盛意，昨天雇專車請我們到北港去看媽祖生日的熱鬧，一點多鐘出發，路上遇到臺北、埔里這些地方的信徒車隊，僅清水的，便有遊覽車五十輛，路上已熱鬧起來了。三點多鐘到北港，先進媽祖廟，煙火薰蒸，人潮出進，簡直受不了。五點鐘到蔡醫師的二姐家裡，她是一連三屆的省議員，又是全省婦女會的理事長。五個兒子，一個在高雄當醫院的院長，一個是臺大醫院腦科的權威；上面兩個當然是博士。還有三個在美國，今秋可以得齊博士學位；所以很神氣。從八時起，媽祖出巡，聲勢之大，確實驚人。最前面是一面大旗，一個大鼓開道。接著十二面大鑼，接著三十幾支長號，接著是各種由神話所組成的化裝故事；其中我最喜歡兩個矮大頭，手執破滿扇，表演得有風趣；千里眼和順風耳各長丈餘，踱著方步，又滑稽、又威風。紮的臺閣，壯麗非凡，已經電氣化、機械化了。接著是衞星廟裡的媽祖，最後才是大媽祖。每一商店，都準備好幾大綑爆竹，放時順著地平面丢到擡神位和玩故事人們的脚堆裡，煙硝瀰漫，如醉如狂。回到家裡，已經夜十二時了。蒙以爲我們出了什麼事情，已開始嚎啕的哭了。要知道民間的信仰風習，看了這種場面，也很有意思。媽說，你們將來回臺，便先定上旅館，在北港住一晚。

臺北江陵同鄉會聚餐，請我去講張江陵（居正）的平生，我已答應了，因你媽有點不願意，我便賴掉不去，這對你媽好到什麼程度！

五五·四月十日晚九時　爸爸

爸爸

【八三】

苟子：

昨天寫一封信給你以後，晚上作夢，好像看到你，你說近來為趕考，每天只能睡四小時的樣子，精神很疲勞緊張。醒後覺得你近來並沒有什麼考試。兒！萬一有什麼考試，也只能抱盡其在己，而不必期其必成之心。萬一失敗了，不要認為丟了面子。你勸蒙的話，自己首先應當做到。得到休息的時候，就盡量休息。蒙越來越用功。前幾天，對自己的身體，突然感到不行；經檢查後，沒有什麼。我寫的「賣屋」的文章，蒙認為遠不及你寫的「布布」。在文字技巧上，是眞趕不上，這是老年人的悲哀。

前幾天吳校長當著許多人面前說于君方（東海大學第一屆外文系高材生。現在美國大學任教，對佛學、禪學尤有心得。）功課本來不行，本門課程的分數都很低。她之得第一，完全是因為我給她的分數特別高的緣故。我當時聽了很生氣，但也沒有說什麼。昨天我到教務處去找她四年的成績表，除了翻譯一門只有八十多分以外，其餘的都是九十或九十多分。我只教過她的大二國文，她並非最高分。我便寫信告訴吳，不可如此亂說。他不服氣，自己去查，結果是一樣。這樣，他才來道歉。

我因此，心裡幾天不舒服。

我今天看了「萬世千秋」的電影，是米開蘭基羅的故事。

五五·四·十二·夜九時　爸爸

【八四】

苛子：

昨天給你一信後，今天上午便接到你寫得密密麻麻地五月十七日的信；兒！這封信寫得眞好。你對人文和自然科學的觀念，竟會把握得這樣淸楚；有的人摸一生也說不出來。因爲你過去曾發表過一兩次彆扭意見，所以蒙和帥的惰性發作時，便引你爲奧援。其實，我只勸蒙蒙三件事：㈠不必存心保住第一。㈡用功不要太鬆或太緊，影響健康。㈢衣著、頭髮，以大方爲主。不必存心學摩登。誰知她也向你說情理呢？眞是「兒大爺難做」。兒！

你的「千篇一律」的生活，在爸爸媽媽的心目中都是寶貴的。譬如，你從來沒有告訴我們一點實驗的情形，我只知道你打破過一件水晶管，根本不知道你們的設備比中興大學的好不好一點？你經常使用什麼儀器？尤其是現在還是不是作的毒性植物研究，研究到了什麼程度？房東老太太的病好了沒有？和她在平日有過什麼周旋沒有？王淑美還和你保持連絡嗎？曾慶明呢？

我在外面只要看到什麼好風景，或吃到什麼好菜，自然而然的就想到你媽媽。所以將來有機會旅行，一定會和你媽在一起。不過，你媽幾次說到，她要和你住在一起，招呼你。那就沒有辦法了。

五五・五・廿五日　爸爸

【八五】

咪兒：

五月廿三日的信，今天按時收到了。女兒對爸的書，恭維得很得體。文學藝術，必須是從一個人的生命中流出，所以特重人格的修養，以提高人格爲提高作品的基本工夫，這是中國一貫傳統，爸特把它顯著出來。我的書，每一句都是在研究中吞出的，所以都是發人之所未發；而證據確鑿，大體上是可以屹立不動的。

我每天都在疲困中拖日子；身體沒有一天是很輕快的。最近彭醇士伯伯病得很厲害，我代他三點鐘的課，多下三次山到靜宜。那邊的女孩子，顯得很沉鬱。

推進科學的，是一種新奇之感，即知識上的好奇心。你初到美國，感到天天有所得，這即是新奇的感覺。學得有了點基礎後，不容易感到有所得，那就容易疲乏了。我聽到人說，直接念博士，有種危險，即是：假使念不下去，便連碩士學位也沒有；不知這話是眞是假？曾慶明結婚得這樣順利，倒很難得。你到紐約去參加，是很好的；但住的地方有辦法沒有？我最近看到一點日本報紙，深感遠東的局勢，眞正在醞釀著一種劇變。是禍是福，誰也不能預料。

帥最近咳嗽，又有些不聽話。昨天帶他下山看醫生，在車上他說「一挨著你坐就不舒服」。他最近的月考，數學九十二，英文九十五，全班同高的連他只有兩人。但其他的分數都溜下來了，尤其是生物只有七十二。從今天起，他又乖起來了。

五五·五·廿九·下午七時　爸爸

【八六】

咪苟子：

我是前天到臺北來的，因為民主評論不能支持下去，所以到臺北來㈠想把資料賣點錢；㈡想為金先生（指金達凱先生，現任職「香港時報」。）找一個工作。資料的事還沒有弄妥；金先生我為他找到世界新聞學校的一個專任教授的位置，另外有個什麼研究委員。你寫給帥的信，我問帥：「你看得懂嗎？」「有什麼看不懂。我以後寫信都說你們一點壞話，讓小毛鬼只寫信給我，不寫信給你們」；說到這裡把手做成一個圓圈圈，向正吃飯的每一個人的眼前用力的晃過去，「你們要看我的信，拿這個東西來」。他簡直是一個糊塗蟲。今年高中學生開始分成四組；省一中報乙組（文）的只有十幾個人。帥說：「假使我的數學趕不來，就轉乙組」。其實，他對數學也有思考力；只要他肯做什麼，都會做得好。你媽不願他往文科；我完全聽他自己，免得他把責任推到我身上。臺灣各大學中，以文科辦得最壞、最亂。文科的國文要加分，帥的字要大大地振作一番。總之，一切讓他自己去決定。蒙兒得了兩千元的自然科學獎金，簡直把媽高興得不得了；蒙要買東西送給你。你媽說蒙在家裡打破兩個紀錄。

這次大陸上的整風運動，和過去的有些不同：㈠這次整的是共產黨自己。㈡這次規模之大，決非過去所能比；幾乎所有共黨的文化教育機關都在整。北京大學、南京大學等整得更慘。㈢發動大規模的羣衆示威，上海就有兩百多萬人遊行。㈣大專學校遲半年開學，以清除過去小資產階級出身的學生。㈤徹底摧毀中國傳統文化。我的看法，傳統文化，只是代表一種人性。他們對傳統文化作戰，只是對人性作戰。我看他們可能是在減弱他們自己的力量。我定於後天回臺中。

五五年六月十九日早六時半　爸爸　於臺北青年會

【八七】

咪苟子：

你這久沒有寫信給我和媽，雖然你媽心裡很難過，但我却十分坦然，知道你是受了董仲舒和胡安定的影響。董仲舒三年目不窺園，便得到漢朝第一名（？）的博士。胡安定幼年家貧，往泰山和孫明復石守道同學，攻苦食淡，終夜不寢，一坐十年不歸；得家書，見上有平安二字，即投之澗中，不復展閱。所以北宋盛時的人才，多出其門下。不過，時移世異，兒可學其精神，不必學其行徑，因爲有點不合時宜了。媽媽打針吃藥，已漸養成習慣。暑假請了兩位補習老師；一位是生物系的男助教，教帥的英文和數學，聽說很負責。一位是外文系的女助教，教蒙的英文，可以參加耳機的訓練，這是東海大學剛設備起來的，蒙的運氣很不錯。昨天接到你六月二十六日給她的信，她當然覺得很有面子。

我上星期又到臺北考試臺大哲學研究所畢業學生的口試；我的印象，學術要在臺灣絕種了。這一個月來，看了四個電影，一個是「追魂鎗」，偵探片，可以說是哄小孩子的。一個是「愚人船」，大家說很好；一羣人在船上無聊，醜態畢露；但在它許多諷刺中，我只能欣賞一個男人在飯廳吃飯，看到一位女客來(似乎是「亂世佳人」的女主角)同席，他便必恭必敬的攀談起來，吹他剛指導什麼體育活動，吃壞了肚子，瀉了三個星期；那位女客氣極了說：「你講得很有趣，繼續講下去」；他才惘然若失。船到了岸，一羣無聊的人又各得其樂的神氣十足的下船，各奔各人的前途。我很欣賞這一幕。「東京世運」是蒙和帥要我看的，很可領略到人類生命的躍動和國家的尊嚴。昨天我請全家在臺的四人，到臺中市開業不久的峨眉餐廳吃晚飯，一共花了我一百二十五元。飯後媽先回家(她先下山一口氣看了兩個電影)，蒙去補習物理，我便帶帥去看邵氏出品的「大醉俠」，簡直胡鬧一通。因爲你說過「爸！我還沒有吃過館子」的一句話，使我很感動，所以弟弟妹妹便沾了光，可以半年吃一次館子了。房子賣後生活頗緊，現已渡過難關。

爸爸

五五•七•三上午八時

兒：送這信到郵局時，恰好收到兒六月二十七日的信。你在外，沒有機會發抒自己的悶氣，只有在給家裡的信中可以任意發抒，這是很必要的。你應向老師說明，學鋼琴只是消遣，不要成家，所以不必嚴格要求。

爸爸　又

【八八】

苟子：

今天是星期天，沒有照例的收到你的信，大概明天會收到的。昨天下午媽又爲蒙改衣服，我以爲是你的一件白底藍花洋裝，結果不是。但回頭和你媽去搭話，你媽却哽著喉嚨說「我突然念起小毛來了」，說時眼淚直流。眞奇怪，你在面前時，覺得你是一個最不懂事的兒子；但離開後，又覺得你是最懂事的兒子。好像現時的認定，更接近眞實一點。但有的還不算很懂事。

大毛哥前幾天寄回來你們在一起照的照片，兒的照得最好。元鳳是不是還不能開口講話？大毛哥的信上說現時找獎學金比較困難；又說錢少了，做實驗不容易。

兒！你上次的信寫得很好，因爲報導了你自己的生活。是不是決定赴紐約呢？「窮客人，富盤纏」，錢要帶寬濶一點，但不必隨便買東西。你在大毛哥處吃粉蒸肉沒有？

家裡每天兩件重要的事，一是蒙帥不斷地爭吵，遇事爭吵；一是帥整天的爭著不要做功課。其實，我只要求他每天做三小時，但很少做到三小時。他不好好準備，後年考不好大學，眞是不得了的事情。梁一成半年前曾寫封匿名信罵方先生。後來江先生又接到一封罵他的匿名信，鑑定的結果，又是梁一成的大筆（用左手寫的）世上便有這些怪人。

五五・七・十・二十二時　爸爸

你們四個中間，帥最聰明，這是我近半年發現的；但他還趕不到你認眞，這是他的最大危機。你常常寫信勉勵他。

爸爸　又

【八九】

咪兒：

這星期一（十一）寫封信給你；星期二接到你七月六日的信，便沒有回信。今天星期六，又接到了你的信；這兩封信都寫得很好，因爲說的是你的生活的情形。兒！醃菜有什麼好學？有什麼好顯呢？帥要你單獨寫封信給他，你便湊足他這份面子吧。男孩到了十五、六歲，便不願和爸媽在一起，也不願和爸媽多談話。我很想在生活上和帥接近些，希望他能和我談天，但努力得還不夠。蒙在暑假給英文追得團團轉，可能比開學後還緊張。每週聽英文五次，補習英文兩次，作文三次；她想像力不夠，又沒有話說，又抱著字典整天的翻。還下山補習物理三次。在這個暑假中，她的英文可能有點基礎。帥最近也好些。只是有一次假讀英文，實則是看郭良蕙的「我不再哭泣」，使我很生氣。昨天看到爬壁虎，突然想起你賴哭的時候，我便把隨口編出的爬壁虎捉蒼蠅的故事，說給你聽；這樣簡單的故事，前後總說到百次，每次說完，你總是笑得浮出一個大鼻涕泡。日子過得眞快，這個大鼻涕泡的兒子正唸博士呢！蒙在抽屜內又找出你的一篇沒有標題的譯稿，她說要爲你謄清，但她忙得可憐，還沒有著手。已整理起一篇文章，又正在寫一篇。爸爸那裡過個從容日子呢？

五五・七・十二・夜九時　爸

【九〇】

苟子：

不知道爲什麼今天（星期一）還沒有收到你的信呢（寫到這裡，我又放下筆上去拿一次，只拿到一份華僑日報）？上一星期最大的工作，是說服了你媽去檢驗了兩次，證明了她的肝臟機能是在衰退中；今天下午找張主任看過了，結論是㈠營養㈡休息㈢吃藥。開了三種藥。好在你媽的胃口很好，精神也不錯，所以不久便會復原的。

五五・七・二十五・下午五時

上星期還弔了羅伯伯的喪，他就葬在大度山的模範公墓；羅伯媽和三個小孩子太可憐了。我死之後千萬不要開弔，這一點望你記下，並堅持。理由㈠對死者無益，但令活者受罪。㈡在這一世界中，沒有幾個人能了解我，何必死後還要自討沒趣？今天上午我和你媽去看羅伯媽，眞夠淒涼。

我又診牙，藉此休息幾天。

廿四日晚十時半 爸爸

華姨來信，說她九月來美國，我把你的地方給她了。

荀子：今天還未收到你的信。

七·廿六·十時 爸

【九一】

荀子：

今天星期六，你七月二十五日寫來的信，按期收到了。你那一天起程赴紐約？預備在紐約住幾天呢？最好把預定住的地方和電話，寫信回來告訴我，我轉告訴華姨（華嚴教授，在臺大經濟系教書，是徐夫人姊妹淘中成員之一，徐先生在臺大醫院臥病期間常來探視，後在美國病逝。）。你們能在紐約見一面，也是很難得的（坐最安全的交通工具）。媽問你要什麼衣服，還是在臺灣做好寄給你。蒙在山下補習物理，補不出道理來，所以補了一個星期，便不下去了。大毛哥來信，說他從九月起，每月有二百六十元的助教收入，另有一千元買實驗品。帥感冒了幾天，還是哈著玩，他寫給大毛哥的信，寫得並不壞。他有一個奇怪想法，寫信總要寫得幽默些。大毛哥寫回的信，只說蒙的信寫得好，說帥的信還是不知天高地厚的么兒樣子；媽看了心裡有點難過，覺得大毛哥不夠理解弟弟，所以沒有給帥看。媽從星期二起，認眞的在床上休息。早餐歸我動手。她睡在床上，又有些敏感起來；其實，不是我哄著檢驗，還不是糊塗地混下去。她非常怕熱，夜晚不關窗子，有時還不掛帳子，說她幾百次，她總是惡聲惡氣的回答。昨天上午開始發熱，三十八度三，下午三十九度；醫生按著感冒診，今天早上三十七度五，現在還是這個樣子，大約今天晚上可以退乾淨，今後會聽話些；實際她很怕死；因爲她要看到么兒進大學，和你同大毛得博士；她對於博士，比我看重得很多很多。今天早上，我煮麥片給她吃，她嫌煮得不好，我自己便吃了，第二次煮給她；她的胃口很不錯，很快便會復原的。張主任告訴我，有一種八十元一針的針藥，要一連打一個月；她的感冒好了以後，我會一次買三十針給她打。蒙正在趕英文作文，現在只抱著字典啃，不再大喊大叫了。她說她已經知道抄書。常常喊腰酸，一喊我心裡便難過。下月帶她到臺北去檢查一次。

五五·七·卅下午三時　爸爸

帥現身長一七八，重六十公斤。託金先生爲他買兩條牛仔褲，香港早寄出了，一直還沒收到，他跑了好幾次郵局。今早說「我昨晚做了一個好夢」；再三問他，是夢見牛仔褲寄到了，以爲這夢會靈的；結果並不靈。

【九二】

咪：

星期天（昨天）還沒有接到你的來信。上一週我累得要死。田校長請懷恩的學生遊通霄海水浴場，帥在前幾天就開始準備；我幾次告訴他：「不讓你去，你會很抱怨家裡；但你去大鬧一通，回來便會發高熱。所以你去後不要鬧，不要下海去」。結果，還是在海水裡大喊大叫了一通，喝了海水才回來。果然便一直發高熱不退。上星期五送到新開的私立中山醫科附屬醫院去住院，我陪著住了兩天，房間是三百元，昨天退熱，便回來了。媽的身體已有進步。因爲我拿到一點版稅，便買了兩套睡衣送給她，她看了非常高興。過去我因爲家庭經濟大權都在她手裡，她要買什麼便買什麼，所以覺得不必由我手上做人情。現在才了解，一切太太都是喜歡丈夫爲她買東西。大概這就是兒子所說的「女人者女人也」的道理吧。

你到紐約去，最重要的是自己的身體（還是坐飛機）。曾慶明結婚，她有親戚和男方安排，所以你只保持一分客人的地位便夠了。作伴娘是不是辛苦些呢？臺灣有位陳鵬仁先生，在日本東京大學修了碩士學位後，現同他的一位日本太太、小孩到了紐約。他夫婦去年來東大，我招待過一次。所以昨天來信，說假使你去紐約，他們也很樂意招待。我回了一封信給他，告訴你的通信處；假定他有信給你，在紐約可以見見面，他的太太很不錯。兒！今年是馬年，你的生日要爸送你點什麼呢？我有一萬五仟多元的版稅收入，從版稅中買給你。你在紐約住什麼地方？

爸爸

五五・八・八・早七時半

【九三】

荀子：

八月十五日寄回的信，昨天收到了。你要的生日禮物，一定照送不誤。箱子還沒有收到，穿實驗衣的照片也沒有收到。杜維明前天來了，聽說你會兩次遊紐約，單槍匹馬去看大瀑布，他眞是大吃一驚，「簡直比我玩的地方多的太多了，怎麼有這大的膽和這些時間」。他又說「目前美國最流行的是生物化學。我的妹妹（杜維潢，東海大學第五屆生物系，現為美國國家衛生院科學研究員。）和妹夫（鄧錦松，東海大學第二屆生物系，美國北卡州立大學教授。），都學這一門；每一個實驗，他們都感到興趣」。

荀子！吃東西還是要有節制，不可傻吃。從信上看，你弄菜的手段，似乎比媽還高許多。帥已經復原了，只剩下背上的瘡，還沒完全好。蒙已決定不考轉學。我買給媽的睡衣，媽穿起來現年輕許多。

臺灣大學圖書館館長（又是心理系主任）蘇薌雨先生的小姐，考上東大中文系，昨天老頭子很得意的親自送來，現在還沒有走。送來兩盒點心和一瓶洋酒，非叨擾我家不可了。蘇先生爲人很正直、有風趣。夏濤聲先生的小姐考上這裡的外文系，夏太太親自送來。現在的人，不知爲什麼對小孩這樣的姑息。

帥對於你們念蔣碧微的情書作娛樂的事，說這是「把肉麻當有趣」，他很後悔沒有把這個意思寫在給你的信上。我要上去看看他們了。在紐約和大毛哥那裡，都要多寫信回來。

五五・八・廿二・上午十時　爸爸

【九四】

苟子：

八月二十二的信，昨天收到了；這封信寫得特別好。到九月三日，你可能有兩百封信。兒！你根本忘記了你爸爸是半路出家，而現已年過六十的人，還要追問爸作學問的計劃？我原來想在七月把「公孫龍子講疏」整理好了付印；以後因爲天氣太熱，又整理了一篇「明代內閣制度與張江陵」的文章（萬一千字），寫了一篇「孔子德治思想發微」的文章（一萬字）；再又兩次赴臺北，又陪著帥害病；所以心一直沒有定下來。書中最困難的問題，昨天以爲解決了；但到了今天，又感到不太對勁；所以恐怕要到九月半方能整理好。我今後的計劃是要寫一部兩漢思想史。在這部書中，想徹底解決經學史和史學中的許多問題。希望五年的時間寫成；這兩個月，已看完了「全漢文」，並正由學生摘錄中。沒有學術性的短篇文章寫了好幾篇，「結束的話」（寫得不好）也算在裡面；這在掘寶的女兒面前，那能拿得出手呢？明天一早帶蒙到臺北去檢查身體；正愁你媽發的旅費不夠，幸好今天上午收到一千元的稿費，這完全是沾孔子的光。

八月廿八日夜八時　爸爸

咪苟：

我帶蒙到臺北檢查身體在中心診所住了三天，一切都好，只是白血球低（四千左右）和酸性血球（？）的係數高（七），據說是骨髓造血的功能差了一些。她昨天出院，我昨晚就回來了，但她說要到植物園去辨別植物，多住兩天，雖明知是託辭，也只好算了。回來後花了五元看了你寫給帥的信。小蟲是上月二十七日赴美，行前訂了婚，涂家得意得不得了。萬家甦（東海大學第二屆化工系畢業，後赴美留學。在美國製作豆腐致富，其尊翁與徐先生都是湖北同鄉。）的弟弟，今年考臺大，考四百九十七分，萬先生表現得十分高興。現在是以下一代為中心的時代。陳文華這兩天到印度去留學學佛教。郭榮趙早離開東大到臺北去當紅人了。

五五・九・三・早九時　爸爸

【九五】

小毛苟：

今天上午收到你九月五日在飛機上寫的信，兒的活力眞強，身體眞棒，這即是幸福的重大因素。你在飛機上的感想，能感受得到，又能寫得出來。安靜而又迷茫，這正是一個偉大的藝術家的靈魂；在這種靈魂中，乃是洗滌了塵世的一切，既乾淨而又純樸。藝術家的靈魂與科學家是相通的。「當下」，就是過去，也就是未來。向「當下」（白雲、綠野、顯微鏡）沉浸下去，不要讓不相干的東西在中間糾纏夾雜，「當下」也就是一切了。莊子說：「參萬歲而一成純」。佛教天臺宗說：「一念萬年」；當下的一念，也即是人生的永恒，也即是人生的歸宿。只看這一念是從什麼地方發出來的。

兒！你對陳鵬仁的日本太太的觀察很深刻。日本女性，表面看來是非常斂抑，但在斂抑中含有一種原始的野性。這就可以表現爲率直、爽快。她們成功的障礙，不一定在生活圈子太小，而是被自己生的一個女兒太累贅了。

你弄了獅子頭、素什錦，眞是了不起的成就；大毛有時是很不懂事的；他不知道稱讚，我下次寫信會罵他幾句的。一千元已寄給他了，也是一種打氣作用；同時，也爲他在自己的太太面前爭點面子。

帥已開學一星期，似乎還乖。我的「公孫龍子講疏」，剛才整理好，即可交給學生繕正。不過還要寫篇文章，把先秦所有的名學思想加以敍述。

祝

兒快樂。

五五・九・十二・晚八時

爸爸

爸最近的身體似乎特別好。

【九六】

苟子：

你九月十三日的信，今天上午收到了。把元鳳描寫得有聲有色。但他爲什麼現在還不能開口講話呢？有一封信，我要你詳細觀察他不會講話的原因，不知有結論沒有？「不認生」，也可能是很混沌的緣故。你小時很認生；有一次坐公路局的車到南溫泉（重慶附近）去玩，你一路吵著「怕」，我當時覺得這是因爲你很聰明的緣故。

兒！你的見解是很對的；但你把寄給大毛哥的一千元拿來存在一起，庭芳願意不願意呢？媽一直笑著「這東西好厲害呀！」兒！假定你一帆風順，當然用不上那一點錢。萬一中間受到點挫折，那二千五百元，歸你完全使用；這一點你千萬不要忘記！

你說的帥和蒙的毛病，眞是一針見血；他（她）兩人見了，也確是啞口無言。你寫給帥的一封信，他一直放在他的書桌的一邊，他實際是非常重視你的信。他有時很懂事，有時又不懂。大體上說，他似乎比蒙還多懂一點。香港中文大學請我明春到它的研究所當客座導師的聘書已經來了，每月港幣四千元，一共六個月。我去不去，完全決定於帥有沒有自治自立的讀書精神；你得空時，最好單獨給帥一封信，勸他表現出一種眞正的自治自立的精神，讓我好安心到香港住幾個月，看他的反應怎樣。

杜維明暫時回來一年，這裡只給他兼任講師的名義；他比郭榮趙〔東海大學第三屆政治系畢業生。英國牛津大學政治碩士。先後任文化大學院長，中國醫藥學院院長，東海大學政治系主任，華梵工學院院長，苗栗造橋車禍受傷，傷一目，現已退休。〕好得多，郭榮趙太現實了，在學問上便不會有什麼成就。

杜太太堅持大毛哥、你、帥，三人像你媽媽；只有蒙像我。她的眞正意思，像你媽的就漂亮，像我的就不漂亮。祖父的嘴是翹的，可以說是鴨子嘴。我的嘴也是鴨子嘴。你媽常說

「你爲什麼總是把嘴噘起來」？兒的嘴不會像我。

是不是因爲你走路的脚下得太重了，所以現在只好搬回老宿舍？照片和皮箱還未收到。

五五·九·十八·夜九時半　爸爸

【九七】

小毛芶：

昨天一連接到你九月十八、二十日的兩封信，今天又接到你十九日的信，裡面有四張照片。最好的一張，是正在做實驗的那一張，很神氣、很高華。最醜的是站在實驗檯頭邊的一張，翹著嘴，好像是在出洋相。當然出發旅行時的心情愉快，所以那兩張照片也照得不錯。媽看完你的信說「這丫頭，個個的人都像到了」。不過我覺得你說的都有道理。人的價値，不是在他的到達點上作衡量，而是在他的人生進程中所表現的態度和功夫上作衡量。奮鬪一生而一無所成的人，在他的自我完成上並無虧欠。這就是儒道兩家非功利性的人生觀。你們實驗室的設備，似乎不比東海大學的好。你的信，對蒙蒙發生的影響很不錯。

前兩天我又到臺北去了一趟。林惠玲家中非要我去吃餐飯不可，趕著吃了一餐，濶氣得很。參加自由主義者海耶克〔曾獲諾貝爾經濟學獎，不久前病逝。殷海光曾譯介其著作。〕的座談會，他反對社會正義和社會福利的兩個觀念，拿原始人和物理現象作例子，我覺得沒有什麼道理；但因爲不懂英文，所以我不曾發言。

民主評論他們又不肯關門，說是想辦法再加點錢，不曉得到底怎麼樣。實際，我們現時也沒有辦刊物的精神和興趣了。

文旦樹今年一枝獨秀，生了一百多個文旦。你想像一下吧！一百多個大文旦，在樹上隨風擺來擺去，的確有點意思。今天有姓葛的父女兩位來看我，拿出一盤文旦招待，味道比過去的好吃得多，因爲已經成熟了。明年果子的收穫，一定比今年好，因爲適時下了肥料。再過三天便是中秋，張聘三已送太陽堂的月餅來了，做得很好，可是就是吃不動。溫家搬到南洋後，多的一張書櫃遷到我家來，安放到客廳裡，暫時解除了「書滿爲患」。鳳錦芸來信，已搬到新澤西州去了。

五五・九・廿五・下午三時　爸爸

【九八】

小毛：

你媽今天的生日，昨天上午接到你十月三日的信。不過，這次你輸給大毛哥了；到了下午，他和趙庭芳的信、賀片、生日禮，一齊到了。可是你媽好像還是偏向你一點，一直說「傻丫頭，吃這麼多」。友齋前天晚上特從林場趕來，帶了一大包香菇、一隻雞。蒙和帥送一個蛋糕，六十元，但帥要賴只肯出二十五元。昨天晚上請蒙和帥的老師們吃飯。今天晚上我從招待所叫了一隻脆皮雞，一盤糖醋肉；大概安排得不錯了吧。你媽後來又發熱了一次，既不聽話，又怕死，脾氣還很大，結果才知道只有我是最愛她的。我的喉嚨昨天也痛起來了。張深鏞的牙醫，大概要靠我吃飯，所以診好一個又接著壞上一個。有一件事提起你的注意，希望早點搬到新宿舍去住。應當住好一點，且應當和美國孩子生活在一起。蒙吃藥已開始見了效果。

五五年雙十節前一日　爸爸

【九九】

苟子：

今天上午十時收到你雙十節寫回來的信。你媽在十一時二十五分從山下回來，把籃子一放，便說「在山下突然想起小毛來了」。我說，「你小毛恰巧有信來催你寫信給她」。你媽的身體，這兩天才好了一些，半個月來，今天才頭一次下山。兒！你實際是半工半讀，所以特別辛苦。本來應唸一個碩士學位後換學校；但既是直接念，只好咬緊牙根一口氣把學位唸完，再找一個比較有名的研究所去作研究工作，那怕待遇低一點。你眞是太像爸了，爸也是最討厭被動的工作堆在自己面前。我以前的印象，以爲蒙蒙喜歡幫幫媽的忙，你是一概不管；但媽說「恰恰相反」。媽不願蒙蒙幫，也不是蒙蒙不幫。媽兩次害病，蒙都不聲不響地搬到你的床上睡，媽說「這要是媳婦，總覺得心裡不舒服。千萬不要講破了呀」。

祝兒生日快樂

五五．十．十五．下午三時　爸爸

【一〇〇】

咪兒：

這封信是爲了慶祝你的生日寫的。當民國三十一年的這個時候，我們正住在重慶南岸黃角椏的新市場。家裡存的幾兩金手飾，被一個女傭人偷走了，還加上兩千多元現金。每月的收入，只能作到吃鹹菜和青菜；連吃豆腐也要算是打牙祭。重慶的黃角椏，有一山名叫南山，山上有一座中學和一個小規模的紅十字會醫院。爲了安全起見，十月二十四日這天上午把你媽送進醫院；我拿了一枝白郎寧手槍去賣給陶子欽先生，賣了一千三百元；這才放心，有了住院費。二十五日一大早我去醫院，推開你媽住的病房，房裡住了好幾位產婦；我搶著問「生了沒有？是男是女？」你媽躺在床上很不自在的說「有什麼好問的」。旁的產婦說「恭喜你，昨天已經生了。大約是下午七時多一點」。我心裡知道一定是個女孩兒，便找著看護帶我去看；像養鴿子的一間小屋裡，擺著許多像鴿子籠樣的小床，呀呀叫叫的有十多個小動物在裡面。看護指着左前方的一個鴿籠說，那是你的小寶寶；我去一看，籠子頭邊掛有「徐小妹」的牌子，這確定是女孩了。仔細一看，籠裡的小動物實在小得很；我們的土話中有一句是「只有一咪咪」，就是「只有一點點」的意思；我便叫這小動物做「咪咪」，「咪咪」是小的形容詞。這小動物越長越精靈，越長越討人歡喜。一轉眼之間，她已經是準博士，要當科學家了。但在她爸爸媽媽的心中眼中，還是「一咪咪」。兒出世後，好像我們的生活慢慢有轉機。她現在還負起教導妹妹、弟弟的責任。蒙自從你講了她以後，便心安理得地接受呂坤維的補習，作文有了進步。

五五・十・十七・早七時　爸爸

【一〇一】

咪芶：

昨天、今天都沒有收到你的信，不知你這次過關的情形如何？一切忍耐住，唸完了學位，回來當副教授，和爸媽在一起，又有什麼不可以的呢？中國人本來應當過貧乏的生活；貧乏的生活，可以用天倫的生活補足的。記得民國三十四年春天，我們早已從新市場搬回黃桷椏，你當時兩歲多一點；有一天的晚飯後，你媽抱著你，和我窮愁相對，彼此無言。你突然向你媽臉上望望，向我臉上望望，「你們這個樣子，到底是愛那一個？」我和你媽同時笑了起來「當然是愛你呀兒！」此時一切都忘記了，全家都沉浸在無邊的快樂中。此之謂天倫之樂。

你明天的生日，有什麼排場沒有？吃東西不要傻吃；每一星期中，總要吃兩三餐比較舒服的晚餐——牛排呀！鐵排鷄呀！牛舌通心粉呀！上次在臺北統一飯店吃午飯，所有的菜，都擺在外面，客人可以自由的拿，自由的吃。當時，我想，假使小毛兒在這裡，包管老闆要賠大本了。

我十多天來，都害著輕微的感冒；前幾天，突然一看書就頭昏，夜晚也睡不好，昨天、今天好了一些，大概不致於老到了盡頭吧。總統本月三十一日八十歲的生日，因爲過去有一段知遇之感，所以昨天作了一首打油詩寄到徵信新聞報去了，讓他們到時發表。所謂打油詩，乃是我的能力限制，並不是不認眞。作詩只是一時的偶然，並不是用力可以做得出來的。郭榮趙今天在我家吃午飯，發胖了些；他每月可以存下四、五千元。但做學問便談不上了。孟瑤自本年度起，到中興大學教書，升教授。希望明天能收到兒的信。據說：在美國買錶很貴，將來從香港寄一隻給你。

五五・十・二三・下午五時　爸爸

【一〇二】

咪芶子：

你十月二十日的信，昨天（星期六）收到了。現在還當學生，爲什麼對每個人都要買東西寄回來呢？最希望寄回來的只是兒的照片；這次的照片看到後，我會要選擇兩張讓你放大。不過香港方面，我越想越不願去；所以去的可能性只有十分之一、二。杜維明昨天來說，美國人在吃的方面，非常簡單；中午只帶兩片麵包夾點東西上學；他頭一年，不知道單獨有一間房子是讓學生午餐（裡面有暖氣烤爐等設備）的；每天只好拿著兩片麵包在草地上啃；到了冬天，便躲在屋角啃，凍得發抖。兒！你吃午餐的情形，是否和這一樣呢？涂家的劍兒得到加拿大方面的奬學金，快出國了。

前天臺中的票房爲慶祝總統生日，唱平劇，送來兩張票。帥在吃飯時宣傳「坦克大決戰」的電影已經一個禮拜多，所以我和媽便坐下午三時十分鐘的車下山，我先去看牙，她先去取大毛哥的褲子（定做兩條，四百餘元）約定在成功戲院看四點二十分的電影。我看完牙到成功戲院還是三時四十分，可以先入場的，我便一直等，等到四點二十分過了一點，才看到你媽氣喘喘地來，我氣極了。「我不知道怎麼糊塗的，三點三刻就跑到豐中去等。要不是看到帥從那裡經過提醒我，我就忘記約定的是成功了」。我聽後，心裡十分難過，便極力安慰她；回家後特別告訴帥，「你媽可憐，須要特別招呼她」。看完電影後，沒有時間吃東西，便坐三輪車到市一中看平劇，演得還不錯，餓著肚子就坐計程車十一時回來。我明天下午赴臺北，可以把箱子拿回，太高興了。

五五・十・卅　爸爸

【一〇三】

荀子：

星期一剛發一封信給你，隨後便接到你寄回的一包照片，張張都好；但我最喜歡你動身到紐約前，手上拿著「卡拉馬佐夫兄弟」〔俄國文豪杜思妥夫斯基晚年的傑作，原計畫三部，此為第一部。杜氏六十歲病逝，此書未能完成，此為世界文學史上重大損失之一。〕的一張，和你坐著照的自己很得意的一張。上面兩張各再寄一張回來，讓我帶到香港。你媽說當伴娘的一張照得露了神，並不太好。帥有一天晚上做完功課，急急忙忙地把幻燈機搬出來看你的兩張彩色幻燈片；一張是上汽車的，不很清楚；一張是站著，帥一直說「唉！火腿，蘿蔔腿」。收好幻燈後還自言自語的說「醜小鴨」。

兒！我想不到你會叫青蛙腿吃，那有什麼好吃的呢？我最怕吃這類的東西。在可能範圍內還是吃好一點。一開學，我也就忙個不了。香港的入境證還沒拿到手。

五五·十一·十三·下午五時　爸爸

【一〇四】

苟子：

十一月十四日的信，今天收到了。你批評爸的那篇文章寫得不流暢，完全說對了。有兩種原因：一是表現能力已開始減退。一是那篇文章的內容，都只能很凝縮很保留的說。每句話的後面，都有好幾句未曾說出。寫普通文章，總是選擇最爲扼要的地方發揮；這種文章，却只能帶逃避性的下筆。所以它並不能眞正代表我的觀點和事件的眞相。正因爲我有這種經驗，所以我才會讀懂史記。這一點，你要永遠記下。

箱子裡的扣花沒有掉，只是鑰匙掉了；有空，要特別去配一把。假定香港的入境證沒有問題，我決心去走一趟；買玉器，香港最便宜；到時我會買給你；但你媽，實在用不上了。恐怕入境有問題，因爲港方還以爲我是一個政治人物。你媽這一個星期來，突然右下肋骨發生神經動，痛得非常厲害，連身也不能翻；起床上床，都十分困難。從昨天起，才算好了。有一種治肝病的針藥，每針八十元，要一連打三十針；她總是捨不得。這次我從臺北買三十針回來了。從今天起就可以開始。你和哥得博士學位時，她決心來觀禮。

胡秋原伯伯昨晚住在我家，談到胡采禾明春得博士學位時，胡伯媽一定去觀禮。胡伯伯說「我之所以要三個女兒都學科學，是怕她們萬一嫁不到人，或嫁人後離了婚，乃至死了大丈夫，但胡秋原的女兒依然有獨立生存的能力。」不過，爸有時感到女孩子可能結婚是一件最重要的事情。今年從暑假起，不是這個病，便是那個病；總感到生活過得很緊迫，所以吃下午茶的機會，自然減少了；連早晚散步的時間也犧牲掉。今後要恢復起來。

今天早上使我心裡非常難過；報上載，湯惠蓀校長，在埔里視察林務的途中，昨天以心臟痺麻症，死在埔里了；眞是人生如夢如幻。

五五・十一・廿一　爸爸

【一〇五】

咪兒：

你十一月十八日的來信，不知爲什麼今天才收到。（大概是二十八日的吧）你寫給帥的信，一直到現在還沒有收到。兒！你不想到寄錢回來，會使爸和媽心裡難過嗎？假定我赴香港，便在香港爲你媽買一隻好戒指。但你媽說過幾次，她要我買給你。

兒！在爸的看法，你所提出的三條路，是可以統一起來的。結婚，繼續研究，和爸媽在一起，不應當有矛盾。「嫁鷄」，鷄要跟著人走；你是人，鷄和狗怎麼不可以跟人走呢？你在學問上，假定有了一點成就，爸和媽可以來看你，你更可以帶著鷄或狗回國來講學，住上半年一年。那有什麼不可以的呢？一切的打算，都以成就你自己為主，爸和媽，只是在收場時能在精神上得到點安慰便夠了。生命的延續，只有靠學問上的成就、貢獻，此外都是霎眼便過的。能在學問上一步一步的走，即是勇敢，也必多少能有所得，此外不需要什麼特別勇敢，自然也無所謂退縮，兒不以為然嗎？今天我買了一架電視機回來了，相當的好。（八千六百元）帥說「媽太無聊了，連收音機裡的兒童節目也聽；所以我現在贊成買」。你和哥嫂們一路去芝加哥，總算吐一吐空氣。和秦人佳取得連絡，我心裡很高興。白崇禧（抗戰時名將，有「小諸葛」之美譽。名作家白先勇之尊翁也）前天死了，一代風雲，結果只剩下空虛寂寞。在國家上失敗的人，怎能談到個人事業呢？

蒙說她看顯微鏡看久了就眼睛痛，你說這是怎麼一回事。

五五・十二・五・夜十時　爸爸

【一〇六】

咪兒：

你十二月五日的信，今天收到了。早告訴你一句，給帥的信，始終沒收到。大概信封上沒有寫我的名字，所以被他們分信時分掉了。以後一定要寫由我轉。假定能抽出時間，望你寫一封給他。他浮得很；現在添了電視，更糟了。我對電視是很倒胃口的，雖然我們買的是上等貨。民主評論〔「民主評論」創刊於民國三十八年（一九四九），至民國五十五年（一九六六年）宣告停刊，支撐了十七年。在那個危疑動盪的時代，這份「雜誌」現在回過頭去看，更彰顯了它深遠的意義。徐復觀、唐君毅、牟宗三都是主要撰稿人。「民主評論」的經費，最初由蔣介石撥款約港幣五萬元，後來則以滙差為主（以臺灣的錢，用官價結滙，以官、黑市價的差距為主要費用來源，能用官價結滙，也要得到政府的支援）。主要負責人有王維理，返臺後任職中央黨部，鄭竹園後赴美，攻研經濟學。金達凱現負責「香港時報」。〕停刊後，有不少不相識的人寫信寫文章來嘆息，我一點也不感到。兒！家裡有什麼大事沒告訴你呢？一點也沒有。大前天晚上，蒙兒又病了，前天哭了回來；溫度時高時低，現時高到三十九度三，張主任大概兩時半來，等他看後決定進不進醫院。這樣一來，又使你媽更得不到休息。我的牙痛還未好，每天下山看一次。就是石齒科拔牙拔壞了。媽說，你在石齒科拔牙也吃了大虧，回家來要求好了後炸鴨子給你吃。好吃你是可以經常得A的，我預定下月二十八日赴港，假定沒有變化的話。白崇禧將軍業於本月二日逝世；我和他毫無交誼，但看到報上的消息後，心裡還是感到難過，便寫了一篇悼念的文章，寄給華僑日報藉以交賬。紅樓夢上賈寶玉到了太虛幻境看到許多事物，其中有一幅對聯是「厚地高天，堪嘆古今情不盡。痴男怨女，可憐風月債難償。」我便改上幾個字，作爲我的文章的收束。

「寂地寞天（這是形容一個人非常寂寞的情境）堪嘆英雄情不盡。（白在臺灣萬分寂寞，但他的心總是不死的）。哀猿怨鶴（周穆王西征失敗，君子化爲猿鶴，小人化爲蟲沙，這是很有名的神話」，可憐家國債難償」。你不要瞧不起我這樣的文章，它的稿費是現時生活的脊梁呢。羅伯伯和湯校長死後，翻出幾十年前算的八字，都完全應驗。我的八字是六十五歲（徐先生自己也不清楚自己出生在那一年，徐夫人曾親自告訴我：「徐先生民前九年（一九〇二）出生於湖北省浠水縣徐培坳鳳形灣一個貧苦的農家。民國七十一年（一九八二）病逝於臺大醫院，九〇七病房，享年八十歲。」）要死，不死也要窮得餓飯，所以我心裡有些著急起來了。不過，我實在還沒有死的打算。

五五・十二・下午一時四十分　爸爸

【一〇七】

咪：

十二月十二日的信，如期（星期六）收到了。蒙昨天已去上學，她動不動就發高熱，這樣怎能出國呢？除非是能挨著你或大毛哥。給帥的信硬是丟掉了，望你再寫給他。臺灣最近又提倡中國文化復興運動，省一中請高明（政大文學院長）藍文徵（當時任教於東海大學歷史系。）兩位先生和我，分別去作了講演，當然以對我的反應爲最好，帥有點對爸爸另眼相看了。學校請他當籃球比賽評判員，送他一包點心，拿回來後很得意的說「東西是自己賺來的，覺得特別有意思」。媽的身體，打針後似乎收了效，顏色好多了。我的牙還沒有好，每天下山去看，眞是很麻煩。今天我把你送給我的箱子帶下山去配鑰匙，下午才可以拿回來。明天有任卓宣先生的太太（指尉素秋教授，曾在成功大學擔任中文系主任。）來，後天有位在英國倫敦大學教書的劉先生〔劉殿爵教授，目前在香港中文大學任教。〕來看我。大概要在這裡住上兩三天。圖書館的皮小姐從美國唸完碩士回來了，瘦了不少，可見洋飯是不好吃的。我若赴香港，會把那三百元完全爲你媽買首飾；你媽說「我要把女兒買給我的首飾帶到棺材裡」；我說那是很危險的事。我的「公孫龍子講疏」已經印好了。這總算是今年的交代。

五五・十二・十七上午十一時 爸爸

最近也寫了一篇文章。

我只有寫你的信封才憑硬記，其餘的都要看一個字寫一個。不要爲小事寫文章。但既寫了，寄回來給我看看。

帥的信現在收到了。

【一〇八】

咪苟：

昨天晚上從臺北回來，看到你十二月十九日的信。我此信到時，你大概已從阿肯色回來了。還是讓華姨來看你，你去看她是否很麻煩？一連在臺北大吃而特吃，把胃吃壞了，只好吃助消化的藥。在飛機場上去送一位日本朋友，突然記起兒一直硬著頸上飛機，頭也不回一下的情形，便流下眼淚；怕同行的說我發神經病，便趕快避開了。兒寫給弟弟的信，眞是頑石也會點頭；他看後，也受到了感動。星期天下午，是他非打球不可之期；我說「你當然可以打球；但明天考化學；這就是姐姐說須要有所取捨的時候；看你取什麼？捨什麼？」他一言不發的坐下來弄了一下午化學，考了個百分。蒙蒙讀書是比帥乖些，但帥近來也好得多。你媽的日常生活，全靠他兩人打發。鄭學稼先生的小姐，去年赴美國後，最近已結了婚。我認為結婚在女孩子這一方面，更為重要。整個時代的青年，都有落寞的感覺。你比一般人好的是家庭觀念強，學的是科學；比較能看得遠一些。××是我推薦到中興大學的，也在東大兼課。但我發現她一點文化意識也沒有，知識很簡單。我對她的評價完全錯誤了。

你最近考得怎樣？你們系的一般情形，有無進步？有無新獻？科學的競爭，實在太厲害了。

五五・十二・廿六・上午九時　爸爸

你寄回的包裹，還沒有到。

因為我們的電視機是最後才買的。所以很好，是日本貨。

我的公孫龍子講疏（五十歲才走入學術界的徐先生，在最後三十年間完成了三十一册著作，二本翻譯，還有一些仍待整理的書札。徐先生晚年用力之勤，成就之高，當代學者中無出其右。）印出來了，要不要？

民國五十六年（一九六七）

攝於東海大學文學院台階（一九五五年）
右邊第一人為王世杰，後排第三人為莊嚴、徐復觀、林致平，中間為胡適，左下銜煙斗者為孔德成。

【一〇九】

咪兒：

現在是中華民國五十六年的元旦八時，爸爸第一件事便是拿起筆來回你寫信，賀你今年一切順利快樂。你媽打完了三十針後，檢查的結果，已收了若干效果，臉上的顏色也好了些，只是體重還不很夠，要繼續打針吃藥休養。初看，並看不出她是有病的人。蒙接到你和大毛哥責備她的信後，便懂事了許多。只是她的功課忙，身體不好；每天我和媽看到她從學校回來時，心裡總感到一種喜悅。帥也好得多，他說起話來，比什麼人都懂事。總之一切都比你在家的時候還進步一些。你和大毛哥可以放心。于君方不是好幾年沒有來信嗎？最近來信，報告她的博士口試已經通過了，現在只要提一篇論文；並說今年六月要回來一次。中文系四年級的學生聽說我要去香港，決定提前作畢業旅行；他們以爲我是過了舊曆年走，所以把旅行的期間定爲二月三日到六日；我不願他們知道我走的日期，阻止又阻止不住，倒眞有點使我爲難。並且旁的先生還不高興。

兒！這次到趙家去，吃得痛快吧！你眞要算是好吃大王。看到華姨時，說我們已接到她的來信！並告訴她，現在是婆婆怕媳婦的時代，假定她的大姐眞能把婆婆的大權授給她，她便應把怕媳婦的體驗帶回來交代清楚。華姨很會弄菜，她來時，要她弄一次菜爲你還人情。

現在我要陪你媽去參加團拜。蒙正趕考試的功課，帥正補習數學。

爸爸 五六・旦元・早八時半

媽媽帶著你送的扣花參加團拜，珠光寶氣，氣象萬千。今天她穿得最華貴，也顯得最漂亮。

【二一〇】

咪兒：

前天收到你十二月二十八日的信；從信裡面看，你在大毛哥岳丈家裡過聖誕節也並不十分熱鬧。今天收到了你寄回的包裹；我所分到的十分精彩。帥也很滿意；媽媽笑得合不攏口，蒙蒙便是喜出望外。她正在考試中，每天起五更，睡半夜；看到這麼一大堆，眞算對她的一個最大鼓勵。兒！從你買的這些東西看，可見你的精神，依然是放在家裡每一個人身上，這會對於你是一個負擔。這學期的功課有點走下坡的樣子，是不是和這有關係呢？學外國語，硬是在時間上磨出來的，這是很令人頭痛的事；德文又沒有通過，怎麼辦呢？哥哥唸的情形怎樣呢？你可不可以告訴我一點。哥哥寄回來四十元，本來說是要由蒙支配的。但你媽拿到手後，每人分十元；她的十元急急忙忙地下山做了一套漂亮的綠色緞子的短夾褂和夾旗袍，貼了四十元臺幣。我的已作零用錢花了。兒！我很羨慕你能看到雪和冰，爸不知什麼時候可以看到。快要出門了，心裡總覺得不很舒服。你以後寫信回來，先寄給我，再由我轉給你媽，這便可以節省你的時間。帥的生活，我覺得相當緊張。星期天上午九時——十二時是戴老師的英文，弄得不好便捱闆；有一次闆到下午三時。所以星期六下午要啃英文；晚上和星期天晚上補習數學。只有極少的時間搶看一點電視。今天晚上我特地告訴蒙「姐姐的脾氣不好，有時罵你；但她實在太愛你們了，所以總不要和她在口頭上計較。」蒙聽了只點頭。在家的時候，你狠狠罵蒙時，蒙忍著不作聲。但有時向你發起橫來，你又被她嚇得目瞪口呆；兒！你是不會顧自己的兒子。

五六・元・五・晚八時半　爸爸

【二一】

咪兒：

接到你一月三日的信，覺得你眞是太像爸爸了！爸爸來臺灣以前，把千里萬里之行，只當作家常便飯，說走就走；所以有人笑我，總是在空中飛來飛去。你怎麼又跑到華姨的臨時作客的地方去了呢？或許因爲怕她來了，你招待不起。我想你的失策是在不曾先唸一個碩士後轉好點的學校；這只有得到學位後，想辦法加入到大機構裡去作研究工作，加以補救。寧願跟不上被擠出來，絕不可存畏難之心，在研究性不高的機關裡混。學問都是自己苦出來的。學校沒有多大關係。

你媽媽的身體，主要是靠休養。你完成學位時，帥也考好了大學，讓她捱著你這個寶貝女兒住些時候！就完全好了。爸把手指削得尖尖的，每天捧著她，生怕她生氣。最近我弄飯的本領也提高不少了；前天中午我炒的大白菜，據蒙和帥的批評，比平時的好吃得多。單憑這一樣，也有資格到女兒的地方去度其殘年了。我們的電視機是十九寸的，再加上西德的放大鏡，便成爲二十四寸；式樣大方美觀，關著時，好像一個精緻的長方形書櫃。爸的宗旨，要就不買，買則必買好的。可惜節目太差，十分之八，都是放演美國陳舊的二、三流的電視影片，我和媽都沒有方法看。蒙是前天考完的，昨天和同班同學到獅頭山去了，還沒回來。帥此時正和朱宗倫及孫氏兄弟，應付戴老師的英文考試。我從側面觀察，他的頸子有些紅紅的時候，就大事不妙。今天有說有笑，大概可免於被關之危了。你媽對我，現在一點愛情也沒有了，所有的精神都放在她的四個孩子身上，怎麼會到臺北去送我呢？祝兒非常快樂

五六・元・八・上午十一時　爸爸

書已寄一本給你和大毛哥。

兒！到現在爲止，只有對兒的通信地址，能一筆到底的寫下來；此時便要看著一個一個的拼，爸最近的努力、緊張的情形，恐怕有過於你和大毛哥！

【一一三】

咪兒：

元月十六日的信今天上午收到了。你兩門外國語都不曾通過，我希望你不要鬆懈下去。你的學位，須一口氣完成，所以學校不緊張，你自己應當緊張；一切事不可鬆氣，你沒有念碩士，無法半途停下來的。夏友平的博士已經到手了，陳廷美〔夏友平、陳廷美均爲東海大學第一屆畢業生、徐先生伉儷後來赴美途經洛杉磯時，均由夏君夫婦負責招待。〕高高興興地來信告訴我。帥正在考試中，這次的成績比較好。我二十六日一大早携同帥赴臺北，二十七日在臺大有一次講演，二十八日坐中午十二時半國泰航機赴港，五十分鐘就到了。大概住在唐伯伯家裡。蒙因爲課，媽因爲看家，都不送我到臺北。臺大文學院裡有一部分人聯名請我吃飯；東大的飯，我不願吃，但事實上大概還要吃三十多位的聯合在一起的飯。我發現我和你媽對這類的事，看法很不相同，我願意招呼他人，但不願意他人招呼我。昨天到彰化朱龍盦先生處，吃了一頓，弄得眞講究。你買的東西，多半是日本出品，當然不及香港買的好。兒！難說眞要把三百美金買首飾給你媽嗎？我有些捨不得！同時，在香港爲你做衣服，買雜碎，是很難得的機會。我們託瞿伯伯〔指瞿荊洲先生，亦徐先生的好友。〕在東京買的照相機，大概已被帥丟掉了，所以我決心在香港買一架。我的意思，你不可分太多的精神在寫信方面；一定要集中心力在功課上；看起來麻糊，考起來却是一樣。鄭德璋，梁華幾年都沒有寄賀年片來，你何必寄給梁家？人情世故，只能保持在最基本的基線上。學問不成功，一切人情上的顧慮，不僅是多餘的，而且會發生反效果。自己站起來，才決定一切。這是我的經驗教訓。我心裡很忙亂。一切皆在忙於收檢結束之中。接到這封信後，便要等我香港的信了。書卽寄。

五六・元・廿二・下午四時

爸爸

【一一三】

咪兒：

這照片是二九日夜晚歐陽百川先生請我吃晚飯的地方。我覺得太漂亮了，所以寄一張給你，另寄一張給你媽媽。考得怎樣呢？兒！這裡的朋友對爸爸還是很客氣。

爸

五六·元·卅一·晚九時半

【一一四】

苟子：

昨天接到帥的信，心裡喜悅了半天。剛剛又收到兒的信（二月三日的），又是一陣抑制不住的歡喜。先要告訴兒的是：帥的信寫得眞好，和兒的不相上下；他實際是很愛我的。一九六〇年到日本，開始並沒有想到買衣服給你；但一進百貨公司，自然而然的首先買了你的衣服。帥只說蒙的衣服太多，他沒有衣服；但並不吵衣服。我因襯衣不夠洗換，所以來港後去買兩件襯衣，但看到一件加克，立刻想到帥身上了。當時忍住未買，第二天忍不住，特別跑去買下來（四十九元港幣打九折）；幸而張研田伯伯從這裡經過，找上他，帶給帥，才心安理得。昨天我收到他的信，我想他也會同時收到我的夾克。我還沒有進大百貨公司；有一天進去了，不可能不買點衣服寄給你。橫直我所選擇的兒總是表示滿意。尺寸已經帶來了。但兩個月，三個月，不一定。

兒！今天正是除日（唐人有詩「一年將盡夜，萬里未歸人」）香港對舊節日比臺灣重視得多；四面爆竹聲，我伏在案上寫給兒的信，特別有種意味。有七、八處朋友約我吃飯，一概謝絕了。到港後，每天有人請吃飯，因爲港大和中文大學的待遇，實際比美國的還高得多，生活低，稅金輕，大家都把生活提得很高，請客不算一回事。同時，我比牟、唐兩位伯伯在學問上多出考證、文學、藝術（徐先生來臺，最早在臺中農學院教了三年，東海大學十四年、香港新亞書院十二年，桃李滿天下，今日傑出學者甚多出其門下。）這些方面，所以到處容易湊熱鬧。唐伯伯家裡的金媽，實是萬分難得，菜弄得很合口味。不過十天來的零花錢已花得可觀了。大陸上的手工藝術品，陳列出來，眞夠得上一個大國的顏面；但無一不是在傳統中積累下來的。我不知道他們爲什麼要剷盡中國的文化。安安到印第安那大學去了；我聽金媽告訴我，她在家非常乖，非常懂事，好東西總是讓給唐伯伯吃。牟伯伯的牟元一（牟宗三先生一九五九年經徐先生介紹，婚後育一子，取名牟元一，五十歲喜獲麟兒。此時牟元一七歲矣，如今已逾而立之年，歲月如矢、令人興歎。）看樣子很純厚。兒！並非爸爸逼你，你的學校不行，但自己對學問不可洩氣。要保持「拚」的精神。得學位遲點沒有關係，主要是自己能一步一步的深入。你媽一定會來看你一次。

你們能在學問上站起來，爸爸便容易站起來。

五六・二月八日下午五時，卽舊曆除夕　爸爸

【一一五】

苟子：

正開始做點工作，看到昨天收到你寄來的生日（徐先生生日是農曆一月三日。）賀片，又忍不住寫這封信給你，胡聊一陣。把帥的信找出來看第二次，並沒有第一次看時所感到的好。昨天生日，上午同時收到兒和大毛哥的賀片，我不了解爲什麼你們能計算得這樣精確，我對科學眞佩服起來了。徐家的兒女，都要在學問上立足，能做到怎樣，關乎天賦和環境所提供的條件，但不可無此志向，不可不定此方向。你把這意思轉告訴給帥和蒙。

媽來信，趙家寄了一床鴨絨被來，大概花錢不少，在臺灣又沒有用處。你看我應買點什麼寄去？是不是寄件衣服給親家母？兒趕快出個主意。香港的女大衣，很輕便，並不太貴，兒要一件好吧？蒙堅持要一件風衣，香港根本沒有這一種的，要有，便是晴雨兩用的。我想爲她買件好點的大衣，兒的意思覺得怎樣？

前天我告訴金媽，「我明天吃素」。昨天金媽便弄素菜給我吃，到了下午，她便猜出是我的生日，悔着沒有爲我買壽麵。兒的照片，我昨天下午便出去想買玻璃架框框起來，沒有買到。今天中午晚上都有人請客，我會買到的。

爸爸

五六・二・十二・上午九時

【一一六】

咪兒：

早上做一個夢，我和帥睡在一個寬床上，突然一個女孩子跑進來倒在我懷裡，上身肩背上搭一條布，臉上非常的黃，我便哭了起來「咪！原來你回來了啊，兒！」你在我懷裡放聲大哭不已，我撫著你的頭說：「兒！不要哭！不管什麼問題，只要到了爸這裡，便沒有問題了。」一下子驚醒，想把這夢告訴你媽；再醒一下，才知道是我一個人住在九龍，翻身開燈拿錶一看，正是四點五十分。兒！你要永遠的記得：爸和媽是永遠希望你！永遠原諒你！永遠鼓勵你愛撫你的，不論是在天上或人間。你有什麼失意的事，一想到爸和媽時，便都把它忘記掉了。昨晚我把你的照片給張伯媽看，他們大爲驚異，留下去要爲我去配鏡框，我害怕他們扣留下去，就不得了。

爸爸

五六·二月·十四·早八時

只有兒一個人的通信地址，很早便能一筆到底的寫了下來。兒：你暫時把鋼琴放下啃德文、法文好了。孔子說「發憤忘食」，你體認「發憤」兩字。

昨天接到蒙的信，密行細字的寫得也很不壞。

【一一七】

咪兒：

今早發一封信給你後，便收到兒「大年初一」的信。從新亞書院轉的信，今天也由助教送來了。兒！你又把文章做錯了，蒙只是天眞的關切，怎麼可以說是勢利？她是很渾厚而不太用腦筋的。我正動腦筋想寄松子糖給你，不知能否做得到。天津雅梨我已吃厭了。椪柑還是臺灣的好。荀子！你知不知道爸爸媽媽已經老了，精神最大的安慰都放在兒女身上。所以只要你有點消息，便應詳詳細細的告訴你媽。她實在可憐，期待得太切了。合乎她期待的消息，比吃藥打針更好。老師賞了你些什麼高帽子，要一一的記起來告訴爸，讓爸也高興兩天。

兒！結婚是一件大事；完全合乎理想的很少，多少必須打些折扣。「保留選擇的餘地」，是非常重要的。人是各種各樣的，標準很難定。第一，當然是對學問有誠意的人。這種人，人情世故差點，乃至呆頭呆腦，是可以原諒的。其次是有獨立求生存意志，但並非不擇手段的人。有氣概，或者渾厚的人，因爲這兩種人不太從細節上去計較他人。謹守而不卑鄙的人。身體健康，不必要求漂亮。年齡大到十歲左右，也無大關係。天眞熱情誠懇，則幼稚的地方可以原諒。總之，要作爲一個人，能在社會中站得起來，在生活能力上有相當把握。最好你問你媽好了，她是一位成功者。這裡十七日正式上課，我擔任的：一、先秦儒學，以荀子爲主。二、中國哲學問題，以秦漢爲主。三、哲學討論，由我臨時出題目。每門都是三小時。

我的電話是六五一二六七，方便時告訴華姨，路經香港時和我通一電話。

五十六・二・十四・下午二時半　爸爸

【一八】

咪兒：

我知道今天會收到兒的信，現在果然收到二月二十八日來信了。爸也好幾天沒有寫信給你；在上課的前一天便開始感冒，頭總是昏昏的。前天星期六，為中文系講演「中國文學與神話」，前二十分鐘，大概還有點條理；以後昏天黑地，不知說些什麼？回來後再吃藥、睡覺，睡到昨天下午起來，晚上又去吃了人家一頓；吃後回來便睡，現在應當算完全好了。下午又有兩點鐘的課；星期四為藝術系講演「中國山水畫的創造歷程」。兒的照片早鑲在鏡框裡了，鏡框是張伯媽送的，反面寫著Made in Denmark，是不是丹麥貨？我來後照了一張照片，照得太糟了，怎樣也不相信會這樣醜，當時就丟掉了。在外，當然要自己會安排自己；有時須自己提醒自己，有時又須自己寬解自己；二者缺一不可。兒太忙的時候，可以減少寫信，或者信上只寫十幾個字。

蒙第一次來信，叫喚她的錶簡直壞得不能再壞；等到知道我已為她買了一隻司馬牌的，却怕我託人帶壞了，又來信說她手上的錶走得很不錯，所以新錶不必託旁人帶。你媽的感冒已經好了。中興大學的校長正式發表了劉道元先生，倒是一件好事。

我到香港還沒有看過電影，因爲電影院多是邵氏和電懋的，只演自己的低級片子，好片子安不進。

五六・三・六・十二時半　爸爸

【一一九】

咪兒：

三月四日的信和照片都收到了。爸在中藝公司（大陸的，不要告訴人）買了兩件旗袍料及兩套裲西裝料；又買了一件極漂亮的小孩穿的晨衣。你的旗袍明天便有人來做，眞好看。你的夏西裝已交裁縫去做了，明後天便可拿來。但這裡寄不出，須帶到臺灣後轉寄，所以你下半年才能收到。庭芳（旗袍）和蒙（西服）的尺寸還不曾寄來，要我寫信去催。昨晚我又去買了五件毛衣（大毛哥，帥，謝文舒，文揚，文林）兩件大衣（也是大陸公司）一件是蒙的，中等；一件是你媽的，只花港幣九十八元。拿回後給金媽看，金媽看後很不高興「買給小孩的好壞沒有關係；旗袍料何必這樣好？買給太太的大衣，爲什麼買得這樣粗？太不對了，趕快退掉吧」！說得我啞口無言；所以等一下到人家去吃飯時，還要先出去退衣服，實際是換旁的衣服。另外有一件要三百多元，難說就要我買這樣貴的嗎？眞倒霉。祝

兒安好

三月十日下午五時半　爸爸

咪：剛才我去爲你媽買了一件可稱上等的大衣，定價三百六十元，又細又輕；這未免太過分了。

三月十日晚九時半　爸爸

【二二〇】

咪兒：

除了託裁縫寄給你的一包衣服以外，我明天再寄一包衣服給你。計全絲西服兩套（熱天穿的），這是買料子做的，吃了大虧，比買成貨要貴一倍。夏天穿的花襯衫及短裙一套（這是買的成貨，便宜、漂亮，大概不耐穿）。另有件短花襖。以後如再買了什麼，或者帶回臺灣再寄。這次因爲其中有夏天用的，所以趕忙寄給你。庭芳的尺碼還沒有寄來，昨天也先寄一包給她，主要是元鳳的。寄給你的秋裝太粗了，我想還買一件給你。祝兒快樂！考試順利

五六・三・十六・下午八時　爸爸

如來信，只寫一、二十個字便可以了，說「兒一切都平安」。

咪：今天我又爲你買了一件晨衣兼睡衣的衣服，加在一起寄給你。

【一三】

咪兒：

三月十六日的信和三張照片，昨天都收到了；照片我最喜歡的是凍紅了鼻子的一張；怎麼又吃得這樣胖胖的呢？小丫頭又完全倒到你媽媽一方面去了，眞有點不公平。我寄給你的兩包衣服，都不滿意；聽說要四十五天到五十多天才能收到。我還想買一點給你。已爲你媽媽做了兩件旗袍和一套短褂長褲，都是純絲的。預定再爲她做一套短褂長褲和一件絲棉短襖。小丫頭應當沒有話說了吧。（以後我到外面旅遊的機會很少）

兒！在香港買東西實在太方便了，你要什麼，趕快來信，不要顧慮什麼。兒唸生化而不沾實驗室，有沒有這種辦法？理論物理學聽說可以不進實驗室；生化不進實驗室，是不是一生只能當傳聲筒而完全處於被動地位呢？又你的論文怎麼辦呢？以後有空時告訴爸。我教的學生把研究生和四年級的合在一起大概三十個左右。最近看了「創世紀」的電影，簡直糟透了。兒考完 qualify 後來信告訴我。兒假定八月返臺一次，可否約趙庭芳一起。兒！爸害怕兒八月回來，因爲又要引起一陣感情的激動；一直到現在，想到別離的情形，爸的眼淚還是忍不住流了出來。當然爸和媽能和兒多挨一天也是好的。爸也不知如何是好。

五六・三・廿一・下午七時　爸

我想選定一個時間和兒通一次電話，把號碼和適當的時間告訴我。不通也可以。

【二三】

咪兒：

三月二十八日的信收到了。兒不必用電話來通知爸所考試的結果；考完後立刻以信通知，五天或六天也就收到了。萬一打電話，在香港早八時左右最妥當。爸在七月初一定離開這裡。中文大學規定六十歲退休，他們想賴到六十五歲，所以我來後他們問我可不可以留下一年，我謝絕了。另有一個浸信會學院要留我，可不受退休年齡限制，拿他們最高待遇，我也未接受。因爲我要完全靜了下來，好好地利用餘年。兒明年唸完了學位便要做事、結婚；所以今年能回來一趟很理想；集體行動，想手續不太麻煩；望你仔細考慮後決定。你媽已經知道我爲她買好了料子，又來信說，「你的衣服可以不做，爲庭芳買一套西裝」；我只好買了；所以寄給兒的不必分給庭芳了。蒙爭錦緞短襖，也買了，但我回信說要她來信給高帽子把爸爸戴，才買。這一個多星期來鬧腸胃不好；前天岑〔徐先生民國三十七年（一九四八年）初識香港華僑日報之岑維休、岑才生父子及歐陽百川先生，建立了長遠不渝的友誼。抗戰勝利後，某國府要員曾向華僑日報作無饜之索求，徐先生路見不平，主持公道，岑先生感其恩義，每月由「華僑日報」津貼港幣三千元，徐先生不肯徒受優渥，每月為華僑日報寫稿兩篇。這個園地提供了日後徐先生在現實權勢之外的立足之地。徐先生學術論著之外的時論、雜文、隨筆多發表於此一園地、時間長達十多年。〕家請到香港仔太白畫舫；另寄兩張照片給兒。昨天歐陽百川先生特請到他發了財的大兒子家裡去，房子在郊外，自己有游泳池；

上下都是豪華的地氈，他們全家集中在一起大吃了一頓；有位小姐任港大中文系，今年畢業。歐陽窮一生，晚年沾點兒子的光。

五十六・四・三・早八時　爸爸

【一二三】

咪兒：

你三月三十日來信和照片昨天就收到了。照片爸都喜歡。最喜歡的是「嫺然」和「坐像」兩張。「嫺然」兩個字太生，應當用「幽閒」或「閒靜」等字樣；古人是以「幽」（深沉而不淺露）閒（從容而不迫促）貞（正定而不放蕩）靜（寧靜而不浮躁）四個字形容一個理想的女性。照片，我預定在每給你媽一封信中附上一張，以便她仔細的看。喉嚨痛眼乾，都是缺乏維太命C的現象，兒應當經常吃維他命C。大毛哥糊塗！要綠茶爲什麼不好開口？爸到香港後，才知道臺灣的綠茶比大陸的好，這是容易做到的。爸這個月只剩下兩百元港幣作零用；但昨天忍不住爲大毛哥定做了兩條褲子；今天又發現有一條褲子細而長（這是很少的）帥可以穿，便買下來了。你媽來信說，「兩件錦緞襖，蒙以爲是小毛和她一人一件，誰知另一件給了趙家，她很難過」，所以前些時又爲他買了一件。兒！下面我嚴肅地告訴你兩件事：第一，去年寄給大毛哥，大毛哥不肯要的一千元，這便是兒此次返國的基本旅費！兒再自己湊點錢作零花，旅途上用寬濶一點。有什麼理由不肯花這筆錢？眞是太愚蠢、太不懂事了。

第二，爸以後有什麼多的機會來香港買東西呢？兒又在什麼地方有比香港更方便買東西的機會呢？因爲香港是自由港，種類多而又便宜；四月爸預定買四百美金給你媽，尚有一千六百多港幣作買東西及零花之用；五月、六月、七月都是如此。兒應利用這機會叫爸盡量爲兒買東西（包括化粧品）。旁人的已買齊了。兒若不肯開單子，爸便會亂買一通。這裡買五百元港幣的東西便是一大堆呀！否則爸寄還兒的三百元美金。

兒：考完後不要用電話通知我，寫信來便夠了。

五六・四・五・下午七時　爸

【一二四】

咪兒：

媽把你們的八字寄來，請牟潤孫〔當代學者，任教香港中文大學。〕伯伯爲你們算命；牟伯伯又會算「子平」，又會算「斗宮」。現在我把結果告訴你。

大毛哥要三十三歲走好運，是一個小富小貴的八字；他的缺點是一生犯口舌，防小人破壞。好在他的妻宮很好，子宮也不錯。牟伯伯說大毛哥一生吃心腸太直、講話隨便、個性太強的虧。

兒的一切好星座都落在自己命宮之上，一生走好運，一生有名譽；大毛哥的性情執拗，但你却很恬澹。婚姻也非常理想，現在紅鸞星已動了。若三十歲以前不結婚，可以打牟伯伯的招牌。

蒙有理想的婚姻，一生享福。

帥比你們三個都厲害，足智多謀，有氣魄，有決斷，從二十五歲起，便可以創造事業，目前正走糊塗運。這樣一來倒使我非常躭心，可能他明年考不取大學，只好去當兵，那便一切都完了。所以我寫信回家，說帥是要從學問上出頭，可以大富大貴；但目前要戰勝自己的糊塗運。兒寫信回家時，也這樣說。

牟伯伯又說「你的孩子，除了二小姐外，都像你的個性強」。兒！這種說法，當然沒有理論上的根據，不過有時也說得很像。

五十六年四月十五日早八時 爸爸

剛才牟伯伯又把蒙的斗宮算出來了，她可以唸到碩士學位；但她是一個忠厚質樸，而夫星最好的有福人。

庭芳的伯父馬上來這裡，我請兩位陪客去上館子。我現正陷於經濟恐慌之中，要到廿五日發薪才又可以擺濶。

四•十五•上午十時

【一二五】

咪兒：

四月十七日的信昨天收到了。昨天一整天在街上找你所需要的東西（下午到上海銀行作了一次講演），買了本地出產的摺傘一把，比日本的貴得多，傘骨是西德的。用時上面一拉，下面一拉（不用時作相反的動作），再把傘一搖動，便張開了。上海幫的平底皮鞋一雙，楊伯媽說，比香港出的雖然貴一些，但不變樣子；我希望寄到後，你穿著如合適，可以再買一雙。襯衫四件，是爲了花色的關係；短褲兩條，長褲一條；都相當便宜，穿珠的提包已過時了，當時沒有找到。後來楊伯媽來電話說找到了，很便宜。我看到本地出產的假皮提包樣子很大方、漂亮，價錢又不貴，我想爲你掉動一個。兒！耳環買怎樣的呢？這倒把我考住了，最好把材料及大概的樣式告訴我。

兒！你是非常像我；但在有些地方却比我有出息得多。第一，比我深沉。第二，比我從容。第三，比我平實。所以兒是有貴氣的命。

望兒早些與辦團體返臺的團體取到確實的連繫，八月初一定回來一趟。在金錢上，兒爲什麼這早便和爸媽分得這樣清楚？

兒的這批東西，大概要到二十八、九的才能付郵。蒙認爲我買給她的東西不對頭，痛哭了一頓。（千萬不要向她說破）。兒收到東西時，看開濶些，當作根本沒有買，不要像蒙兒一樣。爸忙得一點道理也沒有。

五十六・四・二十三・上午十二時　爸

這條長褲子爸買得很得意，可是有點像工人打扮。在這批衣服中它最貴。

兒若是來不及，下學期再考也沒有關係。

【一一六】

咪兒：

今天收到四月廿一日來信。在發薪以前還有五角錢，怎麼混不過呢？算命的事，大概我沒有說清楚，現在再說一遍：

一、實在沒有壞的一面可說，絕非爸故意隱瞞。

二、牟伯伯很奇怪的是，你從住初中起，便一直有很好的聲譽；並且越到晚年，聲譽越高。

三、你的事業，是學問上的事業。不是普通所說的事業。這是由學問上的成就而來的事業。

四、牟伯伯說你的婚姻非常理想，絕無破綻。他的意思是說現在便有結婚的可能；到二十八歲，一定會結婚。再遲也在三十歲以前。因爲「五年一運」，他是指這個運而言，並非因波折而受影響。

你和大毛哥們的衣服，明天一起寄到大毛哥的系裡。兩個穿珠提包我一起寄出了，沒有再換；你說送一個給庭芳好了。所以一起寄，因爲找不到一個合適的包裝。把你們的東西裝下後，還有空地方，便把爲我自己買的厚毛線被（尚未用，上海做的，非常好）一起裝在裡面。大毛哥要，他便留下；他不要，便送給你。

司馬錶不能耐水，不合你的要求。我便買了一隻鋼殼的阿米加（當然是名錶）；並另加三十元換了一條鋼帶。據錶店的人說，自動的不耐用，所以這隻並非自動的。錶是三百二十元，換手帶賴了二十元，所以一共是三百三十元。耳環我原來不想買（太貴）；後來發現一種養珠的，幾十元港幣便可以，所以還是買一副，連錶一起航空寄給你（錶只付定錢，後天去拿）。耳朵穿了洞的耳環沒有好的，所以還是買螺旋的。下個月的饑荒還要大（只能剩下二百元）。今天又爲你媽定做了一批衣服，要使她對我感激得五體投地。現只欠蒙一件風衣，帥一條褲子和一件香港衫；還有你媽的雪花膏和藥。債算一天減輕一天了。祝

兒考試順利

爸爸　五六・四・廿七・夜

帥最反對買東西；來信勸我不可亂花錢。耳環下月底買。

【一二七】

咪兒：

耳環我本預定遲買。但後來一想，兒要這類東西，是不是爲結婚作準備？所以我又上街去左看右看，買了一副比養珠好得多的，放在手錶盒裡，明天一起航空寄出。手錶有一個很堂皇富麗的盒子，但太重了，我帶返臺灣，等你回家時交給你。手錶你會滿意的；但對耳環的觀感，爸望兒很爽直地告訴爸以眞話。

爸爲兒買衣服，都是爲了平時之用，根本沒有想到結婚時的需要。爸希望爲兒的結婚做

兩套衣服，望兒說明樣式、顏色。在香港作，比在任何地方作好得多。爸因爲撒的方面太廣了，所以沒有爲兒精心設計過。

薪水一領到手，便把要向你媽納的稅，換成美金。不得已時，又換回港幣罷了；怎麼會窮得到爸呢？同時，你媽並不眞正控制爸的經濟的，因爲她太愛我。祝

兒考試勝利

爸爸 五六・四・二八・下午五時半

【一二八】

苟子：

怎麼錶在五月三日還沒收到？是不是要憑郵局的通知單自己跑到郵局去取呢？花了多少稅金，把數目告訴爸。我買了五個扣花，每個五元半港幣的樣子，爸覺得很漂亮，兒到家時當然可以選擇一個或兩個。若是沒有回來，爸便寄給你。茶葉裡還有菊花，那是爲兒買的，聽說對眼睛有好處。大陸上的科學、工業水準，已發展得很高；在生化方面，胰島素也造出來了；什麼東西都有。前天我看了去年他們國慶紀念的紀錄片，一百五十萬人的狂熱場面，連一個德國老納粹看了也說「我們過去所搞的，和中國差得太遠」。我沒事時，常常一個人看完了大陸的商店後；再走進一般的大店子，使我心裡不斷思考這類的問題。相同的產品，却來自兩種絕不相同的世界，這叫我從何說起呢？

看完了「齊瓦哥醫生」的電影後，多少有點使我失望，第一，主題不夠明顯，對那一個

時代背景，表現得沒有氣力，也不夠深刻。第二，齊瓦哥醫生作爲一個詩人，尤其是作爲一個大詩人，我發現不出他作爲詩人的氣質。他的生活太遊離，好像沒有生根似的。兩個女角倒不錯。演齊瓦哥醫生正式太太的〔扮演這個角色的是卓別林之女——裘拉婷卓別林也。〕，有點像台中女中校長何珍淑。「第25時」的電影最好。

我已經開始吃西瓜了；兒不要因爲積旅費而捨不得吃水果。果不出我所料，你媽來信叫我不要積錢給她，勸我大大方方的花掉。我來港一個月後，出門就不坐計程車而只坐巴士或走路；這樣一來，我的生活能力倒增加了不少；不論多少人擠車，我從來沒有擠輸過。每一隻脚板都因舊鞋太鬆了而走起三個泡；把舊鞋修理後，脚也就復原了。

把考試的情形說詳細一點。萬一失敗了，也不要嘔氣。祝

兒勝利

五六·五·八·中午十二時

收到耳環時一定說眞心話的觀感。

【一二九】

咪兒：

大概兒要等考試的結果出來才寫信給爸。萬一考失敗了，多讀一年，倒也是很正常的，千萬不可因此嘔氣。大毛哥來信，說兒已定了七月底的飛機，經過香港留兩天。爸在港的居留證是七月二十八日爲止。或者也可以請求延遲兩天，爸在這裡等兒一起陪著觀光兩天。把

到港日期早點告訴我；最好把由港到台北的時間，也詳細告訴我。頂有意思的是兒和爸若不能同機到台北，也能同一天到台北，讓爸早點到，兒遲點到，先不告訴你媽；等你媽接到我後，又突然接到兒，讓老殼子喜昏了才好玩。兒現在還是學生，又是小孩，所以除了給文舒們一點小玩意外，什麼人也不要送東西。這種小玩意，爸會在這裡爲兒準備好。

現在共產黨已經開始在九龍鬧起來了，罷工、擲石頭、放火，此事不曉得發展到怎樣的程度，所以爸也可能早些回去；最低限度，要早些定飛機票。

蒙也要一個穿珠的提包，我今天找到了一個小的，可能比買給兒的更合用些，只花四元半港幣。兒的兩個穿珠的，你自己作主送一個給庭芳好了。

能在香港接兒的飛機，陪著兒逛一天的街，眞是太理想了。趕快回爸的信。

祝

兒快樂

爸爸

五六・五・七・下午七時半

乍宗三伯伯家裡電話是六四三・〇四三

若是團體包機，在香港也會是集團居住，便一切方便。是不是？

【一三〇】

咪兒：

爸很高興兒喜歡爸為你買的錶。但爸心裡是希望兒恭維那副耳環，因為爸為它花了不少時間和心思。值錢的還是鑲的「綠松石」，不是K金。穿孔的現在不時興，很差勁。

兒的考試，就是這樣輕鬆的通過了，眞算大本領！爸向兒道賀。為了向研究院的研究員作一次正式講演，我花四、五天準備的時間。因為錢賓四見人就罵我，所以我特別講「中國史學精神——史記之一探測」，這是錢賓四的看家本領，我偏偏要針對他的本領講問題。昨天下午一口氣講了兩個多鐘頭，講得十分成功；沒批評任何人一句；但他們聽了，才曉得中國史學是什麼一回事，不是錢賓四們所能摸得到邊的。

媽來信，說蒙的身體最近不好，帥由十五、十六名爬到第四名；並且最近也很乖。你有空寫信時，一定要安慰蒙，恭維帥。帥寫給我的信實在寫得很好，可以和你相比。我已做了三套西裝，算算太過分了。為你媽添做的衣服已經送來了；又為涂伯媽做了件旗袍。賀兒考試勝利。

五六・五・十・上午十時　爸

兒！不是溺愛，只是偶然有這樣的一個機會。以後便很難了。

【一三一】

兒：

五月八日的信今天收到了。首先恭賀兒的筆試勝利。但想不到筆試後還有口試。有的學校，口試比筆試還困難，兒的學校怎樣？筆試口試，兩相比較，那一樣更困難些呢？眞把兒累死了！要多吃水果。兒比爸沉著得多，所以也比爸有出息得多。便宜的耳環，兒經過香港時自己買。東西要盡量帶得少，但照相機一定要帶著。最好爸能在這裡等兒一起回臺；萬一爸先走了，也會留點港幣給兒自己買零星東西。爸只是覺得這也是兒所需要的，那也是兒所需要的；我眞正買的，不及我心裡想買的萬分之一。譬如說，有時幻想，假使我中了大馬票，我立刻要買一萬多元港幣一隻的手錶給兒，讓兒大吃一驚。可惜連一元的獎也不曾中到。那裡想到是交換買東西？不過，爲你媽買的戒指，使我非常後悔。你現時的錶，錶帶本是黑皮的。因爲兒說要能夠見水，所以才加錢換了不銹鋼。兒從香港經過時，可以換回來。

兒！你留在家的作文，一直作爲蒙和帥的範本，不應當把筆記考卷這類的東西丟掉。不過，爸有時把一篇學術性的文章寫成後，將許多亂七八糟的資料、草稿，向字紙簍裡一塞，心裡好輕快呀。趕快把兒返臺的詳細時間表和飛機公司的名稱告訴爸。

五月十五日下午六時　爸

如何坐團體機也可通知華姨，她想和你同機。這裡的工潮大概是拖。

你媽不按醫生的指示打針，這人眞太奇怪了。

【一三】

咪兒：

接到五月十六日的信，把爸氣壞了。爸忙了兩天，怎麼會買一副塑膠耳環呢？未免把爸太小看了。最後，爸因為怕上當，還是到大陸的「中藝公司」去買的；一百二十元港幣。綠松石也是寶石之一，這是請教以後才知道的。爸的舊鞋前面又大張著口，已經穿上新鞋；說不定還要帶一雙新鞋走。兒經過香港時，一定要多買一兩雙鞋，衣服倒可隨時做。

你媽函電交馳，要我立刻回去。假定時局一直動盪下去，爸便可能不能等女兒到港。但總以能等在一起才理想。我看，中共一定會繼續鬧下去的，他們的鬧法，眞出人常情之外。但絕對多數的居民都非常討厭他們，我想，決沒有多大危險。

我的講演，沒有整理出來。二十七日在香港大會堂講演的消息，昨天報上著實吹噓一番；但會不會有左仔搗亂？昨天中午我看了中共「草原雄鷹」的影片，是說一對大學獸醫畢業的青年男女，請求下放到新疆人民公社的牧場去；（演員都是維吾爾族人，很好。）在牧場有一位受人尊敬的青年，只是中學畢業，給新來的大學畢業生瞧不起。但這位大學生還是按照學校教材去作書面工作，不肯打下身子和群衆在一起，忽略實際經驗。而那位中學畢業生，却是把書本知識和實際經驗結合在一起，為群衆服務，實幹苦幹。這樣一來，中學畢業生步步成功；而大學畢業生處處失敗，連自己的愛人改變作風後也瞧他不起，受到小組會上的鬥爭。最後大學畢業生承認錯誤，願意向那位中學畢業生學習，和群衆生活在一起，好像愛人也保持住了。這是他們的教育片子，裡面有值得思考的問題。

今天收到一堆信，還是先回兒的。

五六・五・二二・上午十一時 爸爸

【二三三】

咪兒：

今天同時接到你和你媽的信。兒的信是六月十三日寫的。因爲張丕介伯伯夫婦本月二十八日赴臺治病，我託他爲我先帶一小箱子東西，所以留給兒帶的東西不多。但留一部份化粧品下來，供兒參考。買粉和粉底，也爲蒙買一份。雪花膏已買夠了，你媽和蒙用的都夠。兒千萬不必在香港定做衣服，只到海運大廈的樓上樓下及彌敦道選購現成的。定做的工錢太貴，而且不會比臺北做得好。臺北有很出名的女西裝舖。我和你媽，什麼東西都買夠了，妹妹弟弟的一切東西都買夠了，兒千萬不必爲旁人買東西。千萬不要買提包，這次買的包管兒滿意。買東西時第一是講廣東話，其次是講英文。我留五百元港幣在牟伯伯處，兒一住定，即打電話給他，由他送給你。他們住的地方不好找。兒不必客氣說要去看他們的話。兒應買的東西：

煙、酒、糖、皮鞋、毛衣、女西服。

上面是參考資料。兒把口試的結果來信告知我以後，不必再向香港寫信，直寫到家裡好了。

明天有位姓李的請我一天的客，但又說明天要交通罷工，到底不知怎樣。北京榮寶齋印的一種詩箋，眞漂亮，裝成四册，我捨不得買。但想到，這種傳統東西以後便絕種了，所以還是決心買一套。祝

兒一切順利

萬一考試有不順利的地方，不要放在心上。你本來是預定六年得博士的。

爸爸　五六・六・十七・下午三時

【一三四】

咪兒：

剛收到六月十九日來信。當爸拿起筆寫這封回信時，兒的難關大概已經過去了。兒得你媽的遺傳太少，得爸的遺傳太多；爸每當有點重要的事情時，總是緊張得睡不好覺。沉着可以鍛鍊出來。

兒回臺北時，爸或者媽，把料子帶到臺北，由兒選定後，就在臺北做。臺北做得很不錯。前天我溜公司，才發現賣的耳環，各形各色；從二元到十元左右的多得很，爸又買了三對放在一個盒子裡。以前花的錢眞寃枉。

有一套料子是庭芳做西裝的，兒問她原來旗袍的尺碼，可否做西裝。

買東西的地方，還可以添一個彌敦道的「大人公司」，是日本人開的。有日本以外的東

西。提包多得不得了。最好不要再買。

剛才我和程兆熊先生通電話，他堅持要你住在他家裡，程明瑤才方便陪你；否則程明瑤不方便到旅館。我認爲住在他家裡不便。金媽要到機場來接你；在唐伯伯家，還住有一位學生徐自強，大家叫他爲「弟弟」，等於唐家的親戚；安安也叫他作「弟弟」，他也非常熟，由他帶着兒觀光，也很適合。

你媽來信說：蒙是認爲帶一部摩托車回去容易賣掉賺錢，要我寫信告訴你，不要罵她。剛才程明瑤有電話來，說她可以到飛機場和旅館來接你，很願意陪你玩一天。唐伯伯家的電話是六五一二六七，兒要和金媽通一電話，或住在她這裡。兒把確定的日程再寫一次寄到家裡。祝

兒快樂

爸爸　五六・六・二十三・下午四時

東京的「神宮內苑」，和「三越」總店，應當有時間去看看。多住一天，可以看「日光」「箱根」。集體行動就方便。

【一三五】

咪兒子：

六月二十三日來信上午收到，多一次口試，對兒只有好處。兒本來很有辯才，理路也很

清楚，只因怯場和太趕忙太緊張的關係，所以旁人聽了覺得不太理想。下次定能從容不迫的壓倒一切。

一個人的出身有很大的關係；我雖愛買東西，但並不肯買太費錢的東西。兒不經過香港，爸上午便把銀行的戶頭取消了，走進先施公司去爲兒買東西。先施公司，是上海香港有名的高貴公司，我平時不敢走進去。今天取出錢後，決心很勇敢的走進去，先買女西裝，我一口氣買了四套或五套。又花二百八十五元買了一件黑色呢大衣。我對黑色有點遲疑，但店員說：「這和其他任何顏色衣服都容易配」，便決心買了。還有其他料子兒可以做兩套，當然要算很高貴的了，在臺北做。象牙耳環先前已買了一副，今天又買了兩副。兒做人情用的東西大體都有了，榮寶齋詩箋譜我也早買了。家裡任何人都夠豐富，所以兒在日本不必多買東西，除了化粧品之外。兒假定在東京看到很雅素的信紙信封，送我一點就好了。

大毛哥收到東西後，一直沒有來信，大概庭芳很不開心的緣故。兒的皮鞋有下文沒有？華姨來信，大大恭維你媽的品德對子女的偉大成就，並不恭維我。她下月十日左右來港。兒在日本能住三天，最有意義，多拍點照片。爸的錢花光了，所以照相機也不能買。行李大概要過重四十公斤。台北海關上大概還要納一筆相當可觀的稅金。兒寫信給你媽時，爲爸說個人情，請她不要怪我沒有存到錢。

這封信寄出後，爸不再從香港寄信給兒。共黨在香港一直搗亂；但香港絕對大多數的居民都是反對它的。經濟受到很大的打擊，今後更一天困難一天。　祝

兒快樂

弟弟實在很不錯。蒙蒙也算乖的。

爸爸 五六・六・廿七・下午三時

【一三六】

咪兒：

我已於七月一日晚七時四十分回到臺北，你媽和蒙在機場等，二號坐中午的車返回臺中。出門五個多月，一切倒還不壞，身體也似乎好些，只是沒有存到錢，有點對你媽不起。前後只有一千八百美元的樣子。幸而你媽也未大計較。

「窮客人，富盤纏」，這是中國的古老經驗。所以兒一定要帶七百到八百美元在身上，不用時可以存回去。只帶一兩百元在身上太危險。大毛哥寄回的照片，老得完全變了樣子，媽看到哭了；帥找給我看，我也萬分難過；他讀書讀得太辛苦了。祝

兒快樂

爸爸 五六・七・四・下午四時

兒把到臺北機場的確定時間告訴家裡。

【一三七】

咪兒：

七月八日的信，昨天收到了。爸在臺北曾寄兒一信，主要是告訴你以李峰吟（東海大學第二屆中文系畢業生，留學日本，後來嫁給也是東海大學生物系的東京大學醫學博士阮秋榮。）的電話，八一一・四八一九。到東京可和她通一電話。東京有種遊覽巴士，兒等到後，大概會坐巴士遊一趟。如有時間也可去看看瞿伯伯（大使館公使銜的經濟參事）。蒙的葉酸我在香港買錯了，你在日本為她買三、四瓶（或更多點）英文名字是Folic acid 。買東西到「三越總店」，什麼都可買到了。比外面貴一點；地下一層便宜些。最主要的是要多帶一點錢，身上要帶一千元美金，才使精神不受威脅。帶的是現金時，在海關單上填清楚，並繳存；返美時又可將現金取出。「窮客人，富盤纏」，這是出門的格言。不要買照相機。蒙和帥的東西，你媽的東西，太夠了，千萬不要再買什麼。頂多，你買兩、三條領帶送人。你在日本集體坐一次遊覽巴士，在「三越總店」（早十時開門）呆上大半天（裡面可以吃飯，飲咖啡，講英語），再看看明治神宮內苑，大概就差不多了。

如無集體活動參加，二十三晚休息，或約幾位同學逛「銀座」的夜景。二十四日一早逛神宮內苑，看昌蒲花和水井。十時左右赴三越（米茲可兮）總店，從底層一直逛上去，便在三越午餐。下午休息一下以後逛銀座。你要到什麼地方，先和旅館的侍者商量一下，用英文講；地名寫中國字給他們看。坐旅館的計程車，或街上的計程車，都很方便。出門最好能約四個人，以便坐車便宜。日本旅館的人，態度很親切。如有團體行動，便參加團體行動。祝

兒快樂

爸爸　五六・七・十四

【一三八】

咪兒：

剛才收到你由東京寄回來的明信片。爸二號晚請客吃飯，孔聖人把菜安排得特別貴，一頓吃掉了二千八百元，這個數字，我始終不敢向你媽說。三號回來，昨天（四號）做了一天梨實的工作，把文章改完了。想花一段時間，把要再版的兩部書先校改一次；或者再印一本新的，然後開始固有的研究工作。

兒這次走時，沒有人掉眼淚。爸以爲兒是從右邊出來，所以拚命瞄著右邊的出口處。結果，兒快走到飛機的時候，爸才看到；爸拚命的搖動手，不知兒看到沒有？三號坐在車上回臺中，始一陣一陣的感到空虛。媽整天着急兒手上拿的東西；兒的身體算是天字第一號的好。但千萬要注意胃的情形，吃東西要特別小心；並應好好地檢查一番。兒這次回來，一方面固然保持了原有的天眞，同時，兒的天眞，實際上已昇華了不少；所以留給妹妹弟弟的，都是好印象，都是好影響。媽已打了兩針，明天再去檢查。這次對她來說，實在沒有安排好。兩個月後，我再爲她好好安排醫治。沿途的情形，兒有空時，寫詳細一點。祝

兒平安！快樂！

爸爸

五六・九・五・下午三時

早點開始準備功課

【一三九】

咪兒：

你從舊金山寫來的九月四日的明信片，剛剛收到了。大概一兩天內，可以收到兒更詳細的信。

媽回來後，遵照醫生的吩咐，打了兩天因斯林；第三天去檢查（也是遵照醫生的規定）却說沒有糖尿病，只是肝臟機能更壞了一些。我當卽寫一信與宋瑞樓〔臺大醫院著名肝臟權威，中央研究院院士。徐先生後來罹患胃癌，亦由其主治。現任職孫逸仙治癌中心醫院。〕另寫一信與葉曙〔臺大醫學院藥理學教授。〕兩位先生，看他們怎樣回信；我認爲還是住醫院的妥當。我的膽固醇，一下子高到三三九，眞是大出意外，這完全是貪吃的結果。從昨天起，開始節食、禁口；過幾天也看看醫生。我相信可以降一點下來。

帥問「姐姐這次回來有什麼進步沒有？」我說：「進步了很多。」「我看也沒有什麼大進步；只是愛我得多了。」他認爲兒的進步就是這一點。其實，這一點關連到兒的整個生命的提昇。帥做功課的情形比以前好一些；他班上的英文老師和物理老師都換了很好的。再加上數學老師也很不錯，這應當是好運氣。蒙還沒有落下心來。

我現在正忙於把『中國藝術精神』〔徐先生晚年自認此書是他可以傳世之作。日本學者很早就想把它譯爲日文。大陸遼寧省春風文藝出版社一九八七年刊行「中國藝術精神」簡體字版，一九九二年福建社會科學院黃克劍先生着手編纂『徐復觀集』簡體字版。」重校正一遍，以便再版。此外將『中國思想史論集』重編一次，再版。再把若干短文印成一個雜文集。所以短期內還不能做正式研究工作。

五十六年九月九日下午五時

【一四〇】

兒：

這兩天正等你到大毛哥處後，會來一詳細的信；這信剛才收到了，是九月九日的。信寫得很好，有文藝氣氛；陳家的老松，和美國的「田家樂」，寫得非常動人，爸也想吃那位老人所賣的活魚和青菜。假使兒和大毛哥能站得起來，爸媽當然也願來享受一番，以終餘年。臺灣吃青菜怕農藥，眞是沒有辦法。

大毛哥講你的話，講得很對的。爸順便提醒兒一句，兒今後的基本身分不是小姐，不是太太，而是「女學人」。並不是有什麼了不起的成就才算是「女學人」，而是以學問的追求、傳播，爲自己安身立命之地，便是「女學人」。這是男女平等，和兒的環境，所應當作的決定。女學人一定要有一個溫暖的家，這種家的建立，應以女學人的身分、情調，在極平實、平淡中解決；而不是僅靠情緒的激盪。換言之，先由理智作利害上的選擇；家庭建立以後，便讓感情一步一步的代替著理智；或者說，讓感情居於優位。爸這些空洞的話，我知道對兒沒有什麼意義，一切信任兒自己。

從臺北回來後，把石濤的文章，〔這篇文章後來印成專書，卽『石濤之一研究』（一九六八年學生書局印行）〕改得紙上再無處下筆，才交給謝助教寫，前天謝助教寫好送來，又趕著連看帶改，改到昨晚十一時完成，封好預定今早寄出；但睡在床上，又感到非常不安；所以今天又看了一遍，去掉不少自己感到有些臉紅的地方；並盡量想說得更清楚。下午三點多趕好送到郵局，便接到兒這封信；爸的大腦簡直要麻木了。將來出小册子時可以再改一次。『中國藝術精神』已經再看過一遍，清理出一張勘誤表。爸和媽這些天都在控制飲食，爸吃素；媽不吃甜的和澱粉質多的；下個月再檢查，看收的效果如何。

昨天早上散步時沒有帶蒙，走到山上的叢林邊緣，突然想到兒子拖在一起的情形，心裡便非常難過，立刻轉頭回家了。今天早上便帶著蒙一起，蒙的興趣很好，把女生宿舍旁邊樹上的那個大菌子採回來了；可惜菌子吸了環境中不少的髒東西，所以沒有名貴的氣象。因爲兒這次回來，給了妹妹弟弟的好影響，所以他兩人最近都不錯，蒙決定參加托福考試。

五六·九·十四·下午五時　爸爸

爸爸不是照相的天才家，第一次試手，怎會有好成績。我就心彩色的是否都糟蹋了。昨天寄出了一包東西，由媽來信告訴你。

【一四一】

兒對莽莽的理解很好；在一望無際之中，含有雄渾荒寒的氣味。

咪兒：

昨天中秋節，除了帥的興趣很不錯以外，蒙和媽和我，都在寂寞中渡過。晚飯後，帥單獨去野，我們三個人在文學院轉了一個圈子便回家睡覺了。你媽說「不曉得咪子知不知道是過中秋？」她的情緒更差得很。

今天一大早，我陪你媽來臺北，宋教授預定了六一九的頭號房間，但原病人尚未走，所以今天先住三等，明天或後天便搬到頭等。兒來信，最好寫「臺北市公園路臺灣大學附屬醫院內科六一九病房徐王世高。」〔徐夫人當時檢查出肝病，住臺大醫院接受治療，徐先生為此十分憂心。〕並註明「如已出院，請轉臺中市東海大學」；這樣的信，只來一封便可以了；以後還是寄到家裡。信中告訴她，不要愛惜錢，一切聽醫師和爸爸的話，我依然住在青年會〔徐先生每次上臺北，習慣都住臺北市許昌街基督教青年會。一九八〇年徐先生自香江回臺參加「國際漢學會議」，與會學者均住圓山大飯店，徐先生仍以鄉下人不住豪華飯店，仍下榻「青年會」。其為人始終如一，至晚年亦不改本色。〕也預定看看。減食素食已經過了十多天，好像體重還增加了。帥〔徐帥軍此時就讀臺中一中，他是徐先生的公兒，個性率直、頑皮、心地耿直、善良，甚得徐先生之寵愛。海洋學院海洋系畢業後，赴美留學，先後獲得海洋物理碩士學位及海洋工程碩士學位。現任職於香港挪威驗船協會。〕因學校換了校長，逼得緊，所以情形似乎好一些。兒的胃怎麼樣？忙得夠受了，多吃水果，不要害怕發胖。大毛哥處，你順便告訴他好了。

五六・九・十九・下午五時　爸爸　於臺北青年會

照片已寄出。合照的也寄了一張給大毛哥。

【一四二】

咪：

你初搬進新宿舍的一封長信，我於昨晚返家時看到了，並卽轉到台大醫院。媽這個星期的檢查，還在初步摸索的階段，從明天起，開始向膽、向十二指腸方面摸索；大概都是爲了證明肝臟有無特別問題。初步摸索的情形還不錯；有無糖尿病，也尙不能斷定。我的血脂肪只有百五十，爲什麼相差這麼遠？又作了第二次檢查。

兒目前知識上的生活圈子不必擴大，不必分心時事問題。應當通過自己所學的去與世界連繫（科學雜誌等）。這便忙得不得了，但也非常有趣味。我的研究工作一上了路，便不想看報。一般作學問的人多半如此。社會生活方面有機會參加各種正式活動時，儘可以參加。

蒙明天赴臺北，也檢查身體。爸預定二十八日前往。帥讀書的情形還算好的。原來教他們數學的關老師，被學生用各種方法驅逐，他心裡非常難過，很不以那一班的學生爲然；可見他是本性忠厚的。他的作文亂寫，被老師退了回來重抄，這實在對他有好處。

凡是送東西給你的，今年都寄一張賀年片。

五十六年九月廿四日晚七時　爸爸

【一四三】

咪兒：

你寫到醫院的信已收到了。檢查到現在的情形，是肝臟有輕微硬化的現象；或者是後天回臺中，或者是她一個人留院休養，我和醫生商量以後再決定。如回家，我便要她完全休息，每天打針。希望能多維持她幾年健康。你一切放心，凡是旁人能用力診治的，我也一定做得到。你告訴大毛哥，假定打聽得出美國有什麼新藥出世，便寄點藥回來。（沒有新藥便不寄）。庭芳的叔叔是行醫的。

我上星期回家時，因手上提的東西太重了，所以也把原來發痛的地方引發了。不過休息兩天就好些。我不適於在臺北，還是呆在山上的好。慧對你媽的表現很不錯。最氣人的是蒙蒙，本星期二我要她來臺北檢查，結果她說醫生說已完全好了，只是繼續吃葉酸。再仔細一問，連白血球也沒有檢查。她這種自欺的情形，只講究表面，講究一時的面子的情形，很令我生氣。帥是很忙，你對他的約束發生了效果。你再和他寫信時，告以擇友的重要。兒暑假的選課通過沒有？

我的文章在東方雜誌上發表。

五六・十・一・早八時於臺北青年會　爸爸

我今天晚上就回臺中，媽媽還要繼續住院；這是醫生今天（星期日）告訴我的。

十月一日中午

【一四四】

咪兒：

我是十月二日晚上從臺北回來的，三日上午蒙又往臺北陪媽媽。我下週一、二，便去臺北，決定你媽出院的日期。今天通了一次電話。從表面看，並不像病人；而且深入檢查，也沒有發現糖尿病；今後只調養肝病便好得多了。檢查相差得這樣大；假定不再進醫院，便現在還打因斯林，什麼也不敢吃，那就完了。以你媽身體基礎的好，我相信一直可以維持下去。

大毛哥今天的電報說庭芳生了一個女兒，這實在很好。同時又接到大毛哥九月二十六日的信說「媽媽身體不好，爸爸要負一半責任」，這可能是事實。昨天收到一大包的照片，在臺灣不可能洗得這樣好。張伯伯〔暑期返臺曾往臺北探望病中的張丕介先生。〕和殷先生〔殷海光先生到東海大學住了幾天，經常與徐先生繞着山路散步長談。〕的當下寄去；祁伯伯〔指東海大學歷史系祁樂同教授，退休後多年，在東海過世。〕的似乎只有一張。我看了一下，一起由蒙帶給你媽媽了。

帥實在乖得很；我沒有想到他會這樣。大毛哥還有兩門課，兒的課却早選完了，不曉得什麼時候實驗得一點名堂出來。兒的胃怎樣？要注重自己的健康。祝

兒快樂

十月四日下午四時　爸爸

【一四五】

咪兒：

我昨天有一封信給你，今天又收到你十月二日的來信，當即轉給你媽媽。我定於十一日赴臺北，決定媽媽還是繼續住院或返家的問題。

兩劉一胡，三位伯母的通信處；你的賀年片可一起寄到……。尹合三伯伯是……。張研田伯伯是……。華姨你寄到……。金達凱先生是……。寄這一次便可以；以後不必寄。

兒上次返臺，最大的收穫有兩樣：一是給你媽媽以最大的安慰；二是給弟弟以最大的感動。帥很深沉，口裡不說什麼，但他實在非常愛自己的姐姐。他最近生活情形的轉變，把心完全落在功課上，當然是你的大功勞。昨天晚上做功課只做到九時二十分便睡了，今早五時半便起來啃。我在家，他沒有開過一次電視，這還有什麼可說的呢？祝

兒快樂

爸爸

五六·十·六·正午十二時

【一四六】

咪兒：

今天又收到兒寄回的一大堆照片。兒在東大照的都不好，在日本照的太好了，尤其是在皇城下面照的。我、媽、蒙，都照得不算壞。帥的太少。

五十元美金很值得。今天收到張丕介伯伯來信，大大稱讚了一番。因為他對照相很有研究。我收到照片後，便和你媽通長途電話，她昨天作了原子檢查，花了八十分鐘。檢查完後身體很疲乏；今天已復原。提到大毛在信裡講話不懂事時，她在電話裡只是哈哈地笑。她聽說帥近來用功的情形，寫信來說：「這是我生命在發光。」為了她的病，兒在信中少寫洩氣的話。不論你現時的研究有無意義，只要和大毛哥把學位唸到手，便可發生延長她的壽命的作用。這一點，你也要告訴大毛哥。她現在心裡只想兩件事，帥的大學和你同哥哥的博士學位。同時，你走了以後，他實在非常想念你，想到有時表現得有點神經兮兮的。我今天發現，帥把你以前給他的信，收檢在一個小鐵盒裡，很鄭重的收藏著。

五六・十月・七日・夜九時半　爸爸

【一四七】

咪兒：

那位權威教授〔權威教授應指宋瑞樓教授。〕昨天自日本返臺，今天上午為你媽媽詳細看過後，作了結論：

一、沒有糖尿病。

二、肝病沒有想像的嚴重。

三、在家只不可操勞，但不要睡在床上。可以照常活動。

四、不吃厚油和油炸的東西，此外一切魚肉蔬菜，照常人一樣的吃。

五、送了兩種新藥，吃了三個月後再檢查。

所以明天便出院回家。精神上解除了一大負擔。兒可以用電話告訴大毛哥和庭芳讓他們放心。（媽說不要用電話，免得多花錢）

五六・十・十六日・下午四時　爸爸

【一四八】

咪兒：

這封信是祝賀兒的生日的。上次我給兒的信，只是揣摩的工夫不夠，揣摩錯了而已，爲什麼來一大堆牢騷呢？媽回來後，吃得比我多，睡得比我好；我想，膽管阻塞的原因是可以成立的；因爲假使純是肝的情形，不會這樣好。

聖誕節預定寄兩斤茶葉給哥哥，內分一斤與趙家。是不是也寄兩斤茶葉給兒轉送人；兒想要點什麼東西？家裡情形，一切都好。弟弟還繼續地乖。只不過兒留下的晶體收音機，已不知下落。　祝

兒生日快樂

五六・十・二十・上午十時　爸爸

【一四九】

咪兒：

今天接到兒很乖的一封信，是十月十五日的。不知道這信上的話，是爲了安慰你母親而說的呢？還是眞是從自己心坎裡說出的。「對扶持自己的民族該拿出一份力量」，這個大目標一經決定，儘管所能拿出的力量是多麼小，也會使自己的生命有內容，有力量。我希望我的兒女，都能有這樣的抱負，以彌補自己的爸爸所留下的缺憾。

東海大學逼陳達老的房子，眞是無所不用其極；陳達老常因此幾天睡不着覺。最近幾天便搬到小房子裡面去，讓給由美國來的一位退休的教授住。我想，達老的兒女都在美國，爲什麼讓自己的爸爸嘔這種不能忍受的氣呢？

我們本月十七日由臺北返臺中的那一天，夜間因颱風而在臺北及宜蘭一帶，帶來了豪雨；臺北好幾條街陸上行舟。宜蘭成了澤國。另寄上新聞天地上的一篇譯文，看完後寄給大毛哥看看。

下午也接到大毛哥的信。

五十六年十月二十一日　爸爸

【一五〇】

兒：

前天收到兒的信，媽媽便說由她回；但昨天她沒動筆；今天我上課回來，催她動筆，她才一揮而就的寫成了。法文雖不重要，但僥倖通過了，可以減輕精神上的負擔，我眞爲你高興。不知道口試的時間，是否又快到了。祝兒一帆風順。前天吃晚飯時，把兒的信給帥看。帥看完後自言自語地說：「我徐家算有一個人站起來了」。你媽插上一句話說：「要兒子站起來更好」。帥聽了不作聲。帥月考過後鬆弛了一點，但還不算太壞。兒要對他寫信。媽的身體是有進步。

關於石濤的文章，在東方雜誌五期已刊出一半。下期刊完。此文預定再改後印成小册子。此文前面寫了幾句話，紀念兒這次返臺。

五六・十一・六・上午十一時 爸爸

有想像力的人便會做菜。寄給兒的聖誕包，前天才寄出。夏友平和廷美寄來了一些照片。

【一五一】

苟子：

昨天就很想收到兒的信，今天算收到了，是十一月六日的。帥昨天下午當裁判（星期五），我說了他一句，他凶橫的異常。今天（星期六）不到四點便出去了，還是打球。下午做了二十多分鐘的功課。說他是糊塗運也不對；說他不是，也不對。實際他是很懂事的，蒙也很懂事。不過帥有時很橫。蒙前天和帥吵架，覺得沒有吵贏，便在媽面前放賴，說「衣服也沒有穿的，鞋也沒有穿的」；賴一下，也就算了。

今天早上我起來一看，是五點半，我便出去散步。散步回來一看，還是五點半，才知道昨天沒有人上鐘；拿我的錶一看，已經六點十分，媽還沒有醒；便忙著燒開水、沖牛奶、炒飯、熱菜，在六點三十五分鐘都弄齊了，可惜飯炒得並不高明。今後不會像今天早上這樣忙。做慣一點事，萬一將來和你們住在一起養老，在生活習慣上也好得多。你說感恩節約楊文儀，不要忘記了。論文當然很重要。但「行其心之所安」；一切事，都有運命的因素在裡面，不必發愁。

前兩天，傅伯伯（傅伯伯是指傅光海先生。）寄了一首詩來，是：

浮海乘桴去却回，人間隨處有沉哀。漫從草莽鳴孤憤；又向南荒見刼灰。故國難歸長作客。世人欲殺獨憐才。相逢正自愁風雨，天外濃雲鬱不開。

我當卽和了一首：

世人欲殺吾猶活。漏網餘生且莫哀。兒戲朝朝紛滿眼。經論處處溺燃灰。老儒何分（去聲）嗟來食。狎客爭抒跌宕才。襆被新涼應好睡，夢中雙睫不須開。

媽的身體很有進步。祝

兒快樂

大毛哥的宮燈收到沒有？

五六・十一・十一・下午五時　爸爸

【一五二】

苟子：

十一月十三日的明信片收到了；兒眞正懂事，這兩天又在望兒的信。萬一口試又沒有通過，也千萬不必因此嘔氣。兒的智慧之一，是在遇到挫折時，隨卽認取挫折對自己的積極意義；這一點，要永遠保留著；並且也可以告訴大毛哥。

兒上次的信上，說了帥的乖，又說，不要三雙眼睛一老釘在帥身上；帥看過信後，一點表情也沒有。但第二天晚餐時，却大聲叫喚著：「我第一愛姐姐。第二愛爸爸。第三愛媽媽。第四愛大毛哥。最恨蒙蒙」。蒙蒙總想把你對她的權威性，也能建立在她和帥的關係上，那裡做得到。吵輸了便找上媽發脾氣或者賴哭。昨天晚上，蒙在我耳朵邊小聲說一句「你么兒呢」？我擡頭一看，帥不在自己的椅子上；我便以若無其事的神氣出房去巡視，帥倒在媽床對面的空床上看化學參考書。我便用小聲告訴蒙。蒙發狠地說「你感到滿足便去滿足」。我把這種情形告訴你媽，你媽笑得飯也噴出來了。

爸現在弄早點的能力很有進步；今天早上是大白菜、素肉絲、蝦米、炒細粉絲，大家吃得乾乾淨淨，連帥也沒有挑眼。爸的手脚算快的；不過弄完後，多少有點腰酸背痛。我希望過了三個月後，能夠把這份工作依然交回給你媽媽。她的身體進步得相當快。蒙現在也很肯動手，但開學後實在忙。帥近來也很乖。剛剛他參加作文比賽回來，因爲他是他班上的選手。

五六・十一・十八・下午五時　爸爸

【一五三】

咪兒：

我今天下午兩點多鐘睡午覺起來的時候，聽到叫「爸」的聲音，以爲是蒙回來了，趕快連叫幾聲「蒙」；原來家裡只有我和你媽兩個人，我心裡便不舒服。等到六點十分，蒙混混沌沌地回來了；所以又想到兒這幾天可能爲口試而煩惱，便寫這封信。

媽今天下午到醫務所，順便磅了一磅，五十八公斤；看樣子，又年輕起來了；這完全是得力於丈夫的體貼和捨得花錢。半個月來，又加吃一種臺灣的草藥；是一位師大生物系教授開的；一副一大包，用大糖磁鍋煎。你媽吃藥倒很乖。但主要還是得力於每天吃一斤蜆仔燉的湯。同時，蛋炒飯，炒米粉等，我已經很不錯了，可以來美國開館子。友齋前天回來看媽，看見我早上弄早點，好像心裡很難過似的，其實，這完全是舊觀念，友齋說「均琴在家裡這樣大的脾氣，我以爲從美國回來，更大得不得了。那裡知道更懂事、更和氣」。看樣子，眞是佩服得五體投地。兒！你是不是到大毛哥處過了感恩節呢？大毛哥十一月的難關過了沒有呢？

五十六・十一・廿四・晚七時半　爸爸

【一五四】

兒：

十二月五日的信，昨天收到了。怎麼又感冒了呢？休養好沒有？急於來封信說明。媽最近的身體，可以說是近幾年所沒有過的健康，並且顯得年輕了許多。到底是草藥？西藥？蜆湯？那一種收的效果？無法說出來。當然最重要的是我對她的體貼。

前天晚上吃晚飯時，我和媽講了帥，帥有點要發橫；因蒙插嘴，他便橫到蒙身上去，我不要蒙講，蒙偏偏要講，看情勢快打起來了，我便罵了蒙一下，蒙便嬌了，關上房門，一晚不打開；帥在門外認錯也不理。她還向歐巴桑說我和媽只愛帥。偏偏今年又把她的生日忘記得乾乾淨淨，現定於十七日補。帥昨天吃晚飯時很認眞的說（蒙還未回來），「我爲什麼聽姐姐的話，姐姐是正正當當的教訓我。蒙却總是帶種諷刺的口吻，所以我就生氣」。我和媽當下爲蒙解釋了半天。帥實在是忙，寫給你的一封信，半中間擱下，看樣子，他很想寫好；但的確一連幾天不容易抽時間出來寫完。蒙的身體，比兒在家時要好得多。帥有一天對蒙說

「不是爸爸有點臭錢，捨得花，你的身體有這樣好」？我當卽告訴他，「你去年很瘦。還是爸爸捨得花錢，你才能長得壯壯健健的。但爸爸的錢都辛苦賺來的，並不臭」。兒的信，我要等他把你的信寫完，再給他看。他這次月考大概考得很壞。

爸爸退休後，陪著媽來美國挨著兒住好了。我的書怎樣辦呢？

這幾天，天氣很冷，玉山上面飛著雪。

五六・十二・十三・上午十一時　爸爸

昨天收到大毛哥寄回的五十元，媽要我退回去，請他買一隻出門的手提箱送你。已退回去了。寄給大毛哥的宮燈收到沒有？

【一五五】

咪苟子：

昨天就念到應當收到兒的信。剛剛收到十二月十一日的信，却是駡爸爸的。我和小瘋狗的官司，在上個月才結束，判了小瘋狗一點輕微的罪刑；因爲它是東北人，和推事同鄉，有東北人爲它講話。最後一次，小瘋狗〔指李敖〕當庭拿出一個小錄音帶來，說是東大的一位教授〔指梁容若教授。〕所錄的我的一句話：「年輕時在女人前有慚德」。這位教授卽是梁某。小瘋狗三番五次的在法庭告狀，都是梁在後面挑起並供給他們以僞造出的材料，寫文章來駡我。梁的獎金，也是在多方面對我作挑撥、中傷的工作所換來的。他得了獎以後，害人的本錢增加了，我會有更多的麻煩。對於這樣無人格的人，專門在暗中害人以達到自己利益的人，不打他一棒子，眞沒有方法安生樂業。

我和媽的意思，兒可坐飛機到大毛哥的地方去過聖誕節，不必一個人呆在家裡。弟弟給你的信投郵後，才把兒寫給他的信給他看。他看完後，呆了半天才叫聲「我要寫信去駡她」。但確實對他發生了效果；一直到現在爲止，他實在很乖，沒有一點鬆懈。在許多方面表現他比蒙懂事。蒙最近連做了兩次大嬌。根源還是忘記了她的生日。不過，轉了彎後，便沒有什麼了。媽的身體天天在進步，體重又在增加，兒千萬不要寄壓歲錢回來，因爲實在派不出用場。前天媽還買了兩萬公債券。蒙和帥也是有錢無處花。第一，誰也無法再做衣服。連大毛哥寄回的五十元也退還給他了。兒的感冒完全好了沒有？今天收到淑美寄來的結婚照片。

祝

兒快樂

爸爸

五十六・十二・十九・下午五時

在中興大學講的是中國文化復興的若干問題。主要指出中國文化是人格主義。

本月二十二日晚上在臺大講「史學中的道德意識與歷史眞實」。

均琴按：此信中提及與李敖官司最後一次出庭的情形。梁容若在李敖陣營中扮演的角色，家母信中也曾提及。以下錄自家母的來信：「……這件事對方也實在的太可恨了，你爸爸以前高興起來向對方（指梁容若）說，他一生事無不可對人言，只是年輕時對女人有點慚德，對方身上帶有錄音機，就錄下了，給李某（指李敖）送到法庭想打擊他，你們到社會如碰到這種人眞太可怕了。

祝

兒聖誕快樂

媽媽

十二月廿一日

民國五十七年（一九六八）

鶼鰈情深的徐復觀伉儷（攝於東海大學）

【一五六】

咪：

十二月廿八日的兩封信剛剛收到了。兒和大毛哥最大的不同是，想收到他的信時，一定收不到，所以便慢慢地不想了。想收到兒的信時，一兩天內，一定可以收到。此次提到漢奸的事，帥開始也很反對；過了一天，他便贊成了。以後發現那位漢奸，隨時都在用謊言的方式誣陷我們時，他心裡也有些氣憤。很奇怪，帥實在是受兒的影響很大；最近應當算是很乖的。十二月三十一日他們同班的赴合歡山看雪，因天氣不好，我心裡不願他們去，所以偷偷地打個電話給一中的訓導主任；帥一直回來駡那位打電話的家長。幸而由此引起學校對司機的告誡，車在梨山走到一個危險的地方時，司機叫他們都下來，車便傾斜到一邊，費了四、五個鐘頭才拖起來；雪是看到了，但沒有到達合歡山。蒙又在報上露了一次姓名，得到自然科學獎三千元，她當天喜得一下午走出走進的不能做功課。從今天起，她開始考試；要考完後才寫信給你。

我和媽看了一次「龍門客棧」，內有王景春，片子很幼稚，但也很熱鬧。又看了一個「決死特遣隊」，據說直譯是「十二個髒東西」；這個片子，緊張、幽默、人生意義，兼而有之；是一部很好的片子。前天又陪媽看了「雷霆谷」——〇〇七第五集，熱烈緊張，沒有其他意義。但他們的想像，都是從科學上發出來的，所以和我們的武俠片的內容，要隔兩三個世紀。兒做衣服的心境，爸爸可以理解得到。把精神安放在一件具體事物上，使心境可以得到非常平靜恬適。其實，這也可以轉到實驗、工作上。這是知性活動後面的藝術性。西方人特別重視藝術，現實上不是沒有理由的。

五七・元・三日上午十一時 爸爸

梁一成又有一封匿名信給我。

爸爸這次在台大史學會的講演，內容、氣度，都可以說是很成功的。

我說要找兒的日記看，帥說「還是不看的好；她看的電影實在太多了，你看後也會大吃一驚的」。

【一五七】

咪兒：

今早五時左右，我夢著說兒要回來，想去接兒，但因腰痛還挨在床上。怎麼一下子兒就到家了，手上捧著一些東西，笑格格地在爸睡房的窗外經過；又笑格格地捧着東西吃。我叫著說「兒說回來就回來了，眞正乖；好像一個女俠樣」，這樣就喜醒了，醒後兒的爽朗高興的臉，一直是記得清清楚楚的。

帥乖的情形，超過了想像。昨天晚上我腰有點痛，先睡了。帥坐到一、兩點鐘；還輕輕地把我的帳子帳上；我醒後說「兒，你還爲我帳帳子」。他說「不是的，媽爲你帳的」。我早上問媽，媽並沒有到我的房裡來。眞是一乖百乖。

假定沒有好的機會，兒以前說想再唸微生物博士，這也是值得嘗試的。再過幾天就過舊曆年了，祝兒快樂

五七・元・廿三・早六時半　爸爸

【一五八】

咪兒：

現在是元月三十日早上七時，正是農曆的元旦；爸爲了開筆大吉，所以特在這個時候寫兒的信。兒寄回的照片昨天收到了，眞是比什麼賀卡都好。照片上的下巴比較長了一些，所以臉也更豐滿一些。

友齋回來過年，昨天晚上他們三個人玩撲克、看電視，玩到兩點鐘才睡。蒙現正在放爆竹，帥還賴在床上。你媽昨天晚上便把最漂亮的衣服淸出來了，準備今天大顯而特顯一番。帥一行十餘人，晚上放爆竹，丟了不少到戴老師家的門窗前，他們夫婦兩人氣吹吹地來說情理。這樣長的東西，我不知道爲什麼還這樣糊塗。不過帥說他和朱宗倫沒有參加，我看是抵賴。（後來知道並非抵賴）。

蒙兒昨天把客廳弄得相當漂亮，插花也插得很不錯。帥到外面放爆竹，有如出門旅行，背上一袋子。耳環媽會航空寄給兒。　祝

兒快樂

失掉了很久的電晶體收音機，今天早上突然在書架上出現，媽說是好兆頭。大家心裡不言而喻。昨天晚上，帥有十個同學在我家玩撲克，誰輸了，便做烏龜在地下爬，帥爬了四次。

五七、舊正元旦　爸爸

舊正二日

【一五九】

咪兒：

三月六日的信，昨天便收到了。收到以後，便吃午飯；飯後便陪你媽下山去看「鐵蹄壯士血」的電影，看完後順便請你媽在沁園春吃了一頓飯，所以現時才回兒的信。「鐵蹄壯士血」是說美國的一個樂音勞軍團到比利時勞軍，被德軍俘虜了，德軍預定在他們演奏一場後全部殺死，卒被遊擊隊救出的故事；爸認為只算中等的片子。爸最近相當忙，因為照顧兩個病人的關係。幸而帥從前天（九日）起，便可以上學了（醫生是反對的）；他眞乖，只著急自己的功課；昨天昨上趕到十二時，恢復得也快。過去是怕他不用功，現在是怕他太用功。因為他發熱發得正高時，簡直把爸嚇壞了，臉上通紅，話也不想說，不得已時和爸打手勢。因為我怕你媽著急，所以最厲害時沒有告訴她，也只准她到醫院去看兩次；但她臉上依然起了一層淡淡地烏霧，這便是她受了著急的影響。

兒！蘿蔔糕只能算點心，不能算菜。在那種場合，應當捨得做點像樣的菜拿去。兒的論文做到怎樣？鳳錦芸說有信給你，請你於大西洋開會時到她家裡玩玩；不知她住家的地方和大西洋城離得遠不遠。爸昨天昨上十二時睡覺早上五時半起來做早點，七時半去上課，現在睡了一覺起來了。

過去我和你媽下山，總爲帥不放心。現時可以完全放心。眞感謝兒的啟發。他本質非常好，正派，忠厚，懂大道理。愛團體，愛國家。

五七·三·十一·下午四時半　爸爸

【一六〇】

咪兒：

我以爲昨天（星期天）一定會收到兒的來信，結果使我很失望；幸而今天便收到三月十二日的來信了。帥早經上學趕功課；每天讓他吃一顆「克補」，似乎情形還很好。他已成爲你們四個人中最用功的一個了，這是爸媽最近非常開心的一件大事；因爲卽使今年考不好大學，他也會站起來。

我和媽的意思，美國目前緊縮，兒似乎可向加拿大方面申請工作。萬一一下子申請不到工作，也無所謂人海茫茫；再唸唸書，不也是更好嗎？

在我當團長的時候，過舊曆年的一天，帶兵進鄂豫交界的山地裡去打土匪；打了一個多月，從山地裡出來的某一天，突然看到剛剛開花的一樹桃花，使我心裡陡然一驚，「原來春已經來了；春只能由桃花來代表」。這是我最明顯地感到春的一次。我們園裡的千葉桃花開起來眞感到熱鬧。宋人有句詩「紅杏枝頭春意鬧」，這也可以用在桃花身上。梨樹在冬季所結的小梨子，我都把它摘掉了；所以前些時開起花來，眞是高華純潔，使我看了很感動；但請蒙為我照一張照片，却是非常難看的。

我也整天在忙，却不知忙些什麼。過去那位漢奸還不斷地在賭狠，現在好像壓下去了。上星期我講演了「中國詩的想像力問題」，講得很深刻，不是一般迂腐之流所能領會得到的；因為例子引得多，學生可以聽得懂。

五七・三・十八・上午十一時　爸爸

【一六】

咪兒：

三月廿五日的信今天就收到了；這封信收到的時間很理想。爸相信兒自己所作的決定，都是合理的。不過，兒的性格要改硬朗些，要有自信些；即是，自信在任何環境中都可以生存，都可以生存得有意義；任何意外、挫折，都是偶然的，都是一掠而過的，不能動搖人生基本意義的毫末。人生的「生」，就是最基本的價值。目前我們是以一個家庭為奮鬥的單位，這奮鬥才剛剛開始；等弟弟得了博士學位，這奮鬥才算初步展開；以後便在生命的延續中擴大下去。這種中國式的想法，並不是完全沒有道理。我們的家，在文化上一定要成就點什麼！到臺灣以後，四季不分明；尤其是領略不到秋天的高爽，冬天的荒寒。中國繪畫中常常畫一幅枯木，或在萬木崢嶸中加一兩株枯木，便是要顯出這種荒寒之美。在荒寒之美的面前，可以使人的精神，有種凝重而廣大的感覺。我昨天下午又在由中部天主教所組成的一個青年寫作協會作了一次講演，主要還是談寫作的基本條件的問題。我的話，只能自己寫；因爲一字一句，都是經過精神中的錘鍊才說出來的，沒有學生能代我寫。前幾天，我把影印十六開本的「漢書」看完了；這樣小的字，是一千八百多頁；線裝便是五千多頁；本來看完後，我便想動筆；但爲了要對兩漢得一完整印象，又鼓起勇氣來一字一字的看「後漢書」；這那裡是老年人作的事呢？這種工夫應當在三十歲以前做。中文系四年級學生畢業旅行，我已答應帶他們一起去；但因天氣下雨，你媽一定不准我去，她昨天一晚沒睡好覺；所以我便未去，眞有點對小孩子不起。你媽的絲絨我保證是最好的純絲，所以不必兒子另外費心。兒子若是工作順利，明年暑假捐點印刷費給爸好了。祝兒快樂

五七・三・卅　爸爸

兒想的衣服媽會想辦法。

前幾天媽檢查的結果，有全面性的進步！

爸的好處，便是不知老之將至；也不把各種壓我的力量認眞的放在心上。我的背膀上，常常是扛著千斤的壓力而前進。

【一六二】

兒：

昨天回信中，還沒有說完應說的事。蒙早上說聖路易華盛頓大學的醫學院是有名的，她認爲兒應進醫學院。我覺得學校比醫院的氣氛要好一些；同時，假使將來能教書，更適合於兒的性格；又有寒暑假。我提出這種意見供兒作參考。

L.S.D.—25，若譯成中文藥名，應怎樣譯法？因爲我看了這樣的一篇文章，想轉介紹騙稿費。東海大學外文系第一屆畢業的齊錫生，成績不錯，在美國唸政治也得了博士。昨天參加易希道先生兒子的婚禮，與齊錫生〔齊錫生博士，任教美國北卡羅萊納大學政治系。一九九一—九二年與東海大學第五屆外文系王靖獻（楊牧）任教香港科技大學人文學部。〕的爸爸同席；因爲彼此很熟識，所以在談天中把兒在信上對青年知識份子的批評及國家民族應向知識份子要出路的話告訴他，他聽了很感動說：「你的女兒比我的兒子强多了。錫生在信上常常流露出瞧自己國家不起，認爲國家對他們不起的意見」。一般人說虎父生豹兒；你是虎父生豹女」。兒！你在知識上的學問，或者不一定比他人强；但你的品格、氣概，的確是壓倒了這一代的青年知識份子。只有徐家才能出這種兒女。一定要保持住這種精神，並激勵自己的弟弟妹妹。

五七·四·卅·上午七時　爸爸

【一六三】

咪兒：

昨天接到大毛哥寄來的一百元，今天又收到兒寄來的四百元；所以把大毛哥的一百元退到兒手上，由兒收下。兒不要把爸評價太高了；只是一個極尋常的爸爸。過去寫的東西，都沒有冷氣；今年添一個桌上用的小電扇好了；四百元，恰好解決了買房子的問題，我和你媽都感到輕鬆。再不可寄錢回來。一切都是在比較上下判斷；兒現時在學問上，比上不足，比下有餘，所以爸和媽都十分滿意。

大毛哥信上建議應同時裝三個小的冷氣機，爸媽臥房和餐廳各一；又說「買的房子是否夠大？不夠大便很討厭」。他簡直把家裡的生活情形忘記得乾乾淨淨了。他也不知道一個冷氣機臺灣便要四百美金。

我和你媽結婚時，摺子上只有十幾元存款。勝利回南京，伯死了以大三分息借錢買棺材。和我們過去的生活情形比較起來，有十多、二十萬臺幣，當然不知不覺的自己認爲是富人了。

將來你們有人回來時，可以帶一個冷氣機回來。臺灣許多當大學教授的，根本不知道是怎樣混下來的。爸相信兒會有爲國家服務的機會。爸初做事時每月只拿六元半銀洋，大概等於八元美金吧。

爸爸

五七・五・八・下午一時

【一六四】

咪兒：

今天是星期一，尚未收到兒的來信，只要兒不要因爲趕論文而影響到健康便好了。媽希望兒的生活過舒服點；爸認爲最重要的是足夠的睡眠和多吃水果。

帥昨天晚上和蒙研究塡寫投考的學校和科系的問題；現在他正在塡寫報名表。他會考上一個學校；但好壞便要看運氣。近來你媽也承認他是很用功，可惜，太遲了一點。

因爲使兒了解家中生活的情形，所以連把媽偶然生氣的事也告訴你。但那只是說說而已，決沒有什麼大不了的事。因爲你媽的本質太好了、太純厚了。不過她也很矛盾；我說「大毛在電話中罵了小毛」；她便很嚴肅地說「不准大毛罵她，不能罵她」。所以帥便說，「老太婆怎麼愛小毛比愛大毛愛得多一些啦」。但當我問她「大毛總覺得我嬌慣了小毛；我幾時嬌慣過？」她又立刻說「你怎麼沒嬌慣；有一次大毛剛退了熱，你便要他用脚踏車送小毛去看眼睛」。好像我總是在欺壓大毛似的。

帥前幾天一口氣寫了一封信給大毛哥，自己以爲是一件大事；「假使大毛在兩個月內不回我的信，便一直不理他」。兒若和大毛哥通信或通電話時，要提醒他一下。

兒在正忙的時候，對家裡寫明信片就可以了。

祝

兒快樂

最近一連下十多天的雨，和我們初來臺中時一樣。

五七・六・三・上午十一時　爸爸

【一六五】

咪兒：

今天是星期一，上午還沒有接到兒的來信，當然是因爲太忙。論文來不及時，帶到芝加哥去繼續作。尤其是暑期不必選課；到芝加哥後，如環境許可，再選一門有權威學者的課，豈不更好嗎？

想不到在這幾天之內，美國居然發生了一件最大的悲劇，羅伯甘迺第被刺了。五日下午七時，有位美國朋友約我到他家裡去談中國文化的問題，當這位朋友告訴這一消息時，我心裡也非常難過。美國有很好的技術性的知識的學者，但沒有偉大的思想家；他們技術性的知識排斥了大思想家的誕生。「新奇」便是他們精神生活的一切；而腐朽的傳教士，以積累的謊言來維繫他們的地位。這眞是一個在考驗中的時代。帥考大學的情形，似乎樂觀的成分提高了些。兒有時間爲蒙打聽加拿大的情形嗎？

胡秋原伯伯，因參加采禾〔胡采禾東海大學第一屆畢業生，留美，獲博士學位。〕的博士學位典禮，從四月起，開始辦出國手續，一直摸黑煙窗，各機關來一個推託不理；直到前一個星期，總統很客氣的批准了，才以超速度辦好手續；許多抑壓他的人，又忙著請客。他今天飛美國

住半年。人情的現實便是如此。祝
兒快樂

五七·六·十一·上午十一時 爸爸

【一六六】

上午沒有收到兒的信，便寫了一信給兒。下午四時半，天還在下雨，我說：「再上一次吧，一定有咪的信」。帥還笑我。結果，果然收到了。我便告訴蒙和帥「你們要和姐姐一樣」。蒙寫給你的信收到沒有？

六·十一·晚七時十分 爸爸

均琴按：這段信是附在母親的信尾。

【一六七】

咪兒：

今天是星期二，還沒有收到兒的定時來信，當然是太忙了。只要不忙出病來便是好的。現在說也無益，兒對於論文實不應當這樣趕。

媽媽的身體這幾天好得多。蒙放了假，早點及洗碗的工作，大部分由她擔任過去了。今年荔枝的收成，比過去要算是豐收的，何況莊家和吳家花園，都送了一簍子來；所以這一個星期，等於是我們的荔枝週，一天吃幾次。

中興大學有了一架電子顯微鏡，是二十五萬倍；爲的是最大不是最大的問題，蒙、帥之間，展開過一場小小的辯論。再過兩天，帥便要進考場。他有把握的功課是物理和三民主義。但三民主義看卷子的人最沒有標準。他的化學費了不少的時間，但他演算得太少。我們怕他鬧情緒，所以大家都是捏手捏脚的，生怕得罪了他。兒！你記得你自己考得不理想因而賴哭了一天的事嗎？大概今後兒只會考他人，自己不再被考了吧。

前兩個月，我收到漢米敦老博士爲熊先生寫的小傳，是大英百科全書委託的。最近收到唐、牟兩位伯伯來信，知道熊先生（熊先生係指熊十力先生。唐、牟兩位伯伯係指唐君毅先生及牟宗三先生。莊家係指莊垂勝夫人。）已於今年五月廿三日死於上海。正是滿八十四歲。他死前當然非常寂寞，並且在精神上也會受到很大的威嚇。不過能保全首領以死於自己祖國的土地上，我覺得比在異國漂流還要算是萬幸的。

五七·七·二·上午十一時三十分　爸爸

咪兒：

送這信到郵局時，果然收到兒六月廿六日的來信。兒趕得太過了。本暑假不能畢業，也是無所謂的。兒對「霹靂神風」收場時的解釋，是智慧很高的表現，提高了爸爸的理解力。

七·二·下午四時

咪：

【一六八】

兒七月廿九日的信已經收到了。曾慶明的媽媽十三日赴美，今天上午我和你媽到她家去，送曾慶明兩件小孩衣服，另將兒去年留下的兩件旗袍託曾伯媽帶來。（也送了曾伯媽一點茶葉和一小盒香港糖）。

有一天吃飯時，談到女人梳高頭髮，我說，「又費力，又不好看；有點像李老君或妖怪」；帥馬上抓住說「姐姐也梳過這種頭；我寫信給她，說爸罵你」。大概他信上告了這一狀。兒的鋼琴考得怎樣？有沒有在臺灣當音樂教員的資格？你從嫂嫂學兩樣菜，自己吃個夠，並多請請哥哥嫂嫂。爲元音照幾張照片寄回來。不知怎的，我覺得她像日本娃娃。

五七・八・三・下午　爸爸

咪：

【一六九】

八月四號從哥哥處寫來的信，今天收到了。我的書的第一章初稿，剛剛寫成，接著是補充修改，不到三萬字的文章，費了好大的力呀！不過我坐下來和你們在國外趕功課的情形，不相上下。兩天三天中要休息一天，因爲頭昏的關係，這便說明人已經老了。當然在生活情緒上，也不知不覺的有很寂寞的感覺。八號的一天，在中午時知道是爸爸節，我便不斷的吵你媽媽，說兒女都沒有表示，她又不加菜。她說晚上有肉；結果是一盤只有骨頭沒有十分之一、二的肉的排骨。我又找上她，鬧了一陣子；其實，是無聊時嗲她玩的。晚上我在床上已經快睡著了，帥「廷廷統統地」走來說「我是不在乎的，可是老殼子要我送給你」；原來是兩條手帕，這才算收個場。但昨天燒了一次蹄膀吃，這是鬪爭出來的。難怪有人說今日是鬪爭的世界。

蒙近來的情緒和學英文的情形都很好；所以這次逼她到台北，眞有了意外的收穫。但她寄到加拿大去的信，都是在加郵政罷工期間寄出的，這怎麼辦呢？兒寄的掛號信，是否能查一查？帥這幾天的態度很不好，媽給他氣了好幾次。他說明年要重考，但依然要上學，這樣便學校的成績（大同是相當嚴的）和考試的準備，會兩邊都不到岸；主要的原因是他不願在家裡住；實際是不肯落下心來做功課。這只有看你能不能說服他。你給他的信，不讓我們看。

我的想像，用的東西體積不要太大；所以唱機和錄音帶是分開的好？還是合在一起的好？聽說美國買八成新的東西就便宜得多。這種事，你不妨和嫂嫂商量一番；這也是學問。同時，假定不出遠門，聽說汽車也是買八成新的合算。就兒所描寫的元音的情形，很和哥哥和你小時相像。不要太嬌慣了，太賴的時候便不要理她。更千萬不可冷落了元鳳。長途旅行，如開自己的車，每天千萬不可超過八小時。沿途也可看看杜維明、蕭欣義、洪銘水、梅廣。（杜蕭、洪、梅四人皆為東海大學早期傑出學生，蕭欣義、梅廣、杜維明均獲哈佛大學博士學位。洪銘水獲威斯康辛大學博士學位。」到了加拿大，如果方便，應當看看六舅。或者先寫一信與杜維明或蕭欣義，總之中文系的學生能看到總是好的。

兒一直得哥哥嫂嫂的東西，今後也應送送東西給侄女。旅行每到一個地方，用好風景明信片寫信寄回來。

均琴按：帥軍大專聯考分配到大同工學院（徐帥軍翌年果然重考，進入海洋學院海洋學系。）

【一七〇】

咪：

這個星期六和星期天沒有收到兒的信；但前幾天收到兒穿著博士（徐均琴獲奧克拉荷馬大學生化博士學位。）服照的照片；並不是爸爸眼睛勢利，實在比大學畢業時穿著學士服照的相神氣得多，因為在那張照片上，顯得下巴短了；這張照片，便很有點女學者的樣子；遠看要差些，這大概是精神力量蓄積得不夠的原故。我不了解兒為什麼在照片旁寫上「八千里路雲和月」七個字，籠罩上一層蒼涼的氣氛，爸看一次便心裡難過一次。爸認為兒在求學途中冒險犯難，已經過去了；今後在事業（學問就是事業）和生活，都在坦途上前進。一切都樂觀，一切都快樂。

從哥哥最近寫回來的信看，他在學問上的基礎似乎比兒深厚些，做人也老到些。他對兒的看法大體上是對的。

帥是本月十四日入營，今天收到他第二封信，在生活上已經得到好處，知道他平日的生活很懈怠。我希望他和蒙兒一樣。在環境變換之後，反能引起自己的反省，並自己發現自己。帥考的大同工學院，管理得非常嚴，比台中一中要嚴得多，學校的內容比中興大學要好些。蒙認為不適合於帥的性格，勸帥重考；大約師資差些。重考不重考，完全由帥自己決定，我今後不參加意見。帥的通信處是，台中成功嶺郵政七四九八附二〇一信箱，兒有空寫寫信給他。他眞幸福，除了爸媽之外，哥哥姐姐都愛他，連蒙也非常愛他。

我每天忙著寫東西，但進度很慢，也容易疲勞；同時我預感到有一天會拿著筆死在書桌子上。

你媽的身體近來很好，好像完全復了原。爸和媽都非常羨慕你和哥嫂全家出門旅行一次。今天報上登著端木倩民在紐約結了婚。

五七・八・十八・夜八時 爸爸

此信由武軍、庭芳拆閱後再轉給均琴。

咪：

為什麼兩個星期沒有來信？太忙？和爸賭狠？擺博士架子？我們鄉下叫木匠做「博士」，客氣時稱「師傅」。爸太忙，大概過一星期便好了。

五七・九・二・爸 附筆

武軍、庭芳拆閱後再轉給均琴。

【一七一】

武軍、庭芳、均琴：

接到武軍八月卅日來信，知道你們旅行的計劃，因元鳳生病，敗興而返，眞是非常可惜。好在你們都年輕，一起旅行的機會多的是；並且藉此機會把元鳳的身體檢查淸楚了，也算是一大收穫。敏感症，在臺灣大概就沒有辦法。我不知道你們爲什麼不把元音帶在一起，讓她張大眼睛東望望西望望，該多麼有意思。下次如有機會旅行，應把孩子們一起帶著。

一直到現在爲止，還沒有收到咪兒的來信。兒這次到芝加哥大學，完全是爲了學問上的抱負，而寧願犧牲目前可以過得更好的生活；這就是中國傳統文化中所說的「能立志」。我希望兒能適應新的環境。媽的身體很有進步。我這兩個月來，算是非常用功了；但不知會不會因此而衰老得更快些。

帥的妙事夠多了。他因發高熱住在三總醫院，你媽去看他後回來說「我不見了的錶（是武軍出國時不要的一隻錶），好像帶在帥手上；他一直收收藏藏的；並且我望了一眼後，他說話就發橫」。隨後我去，一看，果然是媽的那隻舊錶；他趕快把手藏在毯子裡。我說「你又頂撞了媽媽？」他說「沒有哪。」「媽這幾天很不高興；因爲她的錶丟了，找不到；語言之間懷疑到阿巴桑，阿巴桑生氣走了，（實際沒有這回事）你看你媽高興不高興？」他悶著一聲不響。我再笑著問他：「你的錶是怎樣丟掉的？」他才老老實實的說出來。「你爲什麼不告訴你媽一聲？」他只是傻笑。他回營時，我給他兩個大梨子和一把小刀；回營後，一轉眼被人偷走了。給他十八顆克補，勸他和旁人一樣，存在政治指導幹事手上，他不敢，藏在衞生紙裡；昨天收到來信，又給人偷跑了。我發現他非常非常像咪子，「門裡猴」；在家賭狠，出外却非常怕人，寧願自己吃虧。昨天叔叔去看了他；他因爲怕感冒，一個多星期不敢洗澡，連拭拭也不敢。他一天最少也要汗透五、六次；你們看他妙不妙？我們非常希望他本星期日能回來洗一個澡。

台東縣的山胞中有一個紅葉村；紅葉村的紅葉小學，練出的紅葉棒球，一下子把日本的世界冠軍隊打敗了，於是一舉成名；他們在山裡訓練，不受社會不正常現象的影響，所以能一鳴驚人。今後捧得太過，恐怕難於繼續維持了。蒙昨天返家，現時下山報考托福的名去了。帥的通訊處是「台中成功嶺郵政七四九八附二〇一信箱」你們寫信給他。他寫給家的信是非常乖的。

附帥給小毛的信，一起轉去。

爸爸
五七·九·五·上午

【一七二】

咪兒：

我很想逃脫這一次感冒，結果還是未能逃掉；現在應當是恢復時期了。兒上學一定坐巴士，回遲了一定叫校警的車。因為壞人常常暗中選定目標，加以襲擊，這只要看電影便可知道。兒現在是步上新的樓梯，當然要辛苦一頓，但是很值得的，爸完全好了後再寫信給你。

九月・十七

【一七三】

女兒：

我十一的赴臺北，為帥兒打前站，把他安置在「民主評論」分社裏面，（臺北市杭州南路二段十八巷四十三號）早晚兩餐由金太太（金達凱先生之太太）供應，午餐在校內福利社吃。公共汽車可以直達。今天下午回來，看到兒寄回的兩封信。關於哥哥回來的事，我感到他負擔太重。但已寫信去告訴他㈠三個小孩一起回來。㈡家裡陪他們環遊寶島一週。㈢在臺北時請庭芳吃各樣的館子。因為他說庭芳和小毛一樣的好吃。並申明絕不要他們拿招待費。小丫頭，這可不可以呢？不過一定要加入學生回國省親團，由他們為他辦手續，否則很怕麻煩。因為我在這裡，想不到會引起難以理喻的一些誤會。假定大毛哥明年不回來，最好你們準備接媽媽出國住三個月到半年。

快到退休的時候了。除了靠你們吃飯以外，也實在無其他辦法。因為我在臺灣，再不會能找到任何吃飯的機會；同時，也不應在快死以前，向我所瞧不起的人們去找飯吃。退休以後的時間，應當是完全屬於自己的。不過，這未免使你們太辛苦了。現在希望豪能順利出去。

在我退休時，便只有帥的問題了。

兒不要分心爲蒙找衣服樣子，不要從美國寄東西回來。帥過去只佩服姐姐，有點瞧哥哥不起。這半年來，突然很佩服哥哥起來了。他回來已經用肥皂洗了兩個澡。昨天下午在臺北我請他看了「一卒將軍」，還不錯。慧帶了四盒東西（白木耳、蓮子、金針菜、栗子）祝你媽的壽。謝又華當了社教司的司長。他的三個小孩子眞好。

十月十三日，夜十時　爸爸

【一七四】

苟子：

兒這次生日，是昨天爸在吃晚飯時間出來的，連你媽也忘記了。這總算是爸的一次大功吧。但你媽寫的祝賀的話，倒寫得很不錯。她的話就是我的話。兒在出國時的英文，就兒留下給蒙的申請書看，並不高明（蒙說的）。哥哥有次來信中，也說到兒的英文不行。所以兒要看小說，應看英文的。不可看中文的。看得慢，沒有關係。美國唸博士學位，知識的基礎相當的廣泛而健全。但若僅在實驗室中試驗而完全放棄了書本上的追求，我懷疑會不會完完全全變成了一個小螺絲釘乃至一個技工呢？爸這是外行人的想法。不過以理論照明實驗，以實驗修正理論，可能是科學進展的一條正常的路。兒的研究工作，不要因爲家裡不懂而不和家裡講；有時可以隨便聊聊；因爲這是兒的主要生命之所寄；聊到這些方面，我們可以親切知道兒生命活動的情態。Edmund W. Sinnott, *Matter, Mind and Man* (Harper & Brothers Pub. New York. 1957)兒有空時不妨找了看看。

五七、十、十九 爸爸

【一七五】

咪兒：

十月十四日的信，是在昨天星期日（十、二十）上午收到的。爲了趕上兒的生日，所以我和媽沒有等這封信便寫了一封信給兒。

兒所看到的，大概是今年去的趙林，他是東大中文系畢業後，在中央研究院史語所住了三年再去芝加哥的。他的妹妹還在東大中文系。趙林在校時和我很疏遠。人相當聰明。

民國二十三年到二十五年，我在杭州黃紹竑（去年已在大陸自殺）下面當幕僚。當時準備抗戰，秘密成立一個滬杭甬指揮部，積極作抗戰的各種準備工作。黃的幕僚，主要都是由陸軍大學畢業的人充任。我是一個士官還沒有畢業（因反日提前返國）的人；大兵團指揮，及與大兵團指揮有關的各種業務，士官學校根本沒有學過。所以一切重要的計劃，都不交給我做。我不服氣，自己找陸大的課程看；只要知道有什麼計劃，不管黃交不交給我，我總是自動做一份送給黃紹竑。黃開始一看到便把眉頭一縐；但經過兩三個月後，一切重要的計劃，都集中到我身上來了。當時正和你媽戀愛，所以也特有靈感。我曾在五天內爲他編出一部

「紀事」，他當即送我一千元的結婚禮（等於現在兩千元美金）。這種糊塗勁，現在回想起來眞太可笑了。

祝兒快樂

五七、十、廿一晚七時　爸爸

【一七六】

咪兒：

十月二十一日來信，今天收到了。剛才聽完你媽「我現在知道太空船是由火箭送上去的」高見以後，來寫兒的回信。

臺灣的摺傘不能和兒手上的一把相比。為了不使那位老太太失望，我寫信給牟伯伯，請他代買一把，即由香港寄出；大約聖誕節前可以收到。

現在在芝加哥可能發現更多的熟人，無形中應當在生活情調上要好一些。這些初來的學生，有志於為自己的國家服務，當然是好現象。不過，結果如何，便要由許多因素決定了。

東海大學吳校長（指吳德耀校長，現旅居新加坡。東海大學於民國四十四年創立，歷任校長先後為曾約農－吳德耀－謝明山－梅可望－阮大年。），現時正在美國旅行講中國文化。前天開教授全體大會，舉行無記名投票，請大家發表滿不滿意吳校長的作風；結果，十張無意見，二十八張不滿意。投滿意的一個也沒有。這是中國大學教育史上破天荒的一件事。假定聯合董事會支持他，他還會厚著臉皮幹下去；但將來再出什麼事，便很難說了。我本來不想出席；訓導長兩次來勸我，我才出了席。吳所以落得這步田地，完全由於品格不行，對人對事，皆無誠意，又喜歡聽漢奸的假報告。

楊文霓到哥哥處過了一個週末，說元音喜歡吃熱狗，我已打聽好，臺中有熱狗賣，請你便中告訴庭芳。

中國人的傳統，一個人總要留點東西給下一代。但爸除了誰也無法收藏的一堆書以外，能留點什麼給你們呢？

帥很抱怨他目前過的不是大學生活，教物理化學的又非常差勁。生活當然趕不上家裡。

蒙明天考托福。你媽很好。

五十七年・十月廿六日晚八時半　爸爸

【一七七】

咪兒：

十月廿七日密密麻麻的信，爸昨天看到了，兒的信寫得很好。爸和媽並非對兒在學術上抱有一種特殊的希望，只感到兒對自己的現狀不十分滿意，希望兒能在自己所學的範圍之內，安心立命下去。兒未滿二十六歲便得到博士學位，總算是得天獨厚、用力特勤的，運氣也是最好的。並且在作人的態度上觀念上，更不是時下一般青年所能企及，爸媽還要求什麼呢？

爸媽內心眞正關心的，只是兒的婚姻問題，但這也是急不來的。

媽因爲想帥，上月廿九日到臺北，並順便照膽。三十一日住進榮民醫院檢查。我於本月一日赴臺北去看她，檢查要到本星期才有結果。主治醫生告訴小醫生說「得了五年肝病，還能保持現在這個樣子，很値得研究」。不過她近來身上常常發癢，這是應當注意的。我本週又感冒了。昨天早上帶帥一塊兒吃早點，我吃了小半塊凍肴肉，把感冒變厲害了，尤其是咳嗽得很厲害，今天的課沒有去上。

帥的學校迫得很緊，但教授陣容很差，學校只有一棟長形的樓房，共五樓，此外再沒有什麼空間了。他很抱怨，但又不肯用功。談天之間，很羨慕你。我說「姐姐目前在留學生中算是中等吧」！「我看不止。還不是她的運氣好。」他有點自怨運氣不佳的意思在裡面。

祝兒快樂

五七・十一・四・下午三時　爸爸

牟伯伯來信，傘已買了。

【一七八】

咪苟子：

今天是星期二，爲什麼還沒接到兒的信呢？哥哥也好久沒有來信，是不是他的實驗發生了困難。媽媽前天從臺北回家了，因爲我睡在床上，所以沒有下山去接她。她瘦了一點。照膽，很好。有一種實驗，用一個長針，從胯子的動脈管，伸向肝臟，測量肝臟的動脈管，做了四十多分鐘。還要做一次穿孔，我不很贊成，慧姐臨時賴掉了，醫生們很不高興；所以花了四千多元，沒有什麼結果，不過，沒有癌，是可以決定的。她昨天說想向大毛哥要一個小的回來養在身邊。她自已不開口，要我開口，我何必開口呢？

我最近的身體一直不好。上週一面感冒，一面趕文章，所以到星期天便睡倒了。昨天晚上有一個講演，挨到時候，才起床，勉强講了兩個鐘頭，當然講得不好。今天精神很差，只望接到兒的來信，又沒接到。帥常常想回家；認爲東海大學簡直是人間天堂了。他的學校，在氣象上連一中也趕不上，難怪他失望。

祝

兒快樂

爸爸

五七・十一・十二・上午十時半

【一七九】

咪：

自從你赴美國後，總是星期六或星期天收到兒的來信。這兩個星期，怎麼把收信的時期改變了；今天是星期二，已到晚上，怎麼還沒有收到兒的信呢？

我批評許倬雲的文章發表後，發生相當大的影響；但並沒有引起他們在學術上的反省，可知他們的學術良心死完了。交給「東方雜誌」的一篇長文，他們分兩期刊出，上半的最後一校今天校出了，文章寫得不壞。最近幾天爸趕工的情形，連你媽也受到感動（一連推出三篇新文章），一直弄好東西給我吃。陳棟在榮民醫院見習，他聽到榮民醫院的醫師談天：「有位徐太太，肝病了五年，但身體還是很好，很奇怪。」「聽說吃了中藥」；「這中藥便應當加以研究」。可惜兒現在是研究微生物，否則寄幾包草藥來化驗一下，說不定要得諾貝爾獎金呢？

朱懷冰先生上星期死了，我明天到臺北去參加追悼會。他死前病了很久，下身癱軟；後來右眼的網膜掉了，動手術的結果，眼睛沒有好，反把腦筋弄壞了，半年多的時間，意識混亂。最後一個星期，連一滴水也呑不下。他的兒子邦福現在回來了。立立生了一個孩子；據邦福說，明年夏天可以得到碩士。蒙對申請學校一點也不積極，我看明年能否出去，大成問題。

五七・十一・十九・夜七時十五分　爸爸

【一八〇】

小耗子：

演電影的洪波，因吸毒，不走正路，窮得活不下去，前天從陸橋上投下自殺了。

兒十一月十四日的信，剛剛收到了。看後總是高興。

十一・二十・九時　爸爸

上午接到兒要眼鏡的信，下午便下山配好了，明天就會航空寄出。但臺中在眼鏡架子方面，是沒有多少可選擇的；對於架子不滿意，乃無可奈何之事。得了博士的人，好像會算八卦；爸前天身上只有五元；昨天口袋裡稍稍充實了一點，今天便接到小耗子的來信。「在非常變局下中國知識份子悲劇的運命」一文，已收印在重編的「中國思想史論集」的後面，早寄給兒了，應當早已收到。可惜兒對爸的書，連目錄也不翻一翻，還要講爸的閒話。

帥前天打道回府了，吉凶禍福，現在還看不出來。大毛哥給他的信，完全是寵他；並說「要錢用，一來信便寄，不必說明用途」。帥簡直喜得不得了。回來看了兒的信，他說「小毛鬼簡直潑我的冷水」。這完全是一隻糊塗狗。

蒙正在趕中期考試。爸的文章每天寫一點。一篇長文章已在東方雜誌上發表了一半約一萬五千字。另發表了一篇短文章也是學術性的。本月還有一篇可發表。逼著爸寫文章，一是杜維明，一是我家的小耗子；都因爲把這老頭子估計得太高了。你媽的情形不壞。她的情緒今後將受帥很大的影響。今天臺北來了兩位客人，陪著下山，又玩又吃，累死我了。

五七·十二·一·夜七時半　爸爸

【一八一】

女兒：

爸覺得關於本門的刊物，應當看；最低限度要看目錄。否則不知道行情，怎麼行。

今天收到兒畢業的照片和博士證書及你們這一屆的題名錄。照片中有兩張是不是簽字時照的？都照得非常神氣。在題名錄上，只有一個人的大學是一九六五年畢業的；有兩名和兒一樣，都是一九六四年大學畢業的。其餘的都畢業在兒之前；有的前到二十多年；卽是，在你們這一屆中，有四十多歲的博士。連兒一起，只有三個人或四個人，沒有經過碩士階段，其餘的都經過了碩士階段。從照片上看，似乎只有兒一個人是女博士。

硯貽、書貽（涂硯貽、涂書貽都是徐先生老同學涂壽眉先生之公子。一家人現均定居美國。）都寄了賀年片來，兒若未寄給涂伯伯、涂伯媽，趕快寄一個，並簽上大毛哥的名字。住在大都市的好處，一方面是可以直接把握到「現代」的形相；同時也可以接觸到像樣的文化設施和活動。芝加哥有這多的博物館、美術館，眞不應當放過這些機會。可惜兒不會自己開車；尤其是在大都市開車，最不容易找停車的地方。博物館和美術館（不要現代的）的照片如不太貴，希望送爸一點，爸很喜歡這些東西。

家裡這一個星期過得很平淡，一切都好。過聖誕節兒預定到什麼地方？還是就呆在芝加哥？傘收到了，寫信謝謝牟伯伯沒有？他的通信處是「香港九龍農圃道六號新亞書院」。這裡出的筍乾菜，很乾淨，又輕便，燒肉吃很有意思。爸想寄幾包來，或自用，或送人。祝兒快樂

爸爸

五七·十二·十六·下午五時半

天氣從昨天起開始有點冷。

【一八二】

咪兒：

十二月二十五日的信今天收到了。非常可惜的事是：筍乾菜前天已由伍中行寄出了二十包。另外有三包橄欖、甜、鹹、辣各一。六包粉絲，一包乾糯米粉，四包芝麻粉，作元宵心時，要加細白糖在裡面；並說也可以冲牛奶。大概寄到時，筍乾菜不會壞的；兒如一點也不要，便寄給庭芳，也算是一個小人情。如要，便寄一半去。

帥寫給兒的信，因為我起得早，偶然看到了。他從他的一中老師廖天才補習數學，廖是很好的老師。我又告訴帥「你已經進過大學的門了，所以你的朋友今後應當請到家裡坐，當留吃飯的便留下吃飯」。表示對他的朋友的尊重。他很發了幾張賀年片，好像很重視交遊的。這幾天做功課很不錯，平時也很正常。

我覺得兒應當看英文的東西；尤其是羅素的英文寫得特別清楚（我是聽旁人說）。羅素是以數理哲學成名的，站在他的立場，可以不談道德這些問題。同時英國的道德是經驗主義的，在人的生命上沒有生上根。歐洲大陸，則又好從形而上學方面談道德，使道德與現實的人生脫了節。因此，羅素也瞧不起道德。他是以藝術來與科學相配合的。不過他注意社會問題、政治問題，所以在他的純科學知識的數理哲學以外，依然接觸到人生價值問題、道德問題，這是他的很難得之處。在社會各種關係的觀察，衡量中，所成立的道德（經驗主義的）

有實踐的意義，但無永恒的、普遍的意義，因此，道德生不穩根。只有從生活中、從生命中，層層反省，層層發現，所體認（在生命中認出來的。在生命中得到證明，又謂之體驗）出來的，它是生根於人自身生命之內，與人不可分離（中庸：「道也者不可須臾離也」）；一方面有其實踐性、經驗性，同時又有其超經驗的性格，因而有其永恒性、普遍性。西方人過去不重視體認，但也不是完全沒有體認，只是體認不深。羅素晚年，實際也有了若干轉向，並且他的智慧很高；他不了解孔子（西方人很少能了解）但他能了解老子的一部分。同時，西方人沒有「工夫」的觀念，所以只能作感想式的體驗，停止在人生的表面上。「工夫」是把自己的生命作為一種對象，把裹脅著許多雜亂的東西，一層一層的剝掉，以發現生命的眞實；而此生命的眞實，乃是道德的主體。這便深刻化了。西方也有不少的人，能說出體認很深刻的話；尤其是在文學、藝術方面。爸認爲結婚是一件大事，尤其是對女孩子而言。兒認爲中國人對美國人的怨憤是過分了些，兒的見解上完全是正確的。臺大學生辦的刊物上期的座談會的題目是「在西方文化陰影下的臺灣」；寄給我，要我寫篇文章，我的標題是「西片文化沒有陰影」；並認爲陰影是我們自己造出來的。蒙昨天旅行回來。今天我請全家去吃了一家「小而大」的小館子，並和媽一同看了「魚雷攻擊戰」的電影。現在自然以過小市民生活爲心安理得。祝

兒快樂

五七·十二·卅一·夜八時

支票退給兒了，收到沒有。

民國五十八年（一九六九）

晚年寓居香港美孚新村埋首著述的情景。（約攝於一九八〇年）

【一八三】

咪兒：

昨晚寫了回給兒的信以後，今早起來再把沒有寫完的意思寫完，對於我新的一年，將是好的兆頭。住在美國，應了解他們的生活背景，觀察他們生活的長處；並應當承認自己的不爭氣；國家不爭氣，個人不爭氣，不能好好地為自己的國家服務，而歉然有所不足，憤然將對國家能有所為。僅僅怨恨他人，適足以表現自己的沒有出息。所以兒的觀點是絕對正確的。爸昨天晚上做夢，和大家在一塊兒考試，當場考個第一；能做這種夢，總不能算太老吧。兒現時在芝加哥認識了些什麼人？那怕是學生，有些人聊聊天，也是好的。放假後的打算怎樣？除了實驗以外，有時間看與生化有關的書籍雜誌沒有？祝

兒一年的好運

五八・元・元・早七時　爸爸

一定要寫封信謝牟伯伯，寫簡單些：

牟伯伯、伯媽：

謝謝您們寄來的一柄漂亮傘，早收到了。當時就要寫信道謝，只因把中國字快忘記乾淨，總是怯手怯脚的提不起筆。我在這裡繼續做研究工作……敬叩

雙安

唐伯伯
　伯媽　前代叩安

侄均琴上

【一八四】

女兒：

一月十四日家信，今天收到了。六十元和照片，也於幾天前收到。最好的是一張大的照片，看來還是個小孩。六十元按照兒的意思分配後，你媽和我說「我又沒有錢；這八百元算是我自己的錢；拿三百元出來買件短棉襖，作為送你的生日禮」。我眞沒想到在她手上的錢她覺得不是她自己的。所以今後過兩三個月，兒便寄十元給你媽，指明這是專給她作零花的。蒙已經向芝加哥大學申請了，表也寄去了。何炳棣（清華大學歷史系，與楊振寧同時考上庚子賠款公費留學。何炳棣名列史學門，楊振寧名列物理學門，楊振寧後來與李政道同獲諾貝爾物理學獎，後來丁肇中亦獲諾貝爾物理獎，李遠哲獲諾貝爾化學獎。）教授在美國很有名，這裡也有不少的人捧他。兒若去看他（可以去看看），最好先用電話約約。我曾批評過他。

照片上兒拿著一大厚本書，一看便知道是做樣子的。或者是嚇唬爸爸的。弟弟這兩天不很用功，媽正在生氣。

大毛哥有一個月沒有來信，我心裡怕他的實驗發生問題。他上次信上說他的指導教授想把他留在學校一年，但沒有提到他向外申請工作的結果；兒應多和他連絡。結婚對女孩子說，是很重要的。並且年歲增加，結婚的機會便減少。這是一種很現實的問題。選擇決定之權，是操在兒手上，但總要有這種機會。我今天去看沈公公，才知道早住進病院，幾乎死了。

祝兒快樂

五八・元・十九・下午五時　爸爸

【一八五】

小毛荀：

今天接到兒元月二十日的來信。你媽是不論何人，假定對她的老伴語氣不好，她一定要臭罵一番；連對她最親愛的小毛、大毛，也沒有什麼例外。哥哥和庭芳來信，都只提到兒送給他的西裝上身很漂亮；但對媽寄給庭芳的大衣和聖誕包却都一字不提。所以連收到未收到，家裡也不知道。帥在家裡，似乎比小毛荀要乖些。黑格爾哲學對人生，最大的貢獻是：人生是在矛盾的超克中前進。（不承認一面的問題，便是逃避矛盾，不是超克。超克是吸收兩面合理的，而揚棄掉兩面中不合理的）。上下兩代，假定是正常的話，只是愛的關係。現代因為愛的喪失，才有所謂上下兩代的問題。假定有這種問題，也應當在超克中前進。帥也笑兒所說的並不十分妥當。資料已寫信給管宣傳人。顏千鶴〔東海大學第一屆畢業生。〕在紐約，來信請兒赴紐約時住在她家裡。她爲人非常好。

帥說：兒是他的知音。

元・廿八・下午三時　爸爸

【一八六】

咪苟：

因爲上午沒有收到兒的信，所以下午四時半又上郵局一趟，果然收到兒元月卅日的來信。爸因元月十四日曾赴臺北一次，所以便隔了一個星期未寫信，但你媽補上了一封；兒怎麼說許久沒有接到家信呢？由此可知由信上了解分離的骨肉在生活上的情形，這可以說是出於天性。兒怎能怪爸和媽，因爲大毛哥常常許久不寫信回來就會七猜八想呢？

梁容若（梁容若先生因徐先生揭發他「文化漢奸」，二人交惡，後來徐先生寫「無慚尺布裹頭歸」一文明志，離開執教十四年的東海大學。）上月出了兩個小册子，用徹底說謊的方式，想對我達到政治陷害的目的；他太太一抱一抱的到處散發。我原來想訴之於法；但朋友們說不必理，我也就不理了。誰能想到世間有這種無恥的人呢！

昨天下山爲柯小姐（柯安思教授來中國教書逾四十多年，東海大學第一任外文系主任。）餞行，因爲她退休返美。媽就便花二百五十五元買了一件短棉襖送我。拿回來後，帥趕快穿在身上，說長說短了一陣，脫下放在床上，我便穿了起來。結果發現他用力把房門一關，貓著臉在桌子上做功課，我便向你媽說「這個矯情的東西是想這件衣服」。於是叫「帥，這件衣服我穿在身上太長了，送給你作生日禮吧」；他才高興了起來，今天很神氣的穿了一天；兒知道做爸爸媽媽不算容易。

兒看了羅素的書以後所引起的感想是很正確的。尼克森總統的就職演說，兒應好好的看一遍。裡面談到美國內部情形的一部分，等於在講中國文化。用氣力打天下，用革命暴力去打天下，便要靠二十—三十歲的年齡。若是在和平中進步，便不一定是如此。大概世界要經過一次大流血後才會安定下來吧！爲禍爲福，誰也不能預料。美國可能面臨著嚴重的考驗。你媽身體還不錯。

五八・二・四・下午五時半　爸爸

【一八七】

咪兒：

二月三日的信，和穿棉襖皮靴的照片，都收到了。照片照得很神氣。爸爸年來發現，兒在精神上，照顧到一切兒應當照顧的人。但因心直口快，即使受兒照顧的人，也有些怕兒三分；這一點和爸很相像；雖問心無愧，不過總是人生中的一大缺憾。希望兒要常常留心到。兒爲什麼要從這遠寄銀杯回呢？我今天看到宋勉南先生的太太劉大姐，她剛從芝加哥回來。她說兒住的一帶，治安壞透了，要刻刻留心，不可稍爲大意。大毛哥來信，透露了一點兒的生活上的情形，家裡都很高興。這一切，當然由兒自己完全作主。但是爸提醒兒兩點。第一，結婚不僅要考慮當時的感情，而且應考慮到感情的持續；因此便不能不冷靜的了解對方的情形和家庭的背景；尤其是否誠實？在臺灣有無糾紛等等。其次程序是事情的莊嚴而合理的表現。所以正當的程序是相當需要的。兒願不願意多提供爸和媽一點資料呢？爸也是贊成住大地方；退休後想搬到台北，正是這種原因。祝

兒快樂

大毛哥認為兒的生活應早點安定下來，爸和媽也同意他的看法。

爸爸

五八·二·十·晚九時

【一八八】

咪：

我昨天晚上從台北回來了。此次到臺北，弔了三個人的喪，一是張君勱先生〔張君勱民社黨魁，著名學者，早年曾與徐先生、牟宗三、唐君毅聯名對維護中國文化提出嚴正的宣言。〕。另一是馮愛羣先生的太太〔馮愛群先生係學生書局主要負責人之一。〕，她曾在我家裡住過，不知你還有印象沒有？這是世界上最和善的一個女人；因背脊被人打斷了，在床上睡了幾年，磨不過自殺死的。二十二日我到殯儀館去看她躺在一個木盒中的屍體，非常安詳。但我立即感到，這簡直和紙紮的，或者是泥塑的，沒有什麼分別。我也想看看居瀛玖〔黨國元老居正之女。〕的屍

體，但放在冰庫裡，沒有拿出來化粧，不讓我看。二十三日（昨天）一大早我去簽了名，鞠了躬，就算了。昨天中午，我和萬大鋐〔湖北同鄉，其子萬家甦爲東海大學化工系（第二屆）畢業生。〕伯伯在一塊兒午餐，他的女兒在宏恩醫院做事；才知道居女士是用一條短帶勒死的；送到宏恩醫院時人已死掉，醫院不肯出死亡證明書；後來報警，請法院驗屍，難怪他們不讓她化粧，很快便燒掉了。

兒結婚時，我與陳府上共登一啟事。請客不請客，完全由陳府上自己決定，兒不必作主。沈公公已死了，在台中開弔時很熱鬧。宏光應當常常來信和我聊聊天；隨意寫，不必拘束。

祝兒快樂

穿衣服以大方爲主，不應經常注意到摩登方面。現在在思想上是一個眞空的時代；技術、金錢、官能的享受，並不能完全安頓人生；美國的問題，會一天一天的嚴重。是禍是福，很難斷定。

五八・三・廿四・上午　爸爸

【一八九】

咪兒：

三月三十一日來信收到。若是在太平時代，以這樣的一個嬌貴女兒訂婚，一切會由家裡準備得完備順暢。現在只好讓你們自己忙了。昨晚我出錢買了一隻烤鷄，你媽燒了一盤排骨肉，便算是慶祝。好在帥早上起床時唱了一隻祝賀的歌（英文的），爸晚上喝了一杯大蒜酒。結婚時間，要考慮到哥哥的時間。因爲我希望他們能參加。他回來時，你告訴他，千萬不可多買東西，浪費金錢；我曾開一單子給他，並叫他託你代買。單子以外，什麼也不要買。媽的中藥、西藥、蜆湯，一直是繼續著。

兒應當在現時的研究工作中，加强自己的專門的基礎，而不應三心兩意的想到其他。國家需要的是「女學人」；兒應當以「女學人」自居、自勉。養成女學人的生活情調。

兒所看的「恥辱」一片中的情景，八年抗戰中的逃亡、屠殺（南京就殺了十萬人以上）蹂躪，皆有過之，無不及。接著是大陸淪陷。兒要知道，每一地方，每一個人，都隨時有受到毀滅的可能。所以我們要保持原始的生命力。要把自己的生命從精神上和過去與將來聯結起來。和自己的民族連結起來。「嬉皮」是對時代的直接的反應；這只有加深危機。我們要求的是要作反省的反應；是要追尋普遍而永恒的價值，像過去中西的聖哲在黑暗中的所作所爲一樣。我們不能放棄對人類的「心力」和「願力」。

五八・四・六・上午　爸爸

【一九〇】

咪兒：

你寫給蒙蒙的信和裡面附的支票及買花的一塊錢都收到了。一塊錢留下，支票媽要我退給你；因為這使我們心裡太難過了。說也奇怪，媽有時想兒寄點零花錢給她，讓她好擺擺。但真正寄來時，却和我心裡一樣的難過。爸再沒能力，怎麼會使你媽沒有零用錢呢？我明年不退休，後年便一定退休（後年暑假，也可能是明年）。退休後兒按月寄壹佰元就夠了。大毛哥當然也要負擔一分。到那時，爸就心安理得的受下。帥也算是很乖的。並且知道行孝。當然糊塗還是很糊塗的。

中國相書上說，「男人口濶吃四方」，是一種有出息的相，所以宏光（陳宏光，徐均琴之夫婿，台大化學系畢業，赴美留學獲生化博士學位。在美某藥廠任職，現定居美國新澤西州。育有一女自怡，一男自敏。長女陳自怡一九九一年夏進入麻省理工學院攻讀電腦。自敏就讀高中，二人在數理方面皆有傑出表現。）的相貌，爸覺得很英特的。兒選得算不錯。哥來信也是這樣說。

五八・五・六・上午十一時　爸爸

附支票一紙。

蒙的獎學金如成功，可能數目還不少。大概一二週內可決定。

【一九一】

咪：

兒五月二十日的信，今天就收到了。爸很羨慕兒所說的學校的生活。婚後的房子找好沒有？喜帳和食譜都已航空寄出，希望不要把喜帳寄壞了。蒙到加拿大飛機要從芝加哥經過。

所以如來得及，她便趕來參加兒的婚禮，參加完了後，便直飛她的學校。但不知簽證有沒有問題？送蒙什麼東西，我將分別告訴你和哥哥。先不要買什麼。

媽這一個月來，發現心臟跳得不正常；又甲狀腺有問題；醫生要她先治甲狀腺。但吃這種藥後，精神不太好，所以昨天商量，暫時把甲狀腺的藥停掉，專吃肝藥。我主張再到臺北去檢查一次，她還在遲疑。

蕭特來東海大學一次，他的博士學位等交論文；他太太生了兩個小孩，特送一張照片給我們。爸已正式動筆寫自己研究中的題目。每天除了吃飯睡覺以外，不是這，便是那。寫得很慢。但並不覺得衰老。只是想多睡。

哥來信說，他和庭芳〔徐武軍與趙庭芳育有一子元鳳，一女元音。徐元鳳生物及醫學工程碩士。現任職美國 Rockwell Space Operations Co. 徐元音耶魯大學歷史研究生，主修中國歷史。〕預定把孩子輪流送回受小學教育。問我們願不願意，實在我太高興了。

五八·五·二十四·夜九時　爸爸

【一九二】

武軍：

這封信由兒轉給妹妹。並通一電話，爲什麼這一個月來的通信不順利？大概是她的實驗室有問題。

咪：

今天接到兒七月六日來信，說接到我六月十八日的信以後，卽未接到家裡來信；可知這一個月來，信的傳遞好像發生了一點問題。在六月十八日以後，家裡寫了不少的信給你；爲什麼沒收到？兒七月六日的信，爲什麼今天才收到？最近大家都想念兒的來信，未必也有遺失？是不是信寄到兒的研究室有問題？

前幾天宏光的媽媽和偉光到臺中來了，彼此把「親家」「親家母」一叫便變成很自然、很親熱。中午請在意文大飯店吃飯，由你媽付賬。

臺北的房子，下月初大概可以收回，我可能先搬去，招呼裝修。九月可以全家搬去。商務、臺大哲學系及輔仁大學，都自動找過我，但立卽被人破壞了。這樣一來，非逼得爸爸發憤著書不可。最近寫成「在兩漢專制下的官制演變」一文。下一篇是「兩漢專制下的社會」〔後來收入「西漢思想史卷一」（原書名「周秦漢政治社會結構之研究」）此為徐先生晚年之大工程，原計畫寫完五卷，只完成三卷，惜哉。徐夫人為此嗟歎不已，徐先生如不離開東海大學，當可完成「西漢思想史」全書五卷之寫作。但如果未去香江新亞書院十二年，則不可能在華僑日報寫出重要時論、雜文，對世局及兩岸政治提出銳利的批評。徐先生被認為是梁任公以降最鋒利的一支健筆。〕；要到九月才能動筆。搬家一共要躭擱兩個月的時間。蒙大概要到九月初才能動身，辦手續麻煩得很。

祝

兒結婚一切幸福　宏光統此

七月十九日　爸爸

蒙出國不能花兒和哥哥一個錢。

均琴按：此為父親從東海大學寄出的最後一封信，此後信件皆寄自臺北或香港。

【一九三】

女兒：

到昨天為止，書已經清理好了，東西也清宏光理安排妥當。昨天我陪你媽到宏光府上去奉望。在你媽來說，這是你兩人的大面子，因為她什麼人家也不走。兩位媽媽，是兩個不同的典型；徐家的媽媽的偉大是在她的德行；陳家媽媽的偉大，除了德行之外，還要加上能力。今天晚上，陳府上請我們全家和慧姐吃飯。九月一號晚上，我們回請陳府上。

蒙要九月三日下午五時坐機飛東京住一晚，再到西雅圖轉舊金山再轉大毛哥處。由大毛哥處轉到你們的地方；每處只能住一晚。我們搬家連帶置書架等，花了三萬元左右。媽要把咪兒前年買給她的戒指帶給咪兒；我說，在媽老得快死時才歸還。現在歸還，咪兒心裡會難過的。

我大概下週便辦赴香港的手續。如果很順利，我便要你媽也隨後去住兩三個月，讓她好好地見見世面，多吃些館子。這回去香港除了吃以外，什麼雜東西也不買。看能不能省點錢去看世運會？你兩人的意見怎樣？看了你們結婚的照片，才驚嘆你們的確很有能力安排自己的事情，比爸爸高明的太多了。

五八・八・卅　爸爸

帥決心住海洋學院（徐帥軍進入海洋學院海洋學系就讀。後留學美國，先後獲海洋物理碩士，海洋工程碩士。徐先生對這個么兒甚寵愛，文章裡常提到這個頑皮憨厚的么兒子。與童媚鈴結婚育有一子元德，一女元眞。）。

最好你們把自己的通訊處打二、三十份寄回來。

【一九四】

咪：

昨天接到兒九月二日寫得密密麻麻地一封信，又使爸心裡難過半天。我不知道兒爲什麼要花這多的字句向爸和媽作解釋。莊子說：「父子以天合，不可解於心」。蒙是越來越糊塗，藉機會像人；爸媽只覺得兒可憐，此外還有什麼。一共退回了六封信，裡面有帥寫的一封；事過境遷，不必再寄回了。和蒙大概已經見面，便可明瞭一切。寫錯地方的責任應當由兒負。因爲我把兒研究室的地址寫在本子上，寫得很細心。兒把五六四〇寫成六五四〇。

蒙（徐梓琴中興大學植物糸畢業後，赴美留學，在加拿大獲植物博士學位。後嫁太空工程師，現住美國新墨西哥州，育有一女林元蕙。）走了以後，媽哭了好幾場。她四雙尼龍襪子，走的時候清出三隻，走了後媽先爲她清出四隻，以後又清出一隻。但昨天收到她從東京來的信，已感到比她自己所想像的要堅强些。在家倚賴性太强，只要她身體吃得消，離家後會站得起來的。

我前天已開始辦赴港手續，現還不知道順利不順利。中文大學明天就開學；他們爲我開了兩門課，八小時。其中有一門很討厭。慧姐昨天帶三個孩子在這裡洗了半天地板。住定後也很舒服。上星期忙於吃朋友的飯，今後也會完全靜下來。你媽身上有點發痛，但我看，沒有什麼大問題。昨天我去看了殷海光先生，他再三表示對中國文化的熱愛，希望能再活十五年，爲中國文化盡力；但他的生命實在已經快完了。前幾天接到聶華苓〔名作家，曾在臺大、法商學院，東海大學任教，赴美後，嫁給美國詩人安格爾，主持愛荷華創作班著稱於世。〕的信。我相信兒對他們的看法。便中爲我問候王先生〔王先生係指在芝加哥大學結識的王正路先生。王先生曾在「自由中國」雜誌的陣營中効力。〕。

祝兒和宏光快樂

爸爸　五八・九・七

東大還是某××在幕後搞鬼。我眞想不到人品如此卑鄙。這是魯實先〔魯實先東海大學教授，晚年轉來師範大學任教，於甲骨文、古文字學造詣精湛。〕前天晚上來說的。

【一九五】

咪：

兒九月二十九日的信由媽媽轉到了。媽的信上說「小毛眞把我的生日忘記了」。她在久病中，變得有點小器，以後千萬不可忘記。從蒙的信看，她唸書的時間太少，很想家並想你們。兒對她要特別耐煩些。你們能在學問上努力，便是為爸爸作交代。在水災中，呆著沒有事，我偶然說一句「我的小毛可憐」，你媽便對我斷斷續續的罵了一天，說我和大毛都只愛小毛，不愛蒙，不公平。「不說蒙可憐，却說小毛可憐；小毛得了學位，結了婚，晚上還可以看電視，會比蒙可憐嗎」？我和帥聽了只是好笑。

在殷海光先生死後，本月七日徐高阮〔徐先生對殷海光、徐高阮二先生分別有追悼的文字。〕先生跌了一交，昏過去，在九號的一天便死了。這是品格最高最純，又和我感情最好的人；我前天接到陳文華來信，不覺痛哭了一頓。這對我的生命是一個很大的打擊。

到香港後住在這裡很舒服，自己也吃得很省，但睡覺要差些，應酬中又吃得太多。

祝

兒快樂，宏光統此

五八・十・十三　爸爸

以後寫信，或由爸轉給媽，或由媽轉給爸。最好由媽轉來。

已請你媽辦來港手續，望她能來住些時。

【一九六】

咪：

昨天接到蒙的信，今天同時接到兒和你媽的信。蒙的生活似乎已上軌道。爸沒有什麼計劃，回到臺灣後，決心關起門來寫書。這裡完全不能寫。這次出來，證明爸的書會站得起來的。我經常和帥寫信，並且很有點想念他。他和蒙一樣的糊塗。在家裡講話，舌頭沒有牽伸過。

爸吃飯都是上茶樓酒館；但絕不吃洋點心，望著就倒味口。昨天偶然吃烤了一下的三明治，覺得味道並不錯。有朋友向我說「你吃得不錯。但缺少青菜，會出毛病」。昨晚便特別叫了一樣青菜，貴得嚇人。

有位女學生聽我的課，必帶上錄音機；這在美國很尋常，但在臺港是很特別的。前天我才知道，她有個男朋友，看過我的書，很欽佩；但因自己作事情，不能來聽課，所以只好錄音送給她的這位男朋友。

爸在此，盡量看在臺灣看不到的東西。尤其是看三十年代文學方面的東西；從這一點說，國民黨也該滅亡的。有些東西帶不回去，將來寄給兒好了。祝

兒快樂

爸爸

五八・十一・一

宏光統此

陳文華在我家裡住，和媽很合得來。

【一九七】

女兒：

十一月七日的信，剛剛收到了。本月二十五日發薪水，二十七日便去買。不過兒要知道爸是說大話用細錢的人，不要把希望提得太高。

因爲好吃亂吃，結果在床上睡了兩天半，今天早上上完兩節課後，就感覺疲乏。未病前看到只像四十多歲的人。一病，面色、膝蓋，便都垮了，此之謂老。

爸覺得現時應集中力量寫東西；等到動不得的時候，才寫點「回憶」這類文字。因爲爸是不服老的人，是不願早早著手辦結束的人。

自從兒出國後，蒙便多事起來，有時很討厭。以後我才知道，她的一舉一動，都想模仿姐姐。兒初到美國後，寫信回來說吃冰淇淋吃得很多，於是她寫信回來也說吃得很多。這樣一想便又非常可憐她。她來信說帥沒有她苦，因爲帥每星期可以回家。帥來信說他的生活實際比蒙苦得多。實際則在物質生活上帥在學校裡比蒙苦，因爲海洋學院辦得一塌糊塗。但在精神上，當然蒙比帥苦得多。所以兒對她要多忍耐。兒的信爸卽轉給媽看看。當然把買衣服的要點記下來了。祝

兒們快樂

五八・十一・十四　爸爸

要特別小心。芝加哥很多打悶棍的。

由水路寄了幾份抽印本。收到後可分寄。

【一九八】

咪：

十一月十八日來信收到了。爸昨天已到街上去看了看行情，並沒有什麼象牙的手鐲子，這可能是丫頭亂出題目。不過明天領到薪水後，要仔細去查訪一番。離得發薪水還有四天的時候，爸口袋裡只剩下三十元，這便把爸嚇得出一身冷汗。現在已挨到午後三時了，離得明早十時發薪，中間只吃兩頓，還有什麼問題呢？爸深信國家只有把民主政治建立了起來，國家才算有了基礎，才可以擔當各種困難。所以袁世凱和蔣氏父子，眞是國家的罪人。我不屑於做他們的官的原因正在這一點上面。現在中共在物質建設方面，可以說是突飛猛進。這比國民黨好得多。因爲國民黨是白螞蟻，只有剝削而無建設。但中共的危機是：㈠人民吃不消，結果如何便很難說定。㈡能不能逃過蘇聯的摧毀。現在蘇聯正在準備摧毀中共，也正和臺灣勾結。但我認爲與蘇聯勾結，乃是漢奸行爲，這更是民族的罪人。

爸已寄了幾本書給兒，以魯迅（徐先生一九七〇年在香港發表「悲魯迅」，對這位三〇年代最傑出的文學家做了深刻、縝密的批判。因為徐先生早年也是魯迅迷，一字不漏地讀，後來赴日本留學，看了大量經濟學家河上肇的著作，便覺魯迅的思想格局在心胸、識見上不免狹隘了。）的爲主。中國讀書人，在長期專制與八股腐蝕之下，眞變得不成人；社會也因此成爲空虛愚暗的社會。魯迅能把這些「吶喊」了出來，應當算是了不起的。可惜他不肯發掘出積極的一面。兒把告訴爸的話告訴蒙，這便是維護她。爸把兒的生日忘記了。

祝

你們快樂

五八・十一・廿四 爸爸

【一九九】

女兒：

十二月二日的信，充滿了智慧，爸看了很高興。你們的生日我都不記得。蒙前些時來信說「兩年你們都忘記了我的生日；現在我在外國，生日是那一天，你們再不能忘記」。我只好趕快買了張生日卡寄去，但現在又忘記了。你媽的生日，是吵了多少次，到臺灣後下了幾次狠心才記下來的。爸是有名的怕太太的人，尚且如此，所以不要以此責備宏光。難得宏光的媽媽，倒爲兒記得清清楚楚。過了聖誕節，爸一定把兒要的東西買好作爲補禮。還要補條領帶給宏光。他喜歡什麼顏色的，告訴我。

帥是不好意思向兒寫信。兒最好直接寫封信到「基隆市海洋學院第五宿舍一一九室」，和他聊聊。媽來信說他最近用功了。

蒙本說不到你們那裡。後來又來信說「實在忍不住，只當回了一次家」。兒可以好好教導她。只是說話時不要性急。她實在太想家了。

爸於本月五日又作了一次公開講演講中國文學與儒道兩家思想之關係。聽的一些教授，大爲欽佩，（包括唐、兩牟、潘〔指潘重規教授〕們三十餘人）聽衆坐滿了，各人都認爲得了益處。好幾位還向我道賀；眞想不到兩小時的講演能使他們這樣的起哄。

祝

你們快樂

爸爸

五八・十二・九

・在兩小時講演中一氣貫下，有聲有色，可見爸並不老。五百元你兩人都不要，暫存兒處，明年五月給我印書好了。

【二〇〇】

荀子：

昨天寄給你的信上，還沒有解答兒所提出的問題。爸來港後，首先是到中共的書店及與他們有關的書店，想收集文史哲方面的資料。結果除了毛語錄及技術書籍外，可以說是一本也沒有。聽說大陸大學中的文科法科等，還一直關著門。他們目前正大規模進行數百萬知識分子的改造，主要是到農村工廠去作工，向農工學習，把資產階級的劣根性硬要磨掉。改造得好的可以回到原來的崗位。他們的學校都改成一半時間學習，一半時間作工，把勞心勞力結合在一起。而在學習時讀毛語錄佔重要的地位。

毛澤東把劉少奇們（包括他們原來整個的組織）打倒後，恐怕還沒有完全控制好。現在正全力重新組織他們的黨。原來的紅衞兵，絕大部分都弄到邊疆和農村去了。現在由毛思想領導一切，內容是「一不怕苦，二不怕死」。「爲革命，爲生產，爲人民」。「備戰，備荒」。工廠生產的結構是「工人—幹部—技術人員」，把技術人員壓在下位。提倡一切都自己幹，「敢想，敢闖，敢幹」。不相信專家，相信羣衆的創造力量。「革命，生產，實驗」，也是很重要的口號。在文化大革命中，他們的生產受了很大的打擊。現在是以全力推進農工生產。我認爲他們做了許多重大的建設工作；現在更是以加倍的力量做。這一點是很厲害的。他們認爲蘇聯和美國會突然向他們進攻，尤其是蘇聯（我也這樣看法）。所以除了到處儲備物質，挖地洞，練民兵外，對工業的分佈，重新部署，盡量分散並遷向安全地區。結果到底怎樣，誰也不能預測。若十年沒內憂外患，中共便會成爲世界的巨人，則是無可疑的。只看他內部到底出不出大紕漏，蘇聯到底動手不動手。祝兒快樂

五八·十二·十　爸爸

爸常常自己弄了吃。今天中午弄得很好。

【二〇一】

咪、蒙：

難得有機會在一封信中寫信給你們兩個人。蒙分作兩個信封的信，剛剛收到了。即轉給

你媽媽。昨天收到大毛哥的信，他的口試早通過了，也不先來封信告訴家裡，眞是糊塗人。信裡大吹元音，又說元音的脾氣很大。最後却說「希望不會嬌慣到像小毛小時一樣」，由此不難想到小毛小時在他腦筋裡的印象。一直到現在還有些發橫，動不動要把支票丟到水裡去。他現在有工作，何況車子已丟掉了，把五百元退回，這是做哥哥的面子；爲什麼要把支票丟到水裡去？

蒙，你得罪爸爸得罪得太厲害了，教給你媽向爸爸算賬。實際爸爸除了應酬外，比你和你媽吃得苦得多。昨天早上熱剩麪當早點。加了三片罐頭火腿，鹹得進不了口，還是硬著肚子吃下去，一直難過到中午人家請客。你這個小丫頭知道什麼。

昨天晚上看香港的龍燈、獅子、高蹺、花車，看到十一點多鐘。睡覺已遲到十二點多了。

祝

你們快樂

宏光統此

五八·十二·十六　爸爸

【二〇二】

咪、蒙：

我希望此信到時，蒙還在姐姐處。如已離開，便由咪轉寄。蒙十四日來信都收到了，即轉給你媽媽。好像許久沒有收到咪兒的來信。過三四天去看工展，可能再爲咪兒買象牙手圈。蒙能和加拿大小女兒一塊住，很理想。與人相處，要有耐心，有忍性。

我預定回家過陰曆年，因爲此間規矩，退房子要早一個月告訴房東；所以昨天我便正式告訴唐伯伯，說唐伯伯，說明我離開此地的時間。原來唐伯伯們正在想辦法要我繼續留在此地，我立刻就想起帥來，告訴他，我要回臺北去完成著作，無意延長時間。最後，我答應住到二月底。所以不能回家去過舊曆年了。我這次出門，非常想念帥。這裡的環境，對你媽的身體也不好；何必爲了一點錢離家太久呢？過了三年，么女兒便一個月可以供給我兩百美金，夠做老太爺享福了。

蒙應當到六舅處住一晚。大毛小毛都不太懂事。么女兒！老爸爸除了應酬外，日子並不比你過得好。今天早上吃昨天的剩麵，一直鹹得喉嚨快啞了。出門沒有不辛苦的。你們留學，算什麼苦呢？爸爸在學校讀書時，一塊白豆腐，便是一整天的菜，知道嗎？要堅強些。祝

你們快樂

爸爸

五八·十二·二十一·早

民國五十九年（一九七〇）

徐復觀先生早期全家福（攝於臺中）後面左起長子武軍，長女均琴，徐夫人手抱幼子帥軍，依偎先生身旁為次女梓琴。（約攝於1952年）

【二〇三】

咪：

十二月卅一日來信，今天收到了。蒙來兒處，不僅躭擱了兒和宏光的不少工夫，可能還花了不少錢。我曾寫信給她，千萬不可要姐姐出旅費，她應當記住了我的話。我對蒙生活興趣之高的印象，也和對兒好吃的印象的深刻，完全是一樣的。我們復員到南京時，劉鳳軒伯伯住在我家，兒當時大概四歲左右，吃飯時對著劉伯伯說：「客人是不吃瘦肉的」。意思是要把瘦肉霸著自己一個人吃。最近爸的一篇紀念熊先生的文章上，也記有兒好吃的一個小故事。此間又要留我幾個月，大概要到七月底才能返臺灣，這實際不是我的本意。最近有好幾位朋友勸我留香港，我有點動搖。由臺搬港，並不容易。我希望你媽四月底來一次，當面研究一番。許多人又談到臺灣的存亡問題，大底認爲可能到一九七五年是一個限度。我當然不願落在共產黨手上。

我們家庭的生命，完全是在你們兄弟姐妹團集在一塊兒的這一點上。你們都分散了，家庭的生命也就枯了；難說還會有再團聚在一塊兒的可能嗎？祝

兒快樂

宏光統此

爸爸

五九・元・七

（爲蒙照的有照片沒有？我要你們的照片）

【二〇四】

咪：

一月七日來信，昨天便已收到了。我今天特別跑到爲宏光買衣服的店子去查問，衣服確實於十一月寄出去了，是否停留在海關裡？當時用航空寄便沒有事了。我還是要送一套西裝給宏光，讓他在畢業時穿。望兒把尺碼、顏色等告訴我，做好後航寄。

殷先生難得是他究竟有了轉變。像胡適們，一直堅持二十多歲時的見解，至死不變。並且我和他聊天聊得最痛快。所以他死後，我心裡依然是難過的。

莊子涸轍之魚的故事是說大家苟延旦夕，急待救援，迫不及待的意思。媽來信說帥在學校裡看到留美學生刊物中有兒的文章，爲什麼不寄給爸看看呢？

爸搬了房子後，精神完全安定下來了，可以坐著做事情。以前，簡直做不到。我預定七月底才返回臺灣。

過去我給你媽欺壓夠了。現在要好好地報復她整她。不懂事的丫頭離得遠，不管怎麼整法，也沒有人逼著我向老慤子三鞠躬。我已要她過了舊曆年後開始辦來港手續，希望她來住一、兩個月，我會好好地磨她的。看你這小丫頭把爸怎麼樣？祝

兒快樂　宏光統此

兒叫爸不要嘴饞，但昨晚因多吃四個湯圓，今天早上還是不舒服。

五九・一・十四・夜 爸爸

十五 早

【二〇五】

咪兒：

今天到學校去，收到兒寄來的生日賀卡和一月三十日的信。很奇怪，爲什麼這信只有後面一段，沒有前面的呢？是不是另有一封，因沒有寫完，才又補上這一封。我寫了一篇「悲魯迅」的短文，或者我寄給兒看看，再退回給我。有一位新亞中文系的女生，天分很高。人很爽快，中文系的先生對她都有幾分懼怯。她有時到我住的地方來玩。有一次我說到「老年人就是這樣的」。她說，「你老了，我還把你當小孩子看待呢」。我初聽很生氣；但回頭一想，說我不老總是好的。

這幾天寫了一篇短文章「我的母親」（「我的母親」一文原載香港明報月刊後收入蕭欣義編「徐復觀文錄選粹」（學生書局印行）。」五千多字，主要是寫給你們看的，如何發表？或者自己印出，還沒有決定。

前天我還未起床，電鈴響。原來是蒙打長途電話來恭賀我生日快樂，一片高興的哆腔，我聽後心裡高興一兩天。你媽已開始辦來港手續，不知辦得通辦不通？以後我和媽的生日，

你們都打一個長途電話好了。大毛哥六時半，兒七時，蒙七時半（臺灣時間）。祝

兒快樂

宏光統此

五九・二・十　爸爸

咪兒：

你幾次要我寫自傳，我感到應寫的是自己的父母和環繞在我小時周圍的一批人。希望兒看完此文後，把兒的印象告訴我。

五九・三・一　爸爸

附錄

徐復觀先生執教東海大學時代攝
（約攝於 1956 年）

附錄一 我的母親

位於臺中市大度山坡上的東海大學的右界，與一批窮老百姓隔着一條乾溪。從乾溪的對岸，經常進入東海校園的，除了一羣窮孩子以外，還有一位老婆婆，身裁瘦小，皺紋滿面；頭上披著半麻半白的頭髮。她也常常態度安詳地，有時帶著一個孩子，有時是獨自一個人，清早進來，撿被人拋棄掉的破爛。我有早起散步的習慣。第一次偶然相遇，使我驀然一驚，不覺用眼向她注視；她却很自然地把一隻手抬一抬，向我打招呼，我心裏更感到一陣難過。以後每遇到一次，心裏就難過一次。有一天忍不住向我的妻說：「三四十年來，我每遇見一個窮苦的婆婆時，便想到自己的母親。却沒有像現在所經常遇見的這位撿破爛的婆婆，她的神情彷彿有點和母親相像，雖然母親不會撿過破爛。你清好一包不穿的衣服，找着機會送給她，藉以減少我遇見她時所引起的內心痛苦。」妻同意我的說法，但認爲「送要送得很自然，不著形跡」。這種自然而不著形跡的機會並不容易，於是有一次便請她走進路旁的合作社，送了她一包吃的東西。這位婆婆表示了一點驚奇的謝意後，擡起一隻手打著招呼走了。

現在我一個人客居香港，舊曆年的除夕，離著我的生日只有三天。不在這一比較寂靜的時間，把我對自己母親的記憶記一點出來，恐怕散在天南地北的自己的兒女，再不容易有機會了解自己生命所自來的根生土長的家庭，是怎麼一回事。但現在所能記憶的，已經模糊到不及百分之一二了。

一

浠水縣的徐姓，大概是在元末明初，從江西搬來的。統計有清一代，全縣共有二百八十多名舉人，我們這一姓，便佔了八十幾個。我家住在縣城北面，距縣城約六十華里的徐玲坳鳳形彎。再向北十五華里，是較爲有名的團陂鎭。團陂鎭過去三里，是與黃岡縣分界的巴河。巴河向上十多里又與羅田縣分界，便稱爲界河。據傳說，徐姓初遷浠水的始祖，是葬在古田町附近的摩泥（泥鰍的土名）地，古田畈及縣城附近的徐姓，最爲發達；許多舉人進士，都是屬於這一支的。我們這一支，又分爲軍、民兩分（讀入聲），這大概是由明代的屯衞制而來。在界河的徐姓是民分，而我們則是軍分。

軍分的祖先便是「琂」祖。村子的老人們都傳說，他是赤手成家，變成了大地主的人。因爲太有錢，所以房子起得非常講究，房子左右兩邊，還做有「八」字形的兩個斜面照牆，這是當時老百姓不應當有的，因此曾吃過一場官司。八字形的斜面照牆，在我們小時，還留有右邊的一面。而早經垮掉的老大門，石頭做的門頂梁和石頭柱子，橫臥在地上，相當的粗大。上面的傳說，可能有些根據。

琯祖死後，便葬在後面山上。在風水家的口中，說山形像鳳，所以我們的村子便稱爲鳳形壪。琯祖有六個兒子，鄉下稱爲「六房」。我們是屬於第六房的。由琯祖到我，大概是十二代，所以琯祖應當是明末的人。若以鳳形壪爲基準，則鳳形壪右前方的村子，我們稱爲「對面壪」，又稱「老屋」；這是第六房原住的村子，在曾祖父時才搬過來的。隔一道山崗的左後方村子是「樓後壪」，住着第三房的子姓。從左前方的田畈過去的村子，住着二十多家的楊姓人家，我們就稱他們的村子爲「楊家的」。

大概在曾祖父的時候，因洪楊之亂，由地主而沒落下來，生活開始困難。祖父弟兄三人，伯祖讀書是貢生，我的祖父和叔祖種田。祖父生子二人，我的父親居長，讀書；叔父種田。伯祖生三子，大伯讀書，二伯和六叔種田。叔祖生二子，都種田。若以共產黨所定的標準說，我們都應算是中農。但在一連四個村子，共約七、八十戶人家中，他們幾乎都趕不上我們；因爲他們有的是佃戶，種出一百斤稻子，地主要收去六十斤到七十斤，大抵新地主較老地主更爲殘刻。有的連佃田也沒有。在我記憶中，橫直二三十里地方的人民，除了幾家大小地主外，富農中農佔十分之一、二，其餘都是一年不能吃飽幾個月的窮苦農民。

二

我母親姓楊，娘家在離我家約十華里的楊家壪。壪子比我們大；但除一兩家外，都是窮困的佃戶。據母親告訴我，外婆是「遠鄉人」，洪楊破南京時，躲在水溝裏，士兵用矛向溝裏搜索，頸碰着矛子穿了一個洞，幸而不死，輾轉逃難到楊家壪，和外公結了婚，生有四子二女；我母親在兄弟姊妹行，通計是第二，在姊妹行單計是老大。我稍能記事的時候，早已沒有外婆外公。四個舅父中，除三舅父出繼，可稱富農外，大舅二舅都是忠厚窮苦的佃農。小舅出外傭工，有很長一段時間，在下巴河聞姓大地主（聞一多弟兄們家裏）家中當廚子。當時大地主家裏所給工人的工錢，比社會上一般的工錢還要低。因爲工人吃的伙食比較好些。

母親生於同治八年，大我父親兩歲。婚後生三男二女。大姐緝熙，後來嫁給「姚兒坳」的姚家。大哥紀常，種田；以胃癌死於民國三十五年。細姐在十五、六歲時夭折，弟弟孚觀讀書無成，改在家裏種田。三十八年十月左右，我家被掃地出門，母親旋不久死去，得年約八十歲。

三

父親讀書非常用功。二十歲左右，因肺病而吐血，吐得很厲害；幸虧祖母的調護，得以不死。祖母姓何，是何家舖人，聽說非常能幹，不幸早死，大概我們兄弟姊妹都沒有看到。可能因爲父親的天資不高，所以連秀才也沒有考到。一直在鄉下教蒙館，收入非常微薄。家中三十石田（我們鄉間，能收稻子一百斤的，便稱爲一石），全靠叔父耕種，勉强維持最低生活。所以母親結婚後，除養育我們兄弟姊妹外，弄飯、養豬等不待說，還要以「紡線子」

為副業，工作非常辛苦。她的性情耿直而忠厚。我生下後，樣子長得很難看，鼻孔向上，即使不會看相的人，也知道這是一種窮相；據說，父親開始不大喜歡我。加以自小愛哭愛賭氣，很少過一般小孩子歡天喜地的日子。到了十幾歲時，二媽曾和我聊天：「你現在讀書很乖，但小時太吵人了。你媽媽整天忙進忙出的，你總是一面哭，一面吊住媽媽上褂的衣角兒，也隨著吊出吊進，把你媽媽的上褂角兒都吊壞了。我們在側面看不過眼，和她說，這樣的孩子也捨不得打一頓？但你媽總是站住摸摸你的頭，兒上幾聲，依然不肯打」。眞的，在我的記憶裏，只挨過父親的狠打，却從來沒有挨過母親一次打。有一回我在稻場上鬧得太不像話了，母親很生氣，拿着一枝竹條子來打我；我心中一急，便突然跑到她懷裏去，用臉挨着她的胸口，同時用手去搶住竹條子，原來是一枝大茅草梗，母親也就摸著我的頭笑了。這一次驚險場面，至今還記得清清楚楚。

四

叔父只有夫婦兩人，未生兒女。他一人種田，要養活我們兄弟姊妹「這一窩子」，心裏總有一股怨氣；但他不向我父親發作，總是向我母親發作；常常辱罵不算，還有時動手來打。我印象最深的一次是：叔父在堂屋的上邊罵，母親在堂屋的下邊應，中間隔一個天井。一下子，叔父飛奔而前，揪住母親的頭髮，痛毆一頓。母親披着頭髮叫，我們一羣小孩躲在大門角裏哭。過了一會，才被人扯開。父親是很愛自己的弟弟的。加以他到黃州府去應考，一百二十里路，總是由叔父很辛苦地挑行李。考了二十多年，什麼也沒有考到，只落在鄉間教蒙館，對叔父會有些內疚。所以在這種場面，還要爲叔父幫點腔，平平叔父的氣。

叔父這樣打罵我母親的目的，是要和父親分家，結果當然只好分了。叔父分十五石田和一點可以種棉花的旱地，自種自吃，加上過繼的弟弟，生活當然比未分時過得很好。但我們這一家六口，姐姐十三四歲，哥哥十一、二歲，細姐十歲左右，我五、六歲。父親「高了脚」，不能下田。媽媽和姐姐的脚，包得像圓錐子樣，更不能下田；哥哥開始學「莊稼」，但只能當助手；我只能上山去砍點柴；有時放放牛，但牛是與他人合夥養的。所以這樣一點田，每年非要請半工或月工，便耕種不出。年成好，一年收一千五百斤稻子，做成七百五十斤米，每年只能吃到十二月過年的時候；一過了年，便憑父親教蒙館的一點「學錢」，四處託人情買米。學錢除了應付家裏各種差使和零用外，只夠買兩個多月的糧食，所以要接上四月大麥成熟，總還差一個多月。大麥成熟後，搶著雇人插秧，不能不把大麥糊給雇來的人吃。大麥吃完後，接着吃小麥；小麥吃完後要接上早稻成熟，中間也要缺一個月左右的糧；這便靠母親和大姐起五更，睡半夜的「紡線子」，哥哥拿到離家八里的黃泥嘴小鎮市去賣。在一個完全停滯而沒落的社會中，農民想用勞力換回一點養命錢，那種艱難的情形，不是現在的人可以想像得到的。大姐能幹、好強，不願家中露出窮相，工作得更是拚命。村子的人常說「他家出女兒不出兒子，幾代都是這樣」。因爲早死的姑母也是如此。我還記得的一次，家裏實在沒有任何東西可吃了，姐姐又不肯向人乞貸，尤其是不願借叔父的；她就拿鐮刀跑到大麥田裏，找快要成熟的，割了一抱抱回家，把堂屋的一張厚木桌子側臥下來，用力將半黃的大麥穗，一把一把地碰擊到側臥着的棹面上，把麥子碰擊下來；她一面碰擊，一面還和我們說着笑着。母親等着做麥糊的早飯。

五

我們四圍是山，柴火應當不成問題。但不僅因我家沒有山，所以缺柴火；並且因為一連幾個村子，都是窮得精光的人家佔多數，種樹固然想不到；連自然生長的雜木，也不斷被窮孩子偷得乾乾淨淨。大家不要的，只有長成一堆一堆的「狗兒刺」及其他帶刺的藤狀小灌木。家裏不僅經常斷米，也經常斷柴。母親沒有辦法，便常常臨時拿着刀子找這類的東西，砍回來應急；砍一次，手上就帶一次血。燒起來因為剛砍下是濕的，所以半天燒不着，濕烟燻得母親的眼淚直流。一直到後來買了兩塊山，我和父親在山上種下些松樹苗，才慢慢解決了燒的問題。分得的一點地，是用來種棉花和「長豆角」的。夏天開始摘長豆角，接上秋天撿棉花，都由母親包辦。有時我也想跟着去，母親說「你做不了什麼，反而討厭」，不准我去。現在回想起來，在夏、秋的烈日下，悶在豆架和棉花灌木中間，母親是怕我受不了。我們常常望到母親肩上背着一滿籃的豆角和棉花，彎着背，用一雙小得不能再小的脚，篤篤地走回來；走到大門口，把肩上的籃子向門蹬上一放，坐在大門口的一塊踏脚石上，上褂汗得透濕，臉上一粒一粒的汗珠還繼續流。當我們圍上去時還笑嘻嘻地摸着我們的頭，檢幾條好的豆角給我們生吃。在我的記憶中，只有當我發脾氣，大吵大鬧，因而挨父親一頓狠打時，母親才向父親生過氣。却不曾因爲這種生活而出過怨言，生過氣。她生性樂觀，似乎也從不曾爲這種生活而發過愁。當她拿着酒杯，向房下叔嬸家裏借點油或鹽，以及還她們的一杯油一杯鹽時，總是有說有笑的走進走出。母親大概認爲這種生活和辛苦，是她的本分。

六

辛亥革命的一年，我開始從父親發蒙讀書，父親這年設館在離家三里的白洋河東嶽廟裏。在發蒙以前，父親看到我做事比同年的小孩子認眞，例如一羣孩子上山砍柴（實際是冬天砍枯了的茅草），大家總是先玩夠了，再動手。我却心裏掛着母親，一股正經的砍；多了拿不動，便送給其他的孩子。放牛絕不讓牛吃他人的一口禾稼，總要爲牛找出一些好草來。又發現我有讀書的天資，旁的孩子讀三字經，背不上，我不知什麼時候聽了，一個字也不認識地代旁的孩子背。所以漸漸疼我起來。

這年三月，不知爲什麼，怎樣也買不到米，結果買了兩斗豌豆，一直煎豌豆湯當飯吃，走到路上，肚子裏常常咕嚕咕嚕地響，反覺得很好玩。到了冬天，有一次吹着大北風，氣候非常冷，我穿的一件棉襖，又薄又破了好幾個大洞；走到靑龍嘴上，實在受不了，便瞧着父親在前面走遠了，自己偷偷地溜了回來。但不肯把怕冷的情形說出口，只是倒在母親懷裏一言不發的賴着不去。母親發現我這是第一次逃學，便哄着說，「兒好好讀書，書讀好後會發達起來要做官的」。我莫名其妙的最恨「要做官」的話，所以越發不肯去。母親又說，「你父親到學校後沒有看到你，回來會打你一頓」。這才急了，要母親送我一段路，終於去了。可是這次並沒有挨打。父親因爲考了二三十年沒有考到秀才，所以便有點做官迷，常常用做官來鼓勵我；鼓勵一次，便引起我一次心裏極大的反感。母親發現我不喜歡這種說法後，便再也不提這類的話。有時覺得父親逼得我太緊了，所以她更不過問我讀書的事情。過年過節，還幫我弄點小手脚，讓我能多鬆一口氣。十二歲我到縣城住「高等小學」，每回家一次，走到塘角時，口裏便叫着母親，一直叫到家裏，倒在母親懷裏大哭一場；這種哭，是什麼也不爲的。十五歲到武昌住省立第一師範，寒暑假回家，雖然不再哭，但一定要倒在母親懷裏哆上半天的。大概直到民國十五年以後，才把這種情形給革命的氣氛革掉了，而我已有二十多歲。我的幼兒帥軍，常常和他的媽媽哆得不像樣子，使他的兩個姐姐很生氣；但我不太去理會，因爲我常常想到自己的童年時代。

以後我在外面的時候多，很難得有機會回到家裏。即使回去一趟，也只住三五天便走了。一回到家，母親便拉住我的手，要我陪着她坐。叔嬸們向母親開玩笑說，「你平時念秉常念得這厲害；現在回來了，把心裏的話統統說出來吧」。但母親只是望著我默默地坐着，沒有多少話和我說；而且在微笑中，神色總有點黯然。我的世面見得多了，反而形成母子間的一層薄霧，這就是我所能得到的文化。

七

民國三十五年五月初，我由北平飛漢口，回到家裏住了三、四天。母親一生的折磨，到了此時，生命的火光已所餘無幾；雖然沒有病，已衰老得有時神智不清。我默默地挨着她一塊兒坐著，母親乾枯的手拉著我的手，眼睛時時呆望着我的臉。這個罪孽深重的兒子，再也不會像從前樣倒在她懷裏，嗲着要她摸我的頭，親我的臉了。並且連在一塊兒的默坐，也經常被親友喚走。我本想隱居農村，過着多年夢想的種樹養魚的生活。但一回到農村，親戚朋友，左鄰右舍，都是千瘡百孔。而我雙手空空，對他們，對自己，為安排起碼的生活也不能絲毫有所作為。這種看不見的精神上的壓力，只好又壓着我奔向南京，以官為業。此時我的哥哥已經在武昌住醫院。我回到南京不久，哥哥死在武昌了，以大三分的利息借錢託友人代買棺材歸葬故里，這對奄奄一息的母親，當然是個大打擊。此後土崩瓦解，世局滄桑，我帶着妻子流亡海外。當時估計，我家此時已由中農昇進到富農（這都是用共產黨所定的標準），但絕對沒有資格當地主。弟弟和侄兒侄女們，應當憑勞力在自己的故鄉生存下去；而我的內心，是深以出外逃亡為悲痛的；所以勸他們都安心留在故鄉不動。等到知道三十八年十月，已被掃地出門，使全家「白天無一碗一筷，夜間無一被一單」（弟弟輾轉寄到的信上的話）母親當然迅速倒下，而我也由此抱終天之恨，與鄉土永隔，連母親有沒有墳墓，也不得而知了。

一九七〇、三　明報月刊

到香港後，與弟弟侄兒們連絡上了，才慢慢知道，我們的土磚房子，拆了作「水庫」；從祖父祖母起葬在山上的墳，一起被挖掉了。

一九八〇・六・十一日　補誌

附錄二

賣屋

來到臺灣後僅有的財產——一小棟日式房屋，很乾脆地賣掉了。這幾年來，同事們在一塊兒談天時，常常提到「你若給學校當局攆走了，總比我們被攆走了好得多，因爲你還有可住之屋」。眞的，這一小棟日式房屋，給我壯了不少的膽。但在長期醞釀之後，終於憑著小百姓的身分把它賣掉了。

同樣賣屋，小百姓和中央民意代表及各方顯要的情形，却完全兩樣。前後左右民意代表們的屋，都一棟一棟的賣掉了，價錢賣得相當可觀。我又何嘗不見獵心喜？但奇怪的是，他們的屋有人要，我的屋却無人過問。偶然打聽價錢，彼此間至少也要相差三分之一以上。這便不由我不恍然大悟，在此一國度裏，小百姓與民意代表乃至各種顯要們，在任何方面，都出現著幾種不同的行市。

於是以略帶負氣的心情，把它出租好了。積十數年旁觀的經驗，有房屋租給同胞的人，常以打架打官司終場。我之不能打架，是不消解釋的。而打官司之可怕，幾乎不在上刀山、滾油鍋之下。幸而得到朋友的招呼，使我的小屋，有出租給洋人的機會。洋人有由洋勢力而來的洋脾氣。每一個完整地中國人，面對這些洋脾氣，誰也會感到不舒服。我的辦法是讓太太發揮女人所固有的忍耐性，和洋房客應付。太太有時把嘔了的氣，向我隱瞞著，以勉强維持這棟小房屋的命運。因此，能辦洋務的人，態度必須要帶點女性的人，而他們之所以得到國家特別地優遇，恐怕也和一位能幹的太太，特別能得到丈夫的優遇一樣。

我是有房屋出租的人，在窮教書匠中當然要算一種驕傲。但是，在十二個月的房租收入中，房捐、防衞捐、地價稅、自然戶稅、綜合所得稅，大概要抽掉兩個半月。零星的修理費，大概要去掉一個月。房客約略一年一換，在新舊房客交替之秋，經常要空一個月到三個月。日式房屋，住上一年以後，不大修一次，洋人便不屑不潔起來，這又須花掉三個月到四個月的租錢。所以有房出租，實際上的好處，並不及顏面上的光彩。有一次，太太向我說「近隔壁的某太太告訴我，她的房子每月租金三千五百元；花五百元的小費，只報一千二百元就可以了。她勸我也這樣做，「我們只消報七、八百元。」我不加思考地警告她說：「任何人的太太可以這樣做；你是徐復觀的太太，絕不可以這樣做。」我的太太呆了半天，覺悟起來了，便永遠斷了此一生財之念。但當今年房屋正空着的時候，突然接到稅捐處的通知說，他們已調查清楚，我的房屋每月租金是三千五百元，趕快來辦補稅的手續。這把我太太氣急了。跑去一問究竟，原來是稅捐處向稅戶們打橋牌；他們的調查，指的是他們大規模的說謊。而說謊的目的，是騷擾良民，加深許多稅務大人和許多稅戶之間進一步的友誼。

納稅也並不簡單。通知單一到，我們從來不敢後人。但有一次，在滿期的頭天，還沒看到通知單，我的太太便親去查問。當時臺中市稅捐處的新辦公廳還沒有做好，分在兩條街的處所辦公。我太太查到這條街的辦公處，據說是在那條街；追到那條街，又指說是在這條街。這樣跑來跑去，跑了五、六遍，我的太太發急了，非逼着稅捐處本部的一位大人徹底清查一下不可；這位大人查了半天，却在櫃底下查到未曾送出的通知單，很得意地向着我的太太說，「你好運氣；到明天就要挨罰金了。」

擺隊納稅，理所當然。但和各稅務大人平素有交情的稅戶，一到納稅臺前，便拿出一枝烟，塞進稅收大人嘴裏，再為他點上打火機的火！彼此相視而笑，自然取得優先權利。而這種有交情的稅戶，是一個接着一個的，使我的太太站在行列裏有時氣得叫了起來，回家後，把那一套神氣反覆地學給我看。「怎麼一枝紙烟便有這大的人情呢？」此中奧妙，她永遠也猜之不透。

為得這樣有名無實的一棟小房屋，一年總要嘔上房客和稅務大人幾十次氣。漸漸覺悟到所謂「自由人」，乃是不與洋人和官吏直接打交道的人。這棟小房屋逼着我們要和洋人官吏不斷地打交道，假定把老子「吾所以有大患者，為吾有身。及吾無身，吾有何患」這幾句話中的兩個「身」字改成兩個「屋」，實在再恰當也沒有。於是賣屋問題便成為這兩年來經常的家庭大計，並且覺悟到此一大計的實現，必須承認小百姓與民意代表們的不同行市，而心安理得地承認自己是一個道道地地的小百姓。由我太太所找的掮客的線索，果然昨天一下子把它賣掉了，「無屋一身輕」，眞是如此。

挾着完成任務的心，回到大學的寓所，趕快向太太報告消息。想不到太太的臉色蒼白了，說我不應當賣掉，簡直使我不知所措，接着，她躺在床上默默地流淚，望着我說，「明天早上我提個籃子下去，把院子裏的朝鮮草鏟一點上來。」這才使我了解她的心情，向她解釋說「學校幾年以來，便希望我們年長一輩的人趕快離開；你拿點朝鮮草回來，種在什麼地方呢？」她聽完我的話，除了繼續流眼淚外，實在也沒有第二句話可答。

今天下山正式交出房屋，我便有機會向這棟小房屋巡視一周，與它告別；這樣一來，却把十年前栽某一棵樹，種某一種花；如何利用牆壁多安上書架，如何細心修補隙地，擴充活動的空間等等情景，一一在我的心裏復活了起來。自從此屋出租之後，我便不敢親近它，以免增加因它而來的煩惱。現在却發現這棟小屋的每一角落，都曾注入過我們夫婦的生命。並且深深知道，剩餘的生命，也再無地方可以重新注入了；這才眞有浮生漂泊之感。太太的眼淚，絕不是輕易流出的。

但當我不能把握到自己所曾注入過的生命，且不能不被洋人和官吏所吞沒時，只要能使我與洋人和官吏的陰影，稍稍保持一點距離，則賣屋的理智決定，依然會壓服下懷舊的感情的。

一九六六年四月一日之夜

徐復觀教授著作表

1. 學術與政治之間（甲集）／一九五六年／中央書局（絕版）。
2. 學術與政治之間（乙集）／一九五七年／中央書局（絕版）。
3. 學術與政治之間（甲、乙集合刊）／一九八〇年／學生書局。
4. 中國思想史論集／一九五九年／中央書局（絕版）。
5. 中國思想史論集／一九六七年／學生書局。
6. 中國人性論史／先秦篇，一九六三年／中央書局（絕版）。
7. 中國人性論史／先秦篇／商務印書館。
8. 中國藝術精神／一九六六年／中央書局（絕版）。
9. 中國藝術精神／學生書局。
10. 公孫龍子講疏／一九六六年／學生書局。
11. 石濤之一研究／一九六八年／學生書局。
12. 徐復觀文錄（四冊）／一九七一年／環宇書局（絕版）。
13. 徐復觀文錄選粹／一九八〇年（係由四冊《文錄》中精選彙輯）／學生書局。
14. 徐復觀文存（收錄四冊《文錄》未選入《選粹》的文稿）一九九一年／學生書局新版。

15. 黃大癡兩山水長卷的眞僞問題／一九七七年／學生書局。
16. 中國文學論集／一九七四年／學生書局。
17. 兩漢思想史／卷一／一九七二年初版／香港新亞研究所出版，原書名《周秦漢政治社會結構之研究》／三版改名／一九七四年臺一版／學生書局。
18. 兩漢思想史／卷二／一九七六年／學生書局。
19. 兩漢思想史／卷三／一九七九年初版／學生書局。
20. 儒家政治思想與民主自由人權／一九七九年「八〇年代」初版，一九八八年學生書局收回刊行初版。
21. 周官成立之時代及其思想性格／一九八〇年初版／學生書局。
22. 徐復觀雜文集①論中共②看世局③記所思④憶往事（四冊）／一九八〇年四月初版　／時報公司。
23. 徐復觀雜文集・續集／一九八一年初版／時報公司。
24. 中國文學論集續篇／一九八一年初版／學生書局。
25. 中國思想史論集・續篇／一九八二年初版／時報公司。
26. 中國經學史的基礎／一九八二年初版／學生書局。
27. 論戰與譯述／一九八二年初版／志文出版社新潮文庫。
28. 徐復觀最後雜文集／一九八四年／時報公司。
29. 徐復觀教授紀念文集／一九八四年／時報公司。

30. 徐復觀先生紀念論文集/一九八六年/學生書局。

31. 徐復觀最後日記—無慚尺布裹頭歸/一九八七年/允晨叢刊。

32. 徐復觀家書精選/一九九三年/學生書局。

翻譯兩種

(一)詩的原理(萩原朔太朗原著)一九八八年/學生書局新版。

(二)中國人之思維方法(中村元著)一九九〇年/學生書局新版。

註:此為徐復觀教授最完整的著作年表。以上各書皆不斷有新版問世,可分別向印行書局、出版社購買。另有徐師書簡已着手編輯,不久當可付梓。至此,徐師著作大體賅備矣。

受業生

蕭欣義

陳淑女　謹識

曹永洋

一九九二年七月一日編訂

徐復觀先生家庭主要成員一覽表

（1992.7.15）

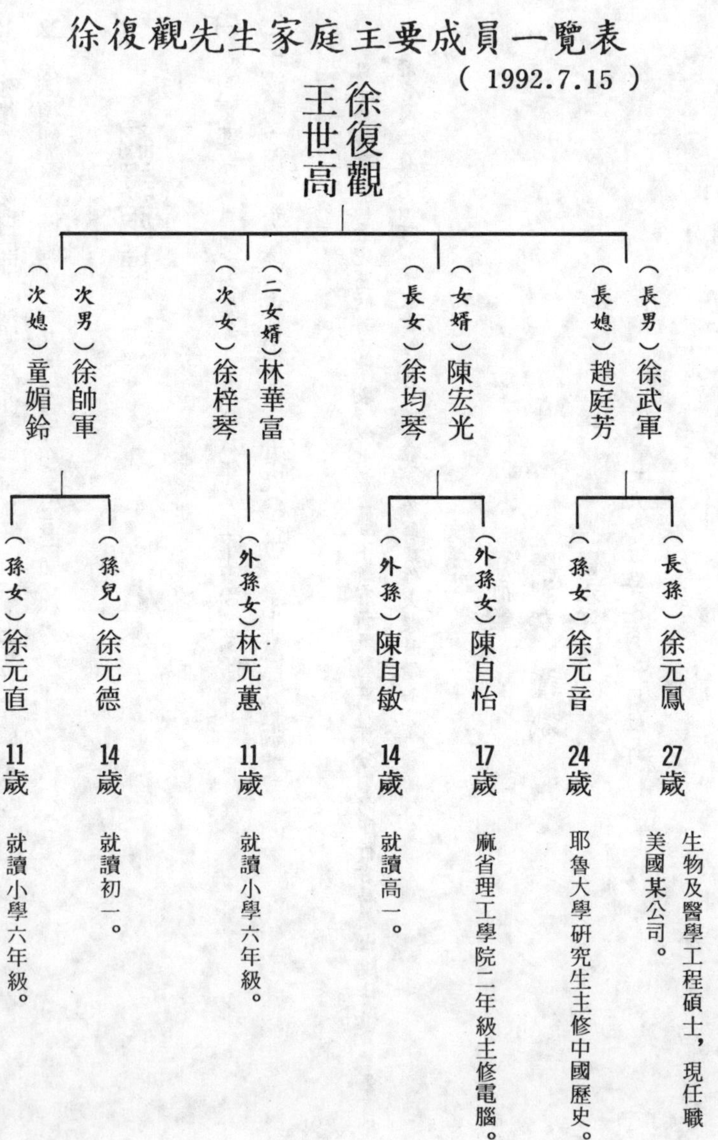

國立中央圖書館出版品預行編目資料

徐復觀家書精選／曹永洋編.--初版.--臺北市：臺灣學生，民82

面；　公分.

ISBN 957-15-0488-2（精裝）.--ISBN 957-15-0489-0（平裝）

1.徐復觀-通信，回憶錄等

856.286　　82000605

徐復觀家書精選（全一冊）

編者：曹永洋
出版者：臺灣學生書局
發行人：丁文治
發行所：臺灣學生書局
臺北市和平東路一段一九八號
郵政劃撥帳號〇〇〇二四六六八號
電話：三六三四一五六・三六三一〇九七
傳眞：（〇二）三六三六三三四
本書局登記證字號：行政院新聞局局版臺業字第一一〇〇號
印刷所：淵明印刷廠
地址：永和市成功路一段43巷五號
電話：九二八七一四五
香港總經銷：藝文圖書公司
地址：九龍偉業街九十九號連順大厦五字樓及七字樓
電話：七九五九五九五

定價　精裝新臺幣三三〇元
　　　平裝新臺幣二七〇元

中華民國八十二年二月初版

84818

ISBN 957-15-0488-2（精裝）
ISBN 957-15-0489-0（平裝）